Das Buch

In der Wüste, nahe dem Grenzübergang, werden die Leichen von vier Männern gefunden. Die Art und Weise, wie die Opfer zugerichtet wurden, deutet nicht auf die Tat eines Drogenkartells hin. Vielmehr scheint der Teufel persönlich seine Finger im Spiel zu haben. Schon einmal, vor vielen Jahren, hat Hilfssheriff Gene Martindale etwas ähnlich Grausames gesehen. Er weiß, dass diese Morde erst der Anfang sind. Etwas Böses ist erwacht. Etwas, das in seiner Halbschwester Skye wohnt.

»Rasantes Tempo, packende Atmosphäre und eine wundervolle Sprache. Man kann nicht aufhören zu lesen.«

Dave Zeltserman

Der Autor

Max Wilde ist das Pseudonym des südafrikanischen Schriftstellers, Drehbuchautors und Regisseurs Roger Smith. Seine unter Klarnamen veröffentlichten Südafrika-Thriller sind bei Krimifans und Kritikern gleichermaßen beliebt.
www.rogersmithbooks.com

Lieferbare Titel

Als Roger Smith:
Kap der Finsternis – Blutiges Erwachen – Staubige Hölle

ROGER SMITH
SCHREIBT ALS
MAX WILDE

SCHWARZES BLUT

Thriller

Aus dem Englischen
von Kristof Kurz

WILHELM HEYNE VERLAG
MÜNCHEN

Titel der Originalausgabe:
VILE BLOOD

Unter *www.heyne-hardcore.de* finden Sie das komplette Hardcore-Programm, den monatlichen Newsletter sowie unser halbjährlich erscheinendes CORE-Magazin mit Themen rund um das Hardcore-Universum.

MIX
Papier aus verantwortungsvollen Quellen
FSC® C014496
FSC
www.fsc.org

Verlagsgruppe Random House FSC® N001967
Das für dieses Buch verwendete
FSC®-zertifizierte Papier *Holmen Book Cream*
liefert Holmen Paper, Hallstavik, Schweden.

Vollständige deutsche Erstausgabe 08/2013

Printed in Germany 2013
Redaktion: Sven-Eric Wehmeyer
Umschlaggestaltung: Büro Überland, München,
unter Verwendung von Motiven
von © shutterstock/Rob Wilson, KIKETXO,
Paul Matthew Photography, Brenda Linskey,
GrishaN, Alex Garaev
Satz: C. Schaber Datentechnik, Wels
Druck und Bindung: GGP Media GmbH, Pößneck

ISBN: 978-3-453-67643-5

www.heyne-hardcore.de

»Was läge dran, wenn sein gemeines Blut
vergossen würde?«

JEAN RACINE

»Das Individuum hat eine Mannigfaltigkeit
von Schatten, die alle ihm gleichen
und die augenblicksweise gleichberechtigt sind,
es selbst zu sein.«

SØREN KIERKEGAARD

1

In jener Nacht hatte Skye keine Angst vor den vier Männern, die sie vergewaltigen wollten, sondern vor sich selbst. Vor dem dunklen Ding tief in ihrem Inneren. Die Männer in dem großen alten Auto mit dem unregelmäßig grummelnden Motor – die Scheinwerfer stachen wie gelbe Finger durch den Staub – verfolgten sie eine verlassene Straße hinunter, dann hinaus in die Wüste. Sie rannte, schnappte nach Luft und wusste, noch bevor sie stolperte und in den Dreck fiel, dass es hoffnungslos war.

Die Männer stiegen aus dem Wagen, umzingelten sie und warfen dabei lange Schatten in den Sand. Und da begriff Skye, dass das, was sie den Großteil ihrer siebzehn Jahre zu vermeiden versucht hatte, nun eintreten würde.

Sie musste sich beruhigen. Es sind nur Männer, sagte sie sich, egal, was sie dir antun. Doch ihr Herz raste wie verrückt, klopfte gegen ihr Brustbein, und sie spürte, wie sich ihre Muskeln und Gliedmaßen mit einer Kraft ausdehnten, an die sie sich nur undeutlich und ungewollt erinnerte. Schließlich regte sich etwas tief in ihren Eingeweiden, zuckte, und ihre Angst verwandelte sich in blankes Entsetzen.

Das ist nur das sympathetische Nervensystem, redete sie sich ein. Sie sank auf die Knie und musste dabei unwillkürlich an den dicken, pingeligen Mr. Andrews denken, ihren Lehrer in der zehnten Klasse, wie er mit der Kreide über die Tafel quietschte und dabei einen monotonen Vortrag darüber hielt, wie seine angeborenen Stressreaktionen dem Menschen in Gefahrensituationen das Überleben gesichert hatten, während andere Spezies ausgestorben waren. Bestimmte Nervenfasern schütteten im Herzgewebe Noradrenalin aus und beeinflussten die Herzfrequenz, pumpten mehr Sauerstoff und Glukose durch den Körper und setzten dadurch Energie frei (daran konnte sie sich tatsächlich bis ins Detail erinnern, während die Männer sie umkreisten). Mr. Andrews hatte mit seiner Kreide gegen die Tafel getippt wie ein Vogel gegen eine Fensterscheibe und verkündet, dieser Vorgang hätte seinen Ursprung im ältesten Teil unseres Gehirns – dem sogenannten Reptilienhirn, das wir nicht bewusst kontrollieren können.

Als sie näher kamen, konnte sie den Männergestank riechen. Abgestandener Schweiß, Zigaretten und etwas Scharfes, Chemisches. Der Andere in ihr zuckte und wuchs, ihr Zwilling, der jahrelang geschlafen hatte und nun durch diesen primitiven Selbsterhaltungsreflex wieder zum Leben erwacht war.

Einer der Männer packte sie an den Haaren. Sie kauerte sich noch enger zusammen und schlang die Arme um ihren Körper. Der Mann lachte. Glaubte er wirklich, dass er es war, der ihr Angst machte? Nein – sie versuchte, das Ding im Zaum zu halten, es nicht die Oberhand gewinnen zu lassen. Die Gefahr, der sie sich gegenübersah, war nur menschlichen Ursprungs, und sie musste sie überstehen, musste es ertragen, ohne den Anderen zu wecken – genau wie in den ganzen letzten fünfzehn Jahren nach jenem schrecklichen Ereignis, in denen sie sich so gut wie unsichtbar gemacht hatte, sich alles versagt und sich von allem abgeschottet hatte, was diese Finsternis in ihr wecken konnte.

Zu spät.

Sie spürte einen Ruck, ein Reißen, und plötzlich nahm eine Woge aus purer Energie alle Angst mit sich, spülte die zurückhaltende, schüchterne Skye einfach hinfort, und etwas anderes übernahm die Kontrolle. Ihr rasender Puls verlangsamte sich zu einem regelmäßigen, rhythmischen Trommeln. Sie spürte, wie sich ihr Skelett veränderte, wie sich ihre Knochen verhärteten, wie Muskeln und Sehnen vor neuer Kraft anschwollen und die Nähte ihrer Kleidung kurz vor dem Platzen waren.

Als ihr der kleine Mann, der mit seinen gegelten und verstrubbelten Haaren wie das Mitglied einer Boygroup aussah, die Brille von der Nase schlug, sah sie nicht verschwommen – sondern besser als je zuvor. Die Nacht wurde heller, sodass sie die Mitesser auf seiner Nase und die tiefen Aknenarben unter seinen Wangenknochen erkennen konnte. Auch ihre anderen Sinne waren ungewohnt scharf. Sie hörte das Knacken des Plastikgestells und das Knirschen der Gläser und sogar das Flüstern des Sandes, in den die Brille gedrückt wurde – wie aneinander reibende Handflächen.

Sie hörte die Herzen der Männer, hörte das Blut, das durch ihre Adern in ihrem roten heißen Fleisch rauschte. Sie roch den schweren, metallischen Duft ihres Blutes und blähte die Nasenflügel.

Die Angst war dem Hunger gewichen. Der Andere erhob sich aus dem Sand, um zu fressen.

2

Chief Deputy Sheriff Gene Martindale folgte mit dem Strahl seiner Taschenlampe der langen Eingeweideschlinge, die wie eine exotische Frucht von einer Pappel baumelte. Sofort war ihm klar, dass er es hier mit etwas weitaus Abgründigerem zu tun hatte als den Halbstarken, den kleinen Drogendealern und den prügelnden und saufenden Ehemännern, die sonst seinen Alltag bestimmten.

Der Lichtstrahl glitt den Baum hinunter, über den Boden und einen menschlichen Kopf. Gene hielt inne und schwenkte die Lampe wieder auf den Kopf zurück, der im roten Sand neben den Ruinen des alten Roadhouse lag. Nach und nach entdeckte er weitere Körperteile auf dem Schotter und im spärlichen Buschwerk: Köpfe, Arme, Füße und Organe lagen scheinbar wahllos verstreut herum. Er zählte kurz nach und schätzte, dass die Gliedmaßen zu mindestens drei Männern gehörten. Mit einem Mal überkam ihn eine Panik, die er nur mit Mühe unterdrücken konnte.

Gene war ein dünner Mann, der älter als seine dreißig Jahre wirkte, asketisch, ohne ein Gramm Fett auf den Knochen. Die tiefen Falten in seinem Gesicht waren fast so scharf wie die seiner Uniform, die er jeden Morgen vor Sonnenaufgang ordentlich bügelte.

»Hast du dich mal umgesehen?«, fragte er Deputy

Bobby Heck, der diese gotteslästerliche Schweinerei entdeckt hatte.

»Nein, Sir.« Heck klang, als ob er sein Abendessen bereits von sich gegeben hätte und der Nachtisch nicht lange auf sich warten lassen würde.

»Okay, Bobby. Du erzählst mir jetzt klar und deutlich, was passiert ist.«

»Ich war bei 'nem Fall von häuslicher Gewalt, drüben in Double Heart. Der alte Pruitt hat seine Alte mal wieder ordentlich in die Mangel genommen. Auf dem Rückweg hab ich den hier gesehen.« Er deutete auf das staubige Auto, das im Scheinwerferlicht seines Streifenwagens stand. Der V8 brummte tief im Leerlauf vor sich hin, der Auspuff klapperte, beide Türen standen sperrangelweit offen. »Ich wollte nachsehen, und da hab ich das hier gefunden.«

»Und auf der Straße war niemand?«

»Niemand. Nichts.«

Gene ging zum Auto hinüber. Es war ein Dodge Charger – Baujahr '68, wenn er sich nicht irrte –, genau wie der, der sich in diesem alten Film eine Verfolgungsjagd mit Steve McQueens Mustang lieferte.

»Hast du den Wagen durchsucht?«

»Nein, Sir. Ich dachte, ich warte lieber auf Sie.«

Gene grunzte und reichte Heck die Taschenlampe. Er zog ein Paar Untersuchungshandschuhe aus der Uniformtasche, streifte sie über und streckte die Finger aus. Dann ließ er sich die Lampe zurückgeben und richtete sie auf den umgeklappten Fahrersitz, dessen Lehne das Lenkrad berührte. Also hatte auch hinten jemand gesessen. Sie waren zu dritt gewesen. Mindestens.

»Okay, Bobby. Hol die anderen. Wir müssen hier alles absichern, bis die State Police, die DEA und der ganze verdammte Zirkus eintrudeln.«

»Ist wohl 'ne Drogengeschichte?«

»Was denn sonst?«

Heck nickte und kletterte die Böschung zum Streifenwagen hinunter. Gene beleuchtete die Lenksäule. Der Zündschlüssel steckte im Schloss, eine Kette mit einem Totenkopf aus Plastik baumelte daran. Er schaltete den Motor ab, wobei er darauf achtete, die Fingerabdrücke auf dem Metall nicht zu verwischen.

Dann beugte er sich vor und ließ den Lichtstrahl durch das Innere des Fahrzeugs schweifen. Zwischen den Vordersitzen steckte eine halb leere Flasche Jack Daniel's. Der Boden war mit Hamburgerpapieren übersät. Auf der Rückbank glitzerte etwas: eine Methpfeife. Daneben lag etwas Asche auf dem Leder.

Gene griff unter die Vordersitze und ertastete auf der Beifahrerseite eine abgesägte Schrotflinte. Er nahm sie am Abzugsbügel heraus und schnupperte am Lauf. Sie war seit Längerem nicht abgefeuert worden. Er legte sie wieder dorthin zurück, wo er sie gefunden hatte, richtete sich auf, zog den Schlüssel aus dem Zündschloss und ging zum Kofferraum.

Heck begleitete ihn. »Die Jungs sind unterwegs.«

Gene nickte und steckte den Schlüssel ins Kofferraumschloss. Er gab die Taschenlampe an Heck weiter und zog seine Glock aus dem Gürtelholster. Als er den Schlüssel umdrehte, bis es klickte, hörte er, wie Heck tief Luft holte. Langsam brachte er die Automatik in der rechten Hand in Anschlag und öffnete mit der linken die Klappe. Im Kofferraum befanden sich ein Ersatzreifen, ein Wagenheber, ein paar andere Werkzeuge und ein Haufen leerer Schnapsflaschen und Essensverpackungen.

Nichts, was ihm hätte gefährlich werden können. Und auch keine Drogenpakete mit Heroin oder Kokain.

Es war höchst unwahrscheinlich, dass diese Männer Opfer eines Drogendiebstahls geworden waren. Als sie ausgestiegen waren, hatten sie keine Gefahr vermutet, sonst hätten sie die Schrotflinte nicht im Wagen liegen lassen. Sie hatten also ihren Mörder gekannt – oder ihn unterschätzt.

Ihn – oder *es*.

»Warte hier«, sagte Gene.

Er ging ein paar Schritte vor und ließ den Strahl der Taschenlampe über den Haufen zerrissenen Fleischs auf dem Schotter, dem Gestrüpp und den Agaven wandern. Solche bestialischen Morde mochten vielleicht in den gesetzlosen Grenzstädten vorkommen, wo die Drogenkartelle ihr Unwesen trieben. Aber hier, in diesem dünn besiedelten, abgelegenen Landstrich?

Es war nur vernünftig, die State Police hinzuzuziehen. Das Sheriff's Department verfügte bei Weitem nicht über die Mittel, um ein solches Verbrechen aufzuklären. Eines jedoch beunruhigte ihn: Die Toten waren weiß, keine tätowierten dunkelhäutigen Männer, wie sie sonst den verfeindeten Kartellen zum Opfer fielen. Man hatte sie mit einer geradezu viehischen Grausamkeit in Stücke gerissen. Aus dem abgetrennten Bein, das neben ihm lag, ragte der Oberschenkelknochen heraus. Es sah fast so aus, als hätte jemand darauf herumgenagt.

Eugene Martindale hatte sich um seiner geistigen Gesundheit willen schon lange alle Hirngespinste und wilden Spekulationen abgewöhnt. Doch die Hölle, die sich da vor ihm auftat, löste ungebetene Erinnerungen aus.

Der brüllende Motor eines Ford Expedition, der ohne Rücksicht auf Stoßdämpfer oder Genes Tatort durch die Wüste pflügte, riss ihn aus seinen Gedanken. Der Wagen kam in einer Staubwolke zum Stehen, die Scheinwerfer blendeten Gene und tauchten das Schlachtfeld vor ihm in grelles Licht.

Gene trat beiseite und beobachtete, wie sich Sheriff Dellbert Drum aus dem Ford wuchtete. Er war ein fast zwei Meter großer, massiger Mann, dem man seine Uniformen auf den gewaltigen Leib schneidern musste.

»Chief Deputy«, sagte Drum.

»Sheriff.«

»Da hast du ja eine gottverdammte Sauerei am Hals, Jungchen.«

Gene antwortete nicht, sondern kehrte dem Riesen den Rücken zu. Im hellen Licht entdeckte er einen weiteren Kopf und korrigierte seine erste Vermutung: Es waren vier Männer, die hier in Fetzen vor ihm lagen.

»Ist doch deine Sauerei, oder? Um Haaresbreite, würde ich sagen.« Drum zündete sich eine Zigarre an, so schwarz wie Lakritze.

Gene nickte. Die unsichtbare Grenze, die seinen von Drums Zuständigkeitsbereich trennte, lag unmittelbar hinter dem Tatort. Eine über hundert Jahre alte Mauschelei war schuld daran, dass es sich tatsächlich um seine Sauerei handelte.

Auf der Karte sah es so aus, als wäre die Grenzlinie, die schnurgerade von Norden nach Süden verlief, plötzlich auf ein Hindernis gestoßen und hätte einen Bogen zur rechten Seite geschlagen, bevor sie wieder die ursprüngliche Richtung aufnahm. In diesem Bogen befanden sich die Ruinen des Roadhouse, das lange vor der Grenzziehung erbaut worden war und von Rechts wegen eigentlich zum Nachbarcounty gehört hätte. Zu Anfang des zwanzigsten Jahrhunderts allerdings hatten dort Männer das Sagen gehabt, die die Bibel höher schätzten als Schnaps und leichte Mädchen. Da hatte ein Etablissement voll Schwarzgebranntem und zwielichtigen Huren nichts zu suchen.

In Genes County dagegen war es in jenen Tagen etwas lockerer zugegangen. Hier hatten sich die Altvorderen eher für Bares als für Recht und Ordnung interessiert, und nachdem genügend Geld den Besitzer gewechselt hatte, wurde die Grenze verschoben und dadurch das Roadhouse vor den Moralaposteln in Sicherheit gebracht.

Im Laufe der Zeit hatten sich die Dinge ins Gegenteil verkehrt. Genes County war unter der Obhut von Sheriff Milt Lavender – der mehr Amtszeiten auf dem Buckel hatte, als die Erinnerung der meisten zurückreichte, und der in diesem Augenblick auf dem Sterbebett lag – zum Symbol der Gerechtigkeit geworden, während Drum auf seiner Seite ein Imperium der Sünde errichtet hatte, in dem die Korrupten und Verdorbenen willkommen waren, solange sie den Preis bezahlten, den er verlangte, damit er beide Augen zudrückte.

Gene war noch nie vor einer Aufgabe zurückgeschreckt, doch im Augenblick wäre er heilfroh darüber gewesen, diesen heillosen Schlamassel Dellbert Drum übergeben zu können, wieder in seinen Streifenwagen zu steigen, nach Hause zu fahren und die ganze Sache und die gefährlichen Erinnerungen, die sie heraufbeschwor, einfach zu vergessen.

»Ich glaub, der hier ist auf meine Seite gehüpft«, sagte Drum. Er stieß einen kurz über dem Knöchel abgetrennten, nackten Fuß mit der Spitze seines Straußenlederstiefels über die imaginäre Grenzlinie. »Na bitte. Da liegt er richtig.«

Nachdem Drum so für Ordnung gesorgt hatte, stellte er sich neben Gene. »Kommt dir das irgendwie bekannt vor, Jungchen?«

»Sieht nach einem Kartell aus. Wie im Fernsehen.«

»Na, ich glaube, so was hast du auch schon live erlebt.«

Gene legte den Kopf schief und sah ihn an. Er versuchte, nicht an die Zeit von vor fünfzehn Jahren zurückzudenken, als er noch ein Junge und Drum unter Sheriff Lavender Deputy in diesem County gewesen war – bevor ihn der Ehrgeiz gepackt hatte. Gene versuchte, nicht an Drum und Lavender zu denken, wie sie inmitten des Albtraums standen, in das sich das Wohnzimmer seiner Eltern verwandelt hatte. Das Wohnzimmer in dem Haus, das jetzt ihm gehörte. Er unterdrückte die Erinnerung mit aller Macht.

»Nein«, sagte Gene einsilbig.

Drum lachte und nahm einen tiefen Zug von seiner Zigarre. Blauer Rauch waberte um seinen Kopf.

»Sicher?«

Gene wandte sich von Drum ab und betrachtete eingehend den Tatort, damit ihn seine Miene nicht verraten konnte. Er starrte in die Nacht hinaus und kämpfte darum, seine Vorstellungskraft unter Kontrolle zu halten.

»Grüß deine kleine Schwester schön von mir, ja?«, sagte Drum und stieg wieder in den Expedition.

Gene hatte ihn gar nicht gehört. Genauso wenig hörte er den anfahrenden Ford oder sah die Scheinwerfer, die wieder auf die Straße schwenkten. Er sah seine Schwester, das Findelkind, oder vielmehr das Ding, das Besitz von ihr ergriffen hatte. Wie es den Brustkasten seines Vaters aufgebrochen hatte, wie sich ihr kleines Kindergesicht zu einer dämonischen, uralten Grimasse verzerrt hatte, als sie sein Herz fraß.

3

Als Skye Martindale wieder zu sich kam, stand sie auf den ölverschmierten Pflastersteinen vor der Garage, in der Gene den Streifenwagen abstellte, wenn er von der Arbeit nach Hause kam. Sie konnte sich nicht an das Geringste erinnern. Sie bemerkte das Blut auf ihren Armen und Händen und vermutete, dass sie einen Unfall gehabt hatte – *einen Autounfall?* – und unter Schock stand.

Die schiere Menge an Blut verblüffte sie. Es bedeckte ihr Haar und ihr Gesicht. Eine dicke Schicht war um ihren Mund herum getrocknet, sie spürte es bitter und schlammig auf der Zunge. Die völlig durchtränkte Kleidung klebte an ihrem Körper. Das geronnene Blut spannte bei jeder Bewegung auf ihrer Haut. Mit einem Mal holten sie die ersten Erinnerungsfetzen ein, und da wusste sie, dass es nicht ihr eigenes Blut war.

Weitere ungebetene Erinnerungsblitze durchzuckten sie, sodass sie ins Taumeln geriet und beinahe das Gleichgewicht verloren hätte. Ein großes Auto. Vier Männer um sie herum. Und was danach geschah, als sie sie selbst war und etwas völlig anderes.

Sie bemerkte das Flackern des Fernsehgerätes im Wohnzimmer und Maria, die Babysitterin, die sie mit offenem Mund und voller Entsetzen anstarrte. Dann wurde ihr klar, dass die Frau, die auf dem Sofa lag, schlief und dabei den Mund geöffnet hatte.

Mach schnell, ermahnte sie sich und sah reflexartig zu Timmys Zimmer hinauf. Hatte sich da der Vorhang bewegt? Das war nur der Wind, dachte sie und klammerte sich verzweifelt an die so unwirklich erscheinende Realität der heißen Wüstenbrise.

Seine Mama rief seinen Namen, und der Junge schreckte aus dem Schlaf.

»Timmy«, sagte sie. »Tim-mii!«

Er öffnete die Augen und sah ihr hübsches Gesicht. Sie war ganz nahe, doch als er die Hand nach ihr ausstreckte, konnte er ihr Gesicht nicht mehr sehen, und sie war verschwunden.

Timmy spürte, wie ihm die Tränen in die Augen schossen und ein Schluchzen in seiner Kehle aufstieg. »Du musst ein großer Junge sein«, sagte er laut. »Für deinen Daddy.«

Dann legte er wieder den Kopf aufs Kissen und hörte von unten Stimmen aus dem Fernseher. Die hatten ihn wohl aufgeweckt.

Er musste dringend aufs Klo – damit er nicht ins Bett machte, nicht so wie damals, nachdem seine Mama nicht mehr da gewesen war. Da hatte er ständig ins Bett gemacht. Also stand er auf und tapste zur Tür, aber irgendetwas zog ihn zum Fenster hin, und als er durch den Spalt im Vorhang spähte, ging die Horrorshow los, und er sprang zurück und hielt sich die Hände vor die Augen und hatte zu viel Angst zum Schreien und spürte, wie das warme Pipi sein Bein hinunter auf den Boden lief.

Erst war der Blitz gekommen – die Horrorshow fing immer mit einem hellen Blitz an, und die Farben waren ganz komisch und viel zu grell –, und dann war ein Monster im Garten gestanden, unter dem Basketballkorb. Ein Monster mit langen Armen und einem herunterhängenden Gesicht.

Timmy verscheuchte die Horrorshow aus seinem Kopf und linste ein zweites Mal durch den Vorhang. Es war nur Skye. Skye stand da draußen. Timmy wusste nicht, warum sie so rot war. Sie sah zum Fenster hoch, und Timmy duckte sich schnell. Sie durfte nicht merken, dass er sich wieder nass gemacht hatte wie ein kleines Baby, deshalb zog er seine Schlafanzughose aus und wischte damit die Pfütze auf.

Dann knüllte er die Hose zusammen. Auf dem Boden lag eine Plastiktüte voller Superhelden. Er schüttete die Figuren aus, stopfte die Hose in die Tüte und schob sie weit unters Bett. Er legte sich wieder hin, und als er hörte, wie sich die Haustür ganz leise öffnete und wieder ins Schloss fiel, zog er sich die Decke über den Kopf.

Skye betrat lautlos das Haus und schlüpfte aus ihren Nikes, damit sie keine Blutspuren auf dem Teppich hinterließ. Maria wachte nicht auf. Ihr Gesicht wurde vom Flackern des Bildschirms erhellt. Skye schlich sich an ihr vorbei, ging die Treppe hinauf und riskierte einen kurzen Blick in Timmys Zimmer. Sie sah ihn still unter der Decke liegen und schloss vorsichtig die Tür.

Dann ging sie ins Badezimmer und sperrte hinter sich ab. Sie starrte einen Augenblick lang das rosa Blumenmuster auf den braunen Fliesen an, nahm allen Mut zusammen und wandte sich wie ein Soldat auf dem Exerzierplatz rechtsum, damit sie in den großen Spiegel über dem Waschbecken sehen konnte. Sie musste alle

Willenskraft aufbringen, um nicht aufzuschreien, als ihr eine Figur aus einem Horrorfilm entgegenstarrte – Haare, Gesicht und Kleidung waren über und über mit Blut bedeckt.

Skye ging in die Hocke und schaffte es gerade rechtzeitig zur Toilette, bevor sich ihr Mageninhalt in die Schüssel ergoss. Sie zitterte. Der Blutgeruch, sein Geschmack auf der Zunge in Kombination mit dem intensiven, würzigen Aroma von Menschenfleisch, ließ sie erneut würgen.

Als sie fertig war, zog sie die Jeans und das zerfetzte T-Shirt aus und stopfte beides in den Wäschesack. BH und Höschen hatten offenbar nichts abbekommen, doch als Schwester eines Deputy war ihr sehr wohl bewusst, dass sie die ebenfalls verschwinden lassen musste. Genau wie die Uhr mit dem beschmutzten Armband. Hinter den eingetrockneten Blutflecken auf dem Glas konnte sie erkennen, dass es nach ein Uhr morgens war. Sie hatte über eine Stunde verloren.

Sie stellte sich unter die Dusche, seifte sich ein und schrubbte ihren Körper, bis sich ihre Haut rot färbte und brannte. Dann fuhr sie sich mit den Fingern durchs Haar, riss die vom Blut verfilzten Strähnen heraus, löste die kleinen Klumpen mit den Fingernägeln. Rosa Wasser gurgelte in den Abfluss. Als es nach einer Ewigkeit endlich klar wurde, trocknete Skye sich ab.

Sie ließ ihre Zunge durch ihre Mundhöhle gleiten, spürte einen Widerstand, beugte sich ganz nahe vor den Spiegel und fletschte die Zähne, zwischen denen Fleischfetzen steckten. Eine weitere Erinnerung tauchte auf: Eine Hand (es war nicht ihre, wirklich nicht, trotz der Armbanduhr) riss ein menschliches Herz aus einem Brustkorb. Das wabbelige Ding schlug noch und verspritzte Blut, als sie den ersten Bissen nahm.

Verzweifelt griff sie nach der Zahnseide und löste damit einen grässlichen Fleischbrocken nach dem anderen, spuckte sie ins Waschbecken und spülte mit Wasser nach. Sie benutzte für jeden einzelnen Zahn ein neues Stück Seide und rieb so fest, bis sie ihr eigenes salziges Blut auf der Zunge spürte.

Skye spülte die gerötete Zahnseide die Toilette hinunter, und als sie sich wieder im Spiegel betrachtete, waren sämtliche Spuren ihrer Taten verschwunden – genau wie das Ding, das in ihr schlummerte.

Bis sie plötzlich begriff, dass sie auch ohne Brille sehen konnte. Da wusste sie, dass die Jahre der selbstauferlegten Kurzsichtigkeit und des Einsiedlerdaseins vorüber waren.

4

Der Abend hatte für Skye begonnen wie alle anderen auch. Sie hatte Timmy Essen gemacht und gewartet, bis Maria Martinez, die Babysitterin – so pummelig und hübsch und unpünktlich wie immer –, ins Haus gestürmt kam. Und wie immer hatte sie eine mit Stricksachen, Klatschmagazinen und Horror-DVDs vollgestopfte Tasche dabei.

Skye küsste Timmy zum Abschied. Unter der weichen Haut ihres sechsjährigen Neffen erkannte sie die harten, ernsten Gesichtszüge ihres Bruders. Ihr Bruder war ein anständiger Mann. Ein Heiliger, hieß es. Trotzdem betete sie jeden Tag, dass der Junge ohne die Gespenster der Vergangenheit aufwuchs, die seinen Vater heimsuchten und ihn innerlich immer weiter aushöhlten.

Skye schaffte es gerade rechtzeitig zum alten verrosteten Wasserturm an der Ecke, damit Richie sie in seinem klapprigen Pick-up, auf dem immer noch der verblasste Schriftzug eines lange aufgegebenen Klempnerbetriebs zu lesen war, in die Stadt mitnehmen konnte. Richie begrüßte Skye mit einem Grunzen und fuhr schweigend die Straße entlang, die an niedrigen Häusern und Einkaufszentren vorbei in die Stadt führte.

Richie war ungefähr zwanzig. Skye kannte ihn, weil er ein paar Klassen über ihr gewesen war. Ein Einzelgänger, der die Schule abgebrochen hatte und nun als Tankwart bei Earl's arbeitete. Skye hatte ebenfalls die Schule geschmissen – eine unbestimmte Angst hatte sie davon abgehalten, ihrem Potenzial entsprechende Noten zu bekommen, damit sie nur ja nicht aufs College mit seinen vielen Gefahren gehen musste. Jetzt kellnerte sie in Earl's Diner. Eines Tages hatte Richie neben ihr angehalten, als sie gerade auf dem Weg zur Arbeit gewesen war.

Zuerst hatte Skye befürchtet, dass er sich an sie ranmachen wollte, aber das war nie geschehen. Er schien völlig desinteressiert und nahm sie nur aus reiner Höflichkeit mit. Da er die ganze Nacht durcharbeitete, fuhr sie üblicherweise mit ihrer älteren, geschiedenen Kollegin Minty nach Hause. Sofern Minty nicht gerade dabei war, Männer anzugraben. Oder sich angraben zu lassen.

Skye starrte durch das Fenster auf den hässlichen kleinen Ort, der langsam kleiner wurde und schließlich in die Ausläufer der großen Stadt im Norden überging. Die Straße war die Nabelschnur, die das winzige Kaff mit dem Ghetto jenseits der Grenze verband und seine einzige Daseinsberechtigung darstellte. Doch mit dem neuen Zaun und den zunehmenden Aktivitäten der Grenzpolizei wurde diese Verbindung immer unbedeutender, der Ort immer kleiner.

Richie hielt auf dem Parkplatz vor dem Diner, murmelte irgendetwas und ging dann in Richtung Tankstelle.

Skye drückte die Glastür zu Earls kleinem Resopalreich auf, das vor vierzig Jahren ein echtes Prunkstück gewesen war, wenn man den älteren Semestern Glauben schenken wollte. Inzwischen quoll das Polster aus den roten Stühlen, die gelben Tische waren verkratzt, und die beleuchteten Fotos von Eisbechern und Hamburgern an der Wand verblassten zu einem breiigen Grün.

»Minty ist noch nicht da«, sagte Earl, der plötzlich wie eine Handpuppe in der Küchendurchreiche auftauchte.

Für Skye war Earl einer dieser Typen, die schon alt auf die Welt gekommen waren. Seine Haut wirkte wie ein abgetragener, verknitterter Anzug, der locker auf seinen Knochen hing.

Skye zwängte sich in den Personalraum neben der Küche, schnappte sich die Schürze und den bescheuerten kleinen Stoffhut, auf den EARL'S gestickt war, und ging wieder ins Diner zurück.

»Dann wirst du dich wohl allein um den Ansturm beim Abendessen kümmern müssen«, sagte Earl.

Skye nickte und sah sich im leeren Restaurant um. Vielleicht würden vor Mitternacht noch ein paar Trucker auftauchen, die auf der Interstate im Norden unterwegs waren und von den Lichtern angezogen wurden. Sie würden eine Tasse von Earls grässlichem Kaffee trinken, während draußen die Motoren ihrer Laster beim Abkühlen klimperten und knarrten.

Die Tür wurde aufgestoßen, und Minty stolzierte herein. Sie hielt kurz inne, um einen letzten Zug von ihrer Marlboro zu nehmen, und blies den Rauch durch die Nasenlöcher und dic bemalten Lippen hinter sich in die Nacht. Dann schnippte sie die Kippe vor die Tür und stöckelte durch das Diner. Ihre Schuhe klickten wie verächtliches Zungenschnalzen.

»Du bist spät dran«, sagte Earl durch seine Durchreiche.

»Jetzt bin ich ja hier, oder?«, sagte Minty, zwinkerte Skye zu und verschwand im Personalraum.

Earl betrachtete ihren Hintern in dem engen Rock, und Skye konnte die Wellen der Begierde, die er ausstrahlte, förmlich spüren. Er warf den Gefrierschrank zu und klapperte mit den Tellern, ließ seinen Frust an der Kücheneinrichtung aus. Earl war schon seit zu vielen Jahren hoffnungslos in Minty verknallt, und jeder Biker, Trucker und Taugenichts, der sich in ihr Bett und in ihr Herz schlich, machte es nur noch schlimmer. Stoisch und stumm musste er mit ansehen, wie sie in Sattelschlepper und auf Harleys stieg, ihm für immer Lebewohl sagte, nur um ein paar Tage später voller Reue, mit einem Kater und blauen Augen wieder angekrochen zu kommen.

Ein Lastwagen kam mit zischenden Bremsen auf dem Parkplatz zum Stehen. Der Trucker war groß und jung genug, um Mintys Aufmerksamkeit zu erregen. Er marschierte in das Lokal, warf sein John-Deere-Käppi auf einen freien Tisch und glitt auf die Sitzbank dahinter. Minty strich sich die Schürze glatt und schob sich an Skye vorbei.

»Der gehört mir, Schätzchen«, murmelte sie ihr aus dem Mundwinkel zu.

Zweifellos, dachte Skye. Minty beugte sich vor, um dem Trucker ihr gepudertes Dekolleté zu präsentieren. Ihre falschen Wimpern flatterten wie balzende Schmetterlinge, und sie steckte sich lasziv den Bleistift in den Mund.

Was dann folgte, hatte Skye schon des Öfteren beobachten dürfen: Der Trucker stürzte seinen Kaffee hinunter, und wenige Minuten später wurde Minty von einer

Migräneattacke heimgesucht. Earl gab ihr ein Aspirin, das sie brav schluckte, bevor sie Skye über die Schulter hinweg einen vielsagenden Blick zuwarf und in die Nacht verschwand, um den Typen irgendwo in einer Bar zu treffen – und damit verabschiedete sich auch Skyes Mitfahrgelegenheit.

Kurz vor Mitternacht schloss Earl die Küche. Skye hatte sich immer noch nicht dazu durchgerungen, ihn zu bitten, sie nach Hause zu fahren. Da gurgelte ein großer schwarzer Wagen vor die Tankstelle, woraufhin Richie aus seinem Kabuff trat. Vier Männer stiegen aus. Der Beifahrer, ein aufgedrehter kleiner Kerl, deutete auf die Motorhaube.

Richie öffnete sie und klemmte den Stützstab dazwischen. Er beugte sich vor, um den Ölstand zu prüfen, was aussah, als würde er sich in ein weit geöffnetes Maul lehnen. Der Winzling schlug den Stab beiseite und fing die Motorhaube gerade noch ab, bevor sie auf Richie fallen konnte. Er lachte gellend, als Richie sich vor Schreck den Kopf daran stieß.

Dann betraten drei der Männer das Diner. Einer hielt dem Zwerg, der hässliche, aber teure Klamotten trug, die Tür auf. Der Fahrer blieb neben dem Auto stehen, rauchte und starrte ins Nichts.

Der Winzling baute sich vor der Theke auf, hinter der Earl gerade die Kasse zusperrte.

»Wir haben schon geschlossen«, sagte Earl. »Tut mir leid, Jungs.«

»Da steht aber was anderes.« Der kleine Mann deutete auf das GEÖFFNET-Schild, das von der Tür baumelte. Seine Stimme hatte einen leichten Akzent.

»Die Küche ist schon dicht.«

»Soll das etwa heißen, dass wir nicht in den Genuss Ihrer Kochkunst kommen?« Sein Lachen klang wie eine rostige Kurbelwelle.

»Wie wär's, wenn euch Skye hier einen Kaffee mit auf den Weg gibt? Geht aufs Haus.«

Der Zwerg richtete seine kleinen Augen unter den schweren Lidern auf Skye. »Tatsache, meine Hübsche?« Das letzte Wort sprach er so ironisch aus, dass seine Kumpels zu kichern anfingen.

Schweigend goss Skye mit dem Rücken zu den Männern Kaffee in die Pappbecher.

»Schließ alles gut ab, ja?«, sagte Earl, als er sich an ihr vorbeizwängte.

»Ja«, sagte sie und wandte sich den Männern zu, während Earl das Lokal verließ. »Schwarz oder mit Milch?«

»O Baby, bei dir immer mit Milch«, sagte der Kleine und ließ die Hüften kreisen. Das Gelächter seiner Freunde bildete den Bass zu seinem Falsett.

Skye gab Milch in den Kaffee und verrührte die muschelschalenfarbenen Strudel. Sie blendete die Stimmen aus, während sie die Deckel auf die Becher drückte, sie in einen Karton steckte und Zuckertütchen und Plastiklöffel dazulegte.

Einer der größeren Männer nahm den Karton entgegen. Der Zwerg packte ihren Arm, als sie ihn über die Theke streckte.

»Wie sieht's aus, Skye? Dürfen wir dich auf eine Spritztour in unserer Limousine einladen?«

»Mein Bruder wird jeden Augenblick kommen«, sagte sie und wünschte, dass dem tatsächlich so wäre. »Er ist der Chief Deputy hier.«

»Was sagt man dazu, der Deputy höchstpersönlich«, sagte der kleine Mann mit schlecht imitiertem Hinterwäldlerakzent. »Habt ihr gehört, Jungs? Der Bruder von der Süßen ist der Sheriff hier.«

Die beiden Männer lachten nervös. Der Zwerg zuckte mit den Schultern, drehte sich um, und seine Begleiter folgten ihm zum Auto. Der große Mann setzte sich hinter das Steuer und ließ den Motor an. Die anderen hatten kaum Zeit, um einzusteigen, als er auch schon mit quietschenden Reifen losfuhr. Der Wagen schlingerte vom Parkplatz auf die Straße, die roten Rückscheinwerfer verschwanden in der Nacht.

Im Diner herrschte mit einem Mal Stille, die nur durch das Ticken der Coca-Cola-Uhr an der Wand durchbrochen wurde. Skye legte die Hand auf das Telefon, um ihren Bruder anzurufen. Das Polizeirevier war nur drei Straßen entfernt, und er würde sie, ohne sich zu beschweren, mitnehmen. Zumindest ohne sich *laut* zu beschweren. Auf der Rückfahrt würde sein Ärger fast greifbar im Wagen hängen – sein Ärger darüber, dass er seine kostbare Zeit darauf verschwendete, seine Schwester von ihrem unsinnigen Job nach Hause zu fahren. Ein Job, mit dem sie noch nicht mal ihr Taschengeld verdiente.

Skye verstaute Schürze und Hut in ihrem Spind, schaltete das Licht aus und sperrte ab. Als sie an Richie in seinem Kabuff vorbeiging, winkte sie ihm zu, aber er war so auf sein Buch konzentriert, dass er sie nicht bemerkte.

Zu dieser Stunde war die Stadt wie ausgestorben. Einige Fetzen Gitarrenmusik wehten über den Grenzzaun zu ihr hinüber, dann war außer dem Zirpen der Insekten nichts mehr zu hören. Es war noch ziemlich warm. Die Hitze staute sich unter den Kumuluswolken, die den Mond verdeckten. Sie spürte Schweißtropfen auf ihrer Oberlippe, als sie das letzte niedrige Haus passierte und der rissige, löchrige Asphalt in einen Feldweg überging.

Sie hatte gerade die Ruinen des alten Roadhouse erreicht – ein Durcheinander verrottender Dachbalken, das wie ein verlassenes Mikadospiel auf dem Betonfundament lag –, als sie ein quietschendes Lachen hörte. Das große Auto stand neben der Straße, ein Streichholz flackerte im Innern auf.

Scharfer Chemiegestank schlug ihr aus den heruntergekurbelten Fenstern entgegen. Sie ging schneller und hätte sich am liebsten in Luft aufgelöst, doch sie war noch nicht weit gekommen – der Wasserturm mit seinen dünnen Beinen war nach wie vor nur eine entfernte, dunkle Silhouette –, als sie das Grummeln des Motors hörte. Die Scheinwerfer beleuchteten den Sand zu ihren Füßen.

Sie spielten mit ihr. Inzwischen hatte sie das Tempo eines olympischen Gehers angenommen, während der Fahrer nur immer gerade so viel Gas gab, um mit ihr mitzuhalten. Sie ließen sie rennen, hielten sich immer dicht hinter ihr. Der Wagen beschleunigte erst, als sie die Straße verließ und in die Wüste lief, eine große Sandfläche, die flach wie eine Tischplatte bis zum weit entfernten Grenzzaun reichte.

Skye rannte, rannte schneller als bei jedem Leichtathletikwettbewerb, schwang Arme und Beine, versuchte den Männern zu entkommen – und sich selbst.

5

Sheriff Dellbert Drum war schlau genug, um zu wissen, dass er dumm wie Brot war. Aber das hatte ihn noch nie gestört, und er hatte auch nicht die leiseste Absicht, seinen Horizont in irgendeiner Form zu erweitern. Im Gegenteil – er hatte sein bisheriges Leben damit verbracht, diesen Horizont auf die wichtigen Dinge zu verengen. Dummheit und eine gewisse Durchtriebenheit schlossen sich schließlich nicht aus, und von beidem hatte er reichlich.

Ebenso wie noch einige weitere Talente: zum Beispiel ein fotografisches Gedächtnis, was bestimmte Vorteile mit sich brachte, wenn man Legastheniker war und praktisch als Analphabet aufwachsen musste. Nachdem sich der dünnärschige Gene Martindale die Leichenteile angeguckt hatte – als ob ihm die Köpfe verraten könnten, was im Namen des barmherzigen Gottes hier wohl passiert war –, hatte Drum sofort gewusst, dass die zerbrochene Brille, die er in der Zwischenzeit halb vergraben im Sand hinter einer Agave entdeckte, Genes Schwester gehörte.

Jetzt steuerte er den Ford tief in sein eigenes County, und die Überreste der Brille lagen in einem Plastikbeutel neben ihm auf dem Beifahrersitz. Das Gestell war an der Brücke in zwei Teile zerbrochen, ein Glas fehlte, das andere war zersplittert und mit Blut bedeckt. Und es war nicht das Blut des Mädchens, jede Wette.

Drum war sich deshalb so sicher, dass es sich um Skye Martindales Brille handelte, weil er die blaue Büroklammer wiedererkannte, die den linken Bügel anstelle einer Schraube festhielt. Er war ein paar Tage zuvor auf eine Tasse Kaffee bei Earl gewesen. Skye hatte ihn bedient und kaum die Füße gehoben, als sie zu ihm rübergeschlurft kam. Das spröde Haar war ihr ins Gesicht gefallen, und dahinter hatte er die Büroklammer gesehen und sich gefragt, warum es Martindale seiner Schwester erlaubte, sich derart schäbig in der Öffentlichkeit blicken zu lassen.

Deshalb hatte er sich auch reflexartig (und für einen so massigen Kerl überraschend gelenkig) gebückt, die zerbrochene Bille aufgehoben, sie in seiner riesigen Hand versteckt und war anschließend zu seinem Wagen spaziert. Bei der ersten Gelegenheit hatte er sich die Brille genauer angesehen – im Schein der Fahrzeugbeleuchtung, in sicherer Entfernung vom Tatort. Mit Genugtuung hatte er ein sprödes blondes Haar entdeckt, das sich in der Büroklammer verfangen hatte. Ein DNA-Test würde sicher ein erfreulich eindeutiges Ergebnis liefern.

Er fuhr auf der Hauptstraße durch die Geisterstadt, die früher der Verwaltungssitz seines County gewesen war. Drum zog ein Handy aus der Brusttasche und drückte mit seinen dicken Fingern darauf herum. Es klingelte so lange, dass es ihn zur Weißglut trieb, und als er endlich die verschlafene Stimme seines Neffen hörte, war er auf hundertachtzig.

»Ja?«

»Richie? Onkel Dellbert hier.«

»Ja, Sir.«

»Alles klar bei dir?«

»Ja, Sir.« Er klang, als wäre er auf dem Grund eines Brunnenschachtes.

»Hast du kürzlich einen Dodge Charger gesehen?«

»Schwarz?«

»Wie die Nacht.«

»Ja, der hat gestern hier getankt.«

»Um wie viel Uhr?«

»So gegen Mitternacht.«

»Die Leute, die drin saßen, sind die ins Diner gegangen?«

»Ja, Sir. Sind sie.«

»Hat da die kleine Martindale bedient?« Pause. »Raus mit der Sprache, Freundchen. Sonst komm ich rüber und prügel dir die Scheiße aus dem Leib.«

»Ja, Sir. Sie hat bedient.«

»Ist sie mit jemandem nach Hause gefahren?«

»Nein, Sir. Sie ist zu Fuß gegangen.«

Drum hörte durch die Leitung, wie ein Auto vorfuhr. »Ist da gerade jemand gekommen?«

»Chief Deputy Martindale steht draußen, Sir.«

»Okay, dann kümmer dich um ihn. Erzähl ihm alles, was du mir erzählt hast, aber sag ihm nichts von meinem Anruf, klar?«

»Ja, Sir.«

Drum erreichte eine Hügelkuppe. Dahinter leuchteten die Lichter des Milky-Way-Motels auf. In besseren Zeiten hatte das Neonschild einer Sternenkonstellation geähnelt. Jetzt war nur noch ein flackender, verblasster Stern übrig – ein Stern, der ihn nicht nach Bethlehem, sondern in das Reich eines von Gott abgefallenen Priesters führte, der Meth kochte und die verfallenen

Überreste der Absteige zu einem Bordell umfunktioniert hatte.

Die Männer im Dodge waren Ganoven aus der Stadt gewesen, die im Auftrag des Syndikats den Tribut von den Kleinstadtdealern eintreiben wollten. Sie hatten dem Reverend Jimmy Tincup unverhohlen gedroht, und der hatte auf Drums Anraten das Gespräch mit ihnen gesucht, damit ihm genug Zeit blieb, um einen Plan zu schmieden. Jetzt stellten diese Männer kein Problem mehr dar. Er freute sich zwar darauf, Tincup diese frohe Botschaft zu überbringen, doch deshalb war er nicht hier.

Das Neonschild zitterte und zuckte wie eine Methhure. Drum verließ den Asphalt und rollte über den Sand auf die Ansammlung von Bungalows zu, die langsam von der Wüste vereinnahmt wurden.

Bis zu dem Blutbad vor fünf Jahren, dem auch Gene Martindales Frau und sein ungeborenes Kind zum Opfer gefallen waren, hatte dort Jimmy Tincups Gemeinde gehaust. Obwohl es selbst zu Blütezeiten keine Festung von Waco-Dimensionen gewesen war, hatte Tincup immer frische Muschis und eine Horde Männer zur Verfügung gehabt, die jung und dumm genug waren, seine Befehle zu befolgen. Doch dann waren Junior Cotton und seine widerliche Schlampe aus der Reihe getanzt, die Gemeinde wurde aufgelöst, und dem Priester blieb nur noch, von den guten alten Zeiten zu träumen.

Während der Ford auf dem Feldweg dahinrumpelte, dachte Drum an die Typen im Charger. Das Warum war ziemlich offensichtlich: ein paar Knallchargen aus der großen Stadt, die dachten, dass sie den Hinterwäldlern ans Bein pissen könnten. Das Wie machte Drum zu schaffen. Wie hatten sie von Tincup und seinem Geschäft hier am Arsch der Welt erfahren?

Irgendwann glaubte Drum, die Antwort darauf gefunden zu haben. Oder, anders ausgedrückt: Er hatte eine Vermutung, die ihm sehr plausibel vorkam. Und da er ja nicht vor Gericht stand, musste er sich auch nicht die Mühe machen und Beweise heranschaffen.

Er hielt vor einem Bungalow, der noch nicht ganz so verfallen wie die anderen und tatsächlich bewohnt war. Da es hier draußen keinen Strom gab, zauberte eine flackernde Kerze ein Schattenspiel auf den Vorhang vor dem Fenster. Drum ließ seinen Hut im Wagen und nahm eine braune Papiertüte aus dem Handschuhfach. Dann ging er zur Tür und klopfte leise an.

»Ja?« Eine Frauenstimme. Heiser. Aufgewühlt.

»Ich bin's, Süße.«

Ein Riegel wurde zurückgeschoben. Die Tür schwang auf, und dahinter kam eine abgerissene Frauengestalt irgendwo zwischen dreißig und dem Tod zum Vorschein. Zerzaustes blondes Haar stand von ihrem Schädel ab.

»Himmel, Dellbert. Ich geh schon die beschissenen Wände hoch.«

»Entspann dich, Holly. Ich hab was für dich.«

Die Frau ging wieder in ihre Bruchbude zurück. Es stank nach Schimmel und Verfall. Durch ein Loch in der Decke konnte man die Sterne sehen. Der Bungalow hatte jahrelang leer gestanden, bevor Holly – Tincups ältestes noch aktives Eheweib – dem Prediger einmal zu oft dumm gekommen und dafür vor zwei Wochen hierher verbannt worden war.

Sie ließ sich in einen Stuhl fallen und kratzte mit den abgebissenen Fingernägeln auf dem Holz der Tischplatte herum. Die gelbe Kerzenflamme beleuchtete das faltige Gesicht eines langjährigen Junkies. Chrom blitzte auf, als sie ein kleines Handy in ihrer Handfläche verschwinden und dann in die Jeanstasche gleiten ließ. Da wusste Drum, dass seine Vermutung richtig war. Tincup hatte seinen Jüngern die Dinger verboten. Die einzige Stimme, die sie hören sollten, war seine eigene.

Drum musste sich umständlich ducken, damit er nicht mit dem Kopf gegen die Decke stieß oder seine Uniform mit der versifften Sperrholzplatte in Berührung kam, die als Raumteiler diente und an der ein verblichener Kalender von 1999 hing. Er schob ihr die Papiertüte zu. Sie leerte sie aus. Drei zugeknotete Ballons fielen auf den Tisch.

»Ein kleines Mitbringsel.«

Holly machte sich mit zitternden Fingern am Knoten eines Ballons zu schaffen und schüttete das billige Heroin auf die Papiertüte. Drum trat in die Tür und zündete sich gegen den Gestank eine Zigarre an, während er Holly bei der Arbeit zusah.

Sie bereitete den Schuss vor, ohne ihn weiter zu beachten. Dazu kramte sie das Besteck aus den Schatten: einen verbogenen rußgeschwärzten Löffel, ein Messer, einen Wattebausch, eine Flasche Wasser, einen Gummischlauch zum Abbinden und – natürlich – die Nadel.

Sie kochte das Heroin im Löffel über der Kerzenflamme, bis es blubberte, und gab etwas Wasser hinzu. Der scharfe Geruch von *La Negra* stieg Drum in die Nase. Sie legte den Löffel auf den Tisch, warf den Wattebausch auf die Flüssigkeit und zog das Heroin durch diesen behelfsmäßigen Filter in die Spritze.

Dann krempelte sie den Ärmel hoch. Darunter kam der eiternde Arm einer langjährigen Konsumentin zum Vorschein. Die Haut erzählte eine traurige Geschichte aus unzähligen Narben, Verkrustungen und Geschwüren. Holly legte sich den Gummischlauch um, ballte die Hand zur Faust und machte sich auf die Suche nach einer brauchbaren Vene. Sie schnippte gegen die Spritze, rammte die Nadel in die Ader und drückte den Kolben hinunter.

Die Wirkung setzte unmittelbar ein. Sie entspannte sich. Sie seufzte. Sie lächelte, und der Schatten vergangener Schönheit huschte über ihr Gesicht.

»Setz dich doch zu mir, Dellbert.«

»Geht nicht, Holly. Ich muss weiter.«

»Da drüben steht ein großes altes Bett«, sagte sie und wedelte mit ihrem Skelettarm in Richtung Schlafbereich. »Fast groß genug für dich.«

Alle Reize, die sie einmal besessen hatte, waren lange verflogen. Drum schüttelte nur lächelnd den Kopf. Sie war bereits weggedöst, ihr Kinn lag auf ihrer Brust. Er kannte sie schon sehr lange – seit sie eines sonnigen heißen Tages mit Tincup und seiner kleinen Karawane hier angekommen war. Die erbosten Behörden hatten den Prediger immer weiter nach Süden getrieben, bis er schließlich mit Drum eine Vereinbarung getroffen hatte, die zu ihrer beider Vorteil war.

Damals – in den späten Neunzigern – war Holly eine üppige Blondine mit dem Arsch eines Cheerleaders und den Titten eines Playboyhäschens gewesen. Sie hatten es ziemlich oft miteinander getrieben, was Tincup, der vollauf mit seinem Harem beschäftigt gewesen war, nicht weiter gestört hatte.

Als Hollys Sucht immer mehr überhandgenommen hatte, war es mit dem Sex vorbei. Eine Sucht, die Drum übrigens nach Kräften unterstützte, um sie gefügig zu machen. Sie war seine Spionin an Tincups Hof. Oder war es zumindest gewesen, bevor ihr loses Mundwerk sie in die Verbannung getrieben hatte. Statt seiner Hauptfrau war sie nun ein verschmähtes Weib.

Sie kam aus der Stadt – so viel wusste Drum – und hatte wohl auch immer noch Verbindungen dorthin. Und sie war rachsüchtig und verzweifelt genug, um Informationen gegen Geld und Drogen einzutauschen. Sie hatte das Leuchtfeuer entzündet, dem der alte Dodge bis hierher gefolgt war.

Drum bückte sich wieder in den Bungalow und gab ihr eine sanfte Ohrfeige. Ihr Kopf kippte zur Seite, ein Speichelfaden zog sich über Wange und Kinn.

Grunzend machte er sich an die Arbeit, wiederholte, was sie gerade getan hatte. Er kochte drei weitere Löffel Heroin auf, wobei ihn nach jeder Portion der ekelhaft süße, widerliche Gestank zum Luftschnappen vor die Tür trieb. Schließlich hatte er drei weitere Spritzen in Hollys geschundene Arme geleert.

Nach dem zweiten Schuss atmete sie schwer. Nach dem dritten entleerten sich Blase und Darm, und sie starb mit einem traurigen leisen Flüstern. Drum legte einen seiner riesigen Wurstfinger an ihren Hals. Nichts.

In einem Anflug von Sentimentalität beugte er sich vor und berührte ihre kalte Stirn mit seinen Lippen. Dann zog er das Handy aus ihrer Tasche und steckte es zu seinem eigenen.

Schließlich wischte er mit einem Taschentuch seine Fingerabdrücke vom Besteck, verließ den Bungalow, setzte sich in den Ford und machte sich wieder auf den Weg.

Beim Fahren sang er den alten Hank-Williams-Song über ein untreues Herz, während der flackernde Stern im Rückspiegel noch einmal aufleuchtete und schließlich ganz verlosch.

6

Skye lag in der Dunkelheit auf ihrem Bett und wartete, bis Gene nach Hause kam. Er hatte angerufen, kurz nachdem sie aus der Dusche gekommen war, und sich erkundigt, ob ihr oder Timmy etwas passiert wäre. Alles okay, hatte sie mit einem Zittern in der Stimme geantwortet, das ihm nicht entgangen sein konnte. Er sagte, er hätte ziemlich viel zu tun und wüsste noch nicht, wann er heimkäme.

Es war schon nach drei, doch sie konnte unmöglich einschlafen. Nicht wenn sie daran dachte, dass er gerade mit den Folgen ihrer Taten beschäftigt war. Ob er wieder für sie lügen würde, so wie damals, vor so vielen Jahren, als sie zu Waisen geworden waren und sich eine Geschichte ausgedacht hatten, die schon bald die offizielle Version darstellte: Namenlose, unbekannte Landstreicher waren eines Nachts aufgetaucht, hatten ihre Mutter erschossen, Gene bewusstlos geschlagen und dann ihren Vater ausgeweidet und aufgefressen.

Die Wahrheit lag zusammen mit ihren Eltern begraben und erhob sich nur in den Albträumen, die Skye seit ihrer Kindheit heimsuchten. Verschwommene Fragmente, die entweder Erinnerungsfetzen oder – wenn man einer ganzen Reihe von Therapeuten glauben wollte – Nebenprodukte einer posttraumatischen Belastungsstörung darstellten.

Im Laufe der Jahre hatte Skye diese Erinnerungen zu einem lückenhaften Mosaik mit unvollständiger, chaotischer Chronologie zusammengesetzt. Sie hatte miterlebt, wie ihr Bruder unter dem Eindruck dieser verhängnisvollen Nacht zu einem gehetzten Mann herangewachsen war. Zu einem guten, aber mürrischen Mann. Humorlos. Besessen. Getrieben von einer glühenden Hingabe an das Gesetz. Als ob diese Hingabe die Dämonen im Zaum halten könnte – das, was mit seiner Frau und seinem Kind geschehen war, bewies jedenfalls das Gegenteil.

Immer wenn Skye mit Gene über jene Nacht sprechen wollte, in der sie erst zwei Jahre alt gewesen war, schüttelte er nur den Kopf und erzählte ihr noch einmal, dass sie sich im Schlafzimmer versteckt und dadurch von den Mördern nicht bemerkt worden war. Bis er ihren Onkel, den Sheriff, angerufen und dann nach ihr gesehen hatte. Das, woran sie sich zu erinnern glaubte, war nur die immer weiter ausgeschmückte Version der grauenhaften Szenerie, die sich ihr dargeboten hatte, als Milt Lavender sie zum Streifenwagen getragen und dabei nicht verhindern hatte können, dass sie einen Blick auf das Wohnzimmer mit den blutverschmierten Wänden warf.

Aber Skye hatte die Geschichte von den Landstreichern nie geglaubt – ohne genau zu wissen, weshalb. Sie hatte ihren Vater getötet. Eine finstere Macht in ihr hatte ihr die Kraft dazu verliehen, eine Wut, deren Echo sie jedes Mal vernahm, wenn sie Zorn oder Angst verspürte.

Deshalb hatte sich Skye immer weiter zurückgezogen, bis die Realität schließlich so verschwommen wie die Erinnerungsfetzen war. Sie kapselte sich jedem Gefühl gegenüber ab. Irgendwann hatte sie mal ein Foto von einem Romanov-Prinzen gesehen, der an der Bluterkrankheit litt. Man hatte den Kleinen in einen Anzug aus dickem, gefüttertem Baumwollstoff gesteckt, damit sich der Zarewitsch beim Spielen im königlichen Palastgarten nicht verletzen und verbluten konnte. Genau so fühlte sie sich auch – nur dass sie eine Schutzschicht um ihre Seele trug.

Skye zwang sich zur Schüchternheit. Sie beleidigte niemanden, forderte niemanden heraus. Sie erlaubte sich weder den Luxus der Wut, wenn man sie provozierte, noch den der Trauer, wenn ein geliebtes Haustier starb. Auch ihre erste Periode war spät gekommen. Mit fast fünfzehn hatte sie auf der Toilette gesessen, das Blut beobachtet, das aus ihr herausfloss und die Schüssel rot färbte, und wäre fast wahnsinnig geworden, als sie spürte, wie sich das Ding in ihr regte. Nur mit einer gewaltigen Willensanstrengung – ihre Fingernägel hatten tiefe Abdrücke im Fleisch ihrer Oberschenkel hinterlassen – war es ihr gelungen, die Finsternis zurückzudrängen und sich wieder in diesen Zustand der selbstauferlegten Lobotomie zu begeben.

Obwohl sie sich die Ereignisse vorhin in der Wüste nur bruchstückhaft in Erinnerung rufen konnte, hatten sie doch Erinnerungen an das geweckt, was vor fünfzehn Jahren hier in diesem Haus geschehen war. Jetzt wusste Skye mit tödlicher Gewissheit, dass die Visionen, die sie all die Jahre heimgesucht hatten, nicht den Schuldgefühlen einer Überlebenden entsprangen, die rein zufällig verschont geblieben war. Sie selbst hatte ihren Vater abgeschlachtet – genauso wie diese Männer heute Abend.

Aber sie wusste nicht, weshalb.

Oder wie genau.

Oder wer ihre Mutter umgebracht hatte.

Sie hörte das klagende Hupen eines Trucks auf der Interstate. Am besten wäre es, sie würde alles Geld zusammenkratzen, das sie finden konnte, und mit dieser Krankheit nach Norden in die große Stadt fliehen, so weit weg wie möglich von den Menschen, die sie liebte.

Scheinwerfer erleuchteten die Vorhänge, und das tiefe Brummen von Genes Streifenwagen beendete ihre Überlegungen. Sie hörte, wie der Motor abgestellt wurde, wie die Stoßdämpfer quietschten und die Vordertür zugeschlagen wurde.

Dann öffnete sich die Haustür und fiel wieder ins Schloss. Die bedächtigen Schritte ihres Bruders erklangen auf der Treppe.

Gene sah zuerst nach seinem Jungen. Voller Angst öffnete er die Schlafzimmertür. Als er sah, wie sich die Decke mit jedem Atemzug seines Kindes hob und senkte, beruhigte er sich. Trotzdem zog er das Laken zurück, damit er Timmys Gesicht sehen konnte. Der Junge murmelte im Schlaf vor sich hin.

Vorsichtig verließ er den Raum und ging zu Skyes Zimmer hinüber. Die Tür stand einen Spalt offen. Er zögerte, dann schob er sie auf. Das Licht aus dem Flur kroch über den Teppich und das Bett, und er glaubte, dass sich die Augen seiner Schwester öffneten und schlossen, als der Lichtstrahl auf ihr Gesicht fiel. Aber sie lag still da und schnarchte leise, also zog er sich wieder zurück.

Im Badezimmer betrachtete er sein mageres, abgehärmtes Gesicht. Die sonnengebräunte Haut wirkte im blassen Licht leicht gelblich. Er packte den Rand des Waschbeckens so fest, als wollte er es aus der Wand reißen, und zwang sich dazu, sich zu beruhigen. Atmete tief durch.

Zwischen heute Abend und jener Nacht vor vielen Jahren gab es keine Verbindung.

Andererseits war sie zu Fuß nach Hause gegangen. Genau an der Stelle vorbei, an der sie den alten Dodge gefunden hatten. So viel stand fest.

Er stieß sich vom Waschbecken ab und zog den Duschvorhang zurück, an dem noch einzelne Wassertropfen hingen. Die Plastikringe klirrten leise, als sie die Stange entlangglitten. Um den Abfluss in den braunen Fliesen hatte sich eine Pfütze gebildet. Mit dem Instinkt eines Polizeibeamten kniete er sich hin und steckte die Finger in die Öffnung. Er förderte eine Strähne von Skyes langem, feuchtem Haar zutage, dunkel vor Nässe. Und da war noch etwas. Etwas Klebriges. Er wandte sich um und wischte die Finger an der Toilettenpapierrolle ab. Ein rostroter Schmierfleck blieb zurück. War das Blut? Plötzlich wollte er es gar nicht so genau wissen.

Mit einer düsteren Vorahnung richtete er sich auf, riss das Toilettenpapier ab und spülte es zusammen mit den Haaren hinunter. In seinem Schlafzimmer zog er die Stiefel aus und setzte sich im Dunkeln auf das Bett, bis ihm die Erinnerungen, die aus den Schatten krochen, so sehr zusetzten, dass er das Licht einschalten musste. Die hochschwangere Marybeth lächelte ihm von einer eingerahmten Fotografie auf dem Nachttisch aus zu. Er konnte sich einfach nicht dazu überwinden, das Bild wegzustellen.

Eine weitere, tief verborgene Erinnerung überrumpelte ihn. Seine Frau lag nackt im Sand, ihr Bauch klaffte auf, Eingeweide und die Nabelschnur schlängelten sich im Sand. Sie hatten ihr das Baby aus dem Leib gerissen.

Panik ergriff Gene. Er ging in Strümpfen die Treppe hinunter, eilte ins Wohnzimmer, schaltete das Licht ein, riss den Schrank auf und goss einen Fingerbreit Bourbon in ein Schnapsglas. Der erste Schluck brannte auf seinen Lippen und der Zunge. Er verzog das Gesicht.

Dann stellte er sich vors Fenster, doch anstatt des ersten Lichts des neuen Morgens oder der Silhouette der Windmühle vor dem heller werdenden Himmel sah er blutige Fleischfetzen vor sich, die einst Männer gewesen waren. Nun brach die Erinnerung mit voller Kraft über ihn herein, eine Sturzflut, die er nicht aufhalten konnte. Er war wieder fünfzehn, stand hier, in diesem Zimmer, und sah die blutbefleckte Tapete vor sich, die schon lange nicht mehr an den Wänden hing.

Der Raum verschwand allmählich und gab den Blick auf eine von der Hitze ausgedörrte Wüstenlandschaft preis, die an ihm vorbeizog, als er mit seinem Vater in ihrem ramponierten Jeep an der Grenze ihrer Ranch entlangfuhr. Sie waren auf der Suche nach einer vermissten Kuh. Sein Vater trank Whisky direkt aus der Flasche, die widerlichen Alkoholdämpfe stiegen heiß von seiner Haut auf.

Kurz nach Genes zehntem Geburtstag hatte sich sein Vater zu den Marines gemeldet und seine Frau auf der zum Scheitern verurteilten Farm sitzen lassen. Bis zu seiner Entlassung vor ein paar Monaten war er kaum zu Besuch gewesen, und für Gene war er nach wie vor ein

Fremder. Ein großer Mann, der wenig sprach und seine Mutter schlug, wenn er betrunken war.

Dann sahen sie einen Mann, der ein humpelndes Pferd durch das Akaziengestrüpp führte. Sein Vater fuhr direkt auf ihn zu und nahm das Gewehr aus der Halterung unter dem Armaturenbrett.

Der Mann winkte ihnen zu und bat auf Spanisch um Wasser.

Gene griff nach der Flasche. Sein Vater hielt ihn zurück. »Der kriegt kein Wasser. Frag ihn, was er auf meinem Land zu suchen hat.«

Gene stellte die Frage in seinem gebrochenen Spanisch, und der Mann antwortete.

»Er sagt, er hat sich verirrt. Er sagt, sein Pferd hat sich das Bein gebrochen.«

Sein Vater stieg aus dem Jeep. Er hielt das Gewehr in den Händen, zielte jedoch nicht direkt auf den Mann.

»Sieh dir das Pferd mal an«, sagte er zu Gene.

Gene ging in die Hocke und untersuchte das Bein. »Es ist gebrochen, ganz klar.«

»Sag ihm, er soll von dem Pferd weggehen.«

Gene sagte es ihm, und der Mann trat zurück. Sein Vater schoss dem Pferd in die Stirn. Ein sauberer Treffer. Das Tier seufzte und fiel um. Staub wurde aufgewirbelt, als es mit einem klatschenden Geräusch auf dem Boden aufkam.

»Jetzt sag ihm, dass er sich hinsetzen soll.«

Der Mann hörte Gene aufmerksam zu und ging neben dem Pferd in die Hocke.

»Frag ihn, ob er mein Vieh gestohlen hat.«

Gene fragte, und der Mann schüttelte den Kopf. Genes Vater schob die nächste Patrone in die Kammer, dann warf er seinem Sohn das Gewehr zu. Gene fing es auf, und das plötzliche Gewicht zog seine Arme nach unten. Obwohl sie in den letzten Monaten oft auf der Jagd nach Hasen und Gabelböcken gewesen waren, hatte er diese Waffe noch nicht in der Hand halten dürfen.

»Sag ihm, dass du ihn erschießen wirst, wenn er's nicht zugibt.« Gene starrte seinen Vater an, versuchte, aus den im Schatten der Hutkrempe verborgenen Augen schlau zu werden. »Sag's ihm.«

Der Junge sagte es dem Mann, der ihn daraufhin auf Spanisch anflehte und die Hände wie im Gebet faltete. Gene sah wieder zu seinem Vater auf. »Er ist kein Viehdieb, sagt er.«

»Dann knall ihn ab.« Gene starrte ihn an. »Na los.«

Gene nahm den Mann ins Visier, sah die Furcht in seinen Augen, den Staub in den Falten seines Gesichts. Er spürte das kühle Metall des Abzugs unter seinem Finger. Er drückte ab, riss den Lauf im letzten Moment hoch und schoss dem Mann den Fedora vom Kopf. Das Haar darunter war dick und schwarz und vom Hut eingedellt.

Genes Vater sah auf ihn herab. »Ich hab gesagt, du sollst ihn abknallen. Also tu das gottverdammt noch mal auch.«

Gene weinte leise. Tränen liefen durch den Schmutz in seinem Gesicht, der Gewehrlauf sank zu Boden. Sein Vater packte die Waffe, zielte und feuerte. Dem Mann wurde der halbe Kopf weggerissen, und er fiel neben seinem toten Pferd in den Staub.

Genes Vater bückte sich, sammelte die drei Patronenhülsen auf und steckte sie in die Jeanstasche.

»Dich knöpf ich mir später vor«, sagte er und warf das Gewehr in den Jeep.

Er fuhr davon und ließ Gene zurück, der zwei Stunden lang durch die Hitze laufen musste. Als er zu Hause ankam, war es bereits dunkel, und er hörte die lauten Stimmen seiner Eltern aus dem Wohnzimmer. Dann ertönten Schreie und das Splittern von Glas.

Durch das Fenster sah er, wie sein betrunkener Vater seine Mutter schlug. Sie ging mit blutender Wange zu Boden und setzte sich schwankend wieder auf. »Ah, ah, ah«, stöhnte sie.

Sein Vater trat ihr ins Gesicht. Gene hörte, wie Knochen brachen. Er stürmte durch die Vordertür und ging auf den älteren Mann los. Gemeinsam fielen sie auf die Couch.

Sein Vater stank nach Schnaps und Schweiß und Wahnsinn. Sofort hatte er sich wieder berappelt und schlug nach Gene. Dann packte er das Gewehr, das an der Wand lehnte, und als Gene erneut auf ihn losging, ließ er den Kolben gegen seinen Schädel krachen. Gene taumelte zurück. Er war kaum noch bei Bewusstsein.

Er kämpfte gegen die Ohnmacht an, hörte, wie eine weitere Patrone in die Kammer glitt, gefolgt von einem lauten Knall. Blut spritzte aus dem, was noch vom Kopf seiner Mutter übrig war, auf Gene. Undeutlich sah er, wie der Lauf auf ihn gerichtet wurde, und wusste, dass es um ihn geschehen war.

»Hat keine Eier, der Junge. So weich wie seine Mutter. Das ist keiner von mir.«

Sein Vater legte den Finger auf den Abzug. Gene versuchte, sich aufzurichten. Der Raum drehte sich um ihn, alles war verschwommen. Dann sah er Skye in der Tür stehen. Sie trug einen Schlafanzug. Ihr blondes Haar schimmerte wie ein Heiligenschein um ihren Kopf.

»Daddy, nicht«, sagte sie.

Aber ihr Vater hörte sie nicht. Sein Finger krümmte sich um den Abzug, als etwas durch den Raum geschossen kam, etwas, das Skye war und auch wieder nicht, etwas Rasendes, Wildes, das ihn an der Kehle packte, die Zähne in ihn schlug, seinen Kopf von den Schultern riss, ihn aufschlitzte, dass die Eingeweide aus seinem Körper quollen und das Blut gegen die Wände und die Decke spritzte. Nur halb bei Bewusstsein beobachtete Gene, wie sein Vater ausgeweidet und gefressen wurde.

Dann wurde es schwarz um ihn. Als er wieder aufwachte, hatte sich das Wohnzimmer in ein Schlachthaus verwandelt. Körperteile waren auf dem Teppich verstreut. Skye streichelte sein Gesicht. Ihr Haar war mit Blut bedeckt, Fleischfetzen hingen zwischen ihren Milchzähnen. Sie sang ein Kinderlied.

Gene trug Skye ins Badezimmer, zog sie aus, machte sie sauber, wusch Fleisch und Blut von ihrem Körper und aus ihrem Haar. Bevor er seinen Onkel anrief, schrubbte er gründlich die Wanne und versteckte ihre blutige Kleidung.

Während die Sirenen immer lauter wurden, saß er neben Skye und versuchte, ihr und sich selbst einzureden, dass Landstreicher ins Haus eingedrungen waren, wilde Männer mit langen, verfilzten Haaren und Tätowierungen. Sie hatten ihrem Vater das Gewehr weggenommen und ihre Mutter erschossen und Gene zusammengeschlagen, und als Gene bewusstlos war, hatten sie diese grässlichen Dinge mit seinem Vater angestellt. Er sagte, dass Skye sich vor Angst im Schlafzimmer versteckt hatte und die Männer gar nicht gewusst hatten, dass sie auch noch da war. Sie nickte. Ihre großen blauen Augen waren bar jeder Erinnerung.

Genau so erzählten sie es dem Sheriff und Deputy Drum, und wenn diese an der Geschichte ihre Zweifel hatten, sprachen sie sie nicht offen aus. Die Suche nach den Mördern war natürlich vergebens. Man fand dabei den toten Mann mit seinem toten Pferd, was Genes Geschichte in gewisser Weise untermauerte. Nur sein Onkel sah ihn lange und finster an, als ahnte er, dass hier etwas nicht stimmte.

Aber er fragte nie nach.

Niemals.

Lavender nahm seine Nichte und seinen Neffen bei sich auf, und seine Frau, die selbst keine Kinder bekommen konnte, kümmerte sich so gut es ging um den stillen Jungen und das süße, lächelnde Mädchen, das in einer Welt lebte, in der Träume mit der Wirklichkeit verschmolzen.

Ein Schrei holte Gene ins Hier und Jetzt zurück. Timmy. Das Glas fiel aus seinen Fingern und rollte unversehrt über den Teppich. Der Bourbon spritzte auf den Boden. Gene rannte die Treppe hinauf, riss die Tür auf und hämmerte auf den Lichtschalter. Timmy saß im Bett und schnappte wie ein Ertrinkender nach Luft. Sein rötliches Haar – Marybeths Haar – war dunkel vor Schweiß. Gene ging zu ihm und hielt ihn fest.

»Was ist denn, mein Kleiner? Was ist los?«

»Ein Ding. Da war ein Ding.«

»Was für ein Ding?«

Timmy sah über Genes Schulter. Als er sich ebenfalls umdrehte, sah er seine Schwester in der Tür stehen. Sie war barfuß, trug nichts außer einem T-Shirt, das ihr bis fast zu den Knien reichte, blinzelte und schwieg.

»Frag Skye«, sagte Timmy.

»Was soll ich sie fragen?«

»Wegen dem Monsterding.«

»Wovon spricht er?«, fragte Gene, der den Jungen noch immer fest umklammert hielt.

»Keine Ahnung.« Sie zuckte mit den Schultern, doch für einen winzigen Augenblick sah er etwas in ihren Augen, etwas Heimtückisches, Hinterhältiges, das sofort wieder verschwunden war. »Vielleicht hat ihm der Film Angst gemacht, den sich Maria angesehen hat.«

Gene wandte sich wieder dem Jungen zu. »War es ein Film? Hast du davor Angst?«

»Nein. Es war da draußen.« Er deutete auf das Fenster.

Gene strich ihm über das Haar. Der Junge klammerte sich an sein Uniformhemd, bis er schließlich den Kampf gegen die Müdigkeit verlor. Gene legte ihn ins Bett zurück und deckte ihn zu.

Als er in den Flur trat, huschte Skye gerade in ihr Zimmer zurück. »Gute Nacht«, sagte er und erhielt keine Antwort.

Er ging wieder nach unten, hob das Glas auf, stellte es in die Küche und holte einen Lappen, um den Schnaps vom Boden zu wischen. Als er sich hinkniete, bemerkte er eine halb geöffnete DVD-Hülle. Ein blutverschmiertes Ungeheuer war darauf zu sehen, darunter stand: *Mutant Zombie Killers*.

Himmel. Wie oft hatte er Maria das schon gesagt? Er nahm die DVD aus dem Player, steckte sie in die Hülle zurück und legte sie auf ein Regalbrett, das Timmy nicht erreichen konnte. Wahrscheinlich hatte dieser Film seinen Jungen so verschreckt.

Plötzlich dachte er an die Leichen, die um den Dodge herum verstreut waren.

Er sah seinen Vater vor sich.

Skyes feuchte Haarsträhne.

Seine Adoptivschwester, die wie ein Geist in ihr Schlafzimmer glitt.

Nein. Er schüttelte den Kopf. Nein. Hatte er mit dem Tod seiner Frau und seines Kindes nicht schon genug für seine Lügen bezahlt? War diese Schuld nicht bereits mit Blut beglichen worden?

Gene ging ins Schlafzimmer und legte sich angezogen aufs Bett. Er war todmüde. Er sah den Mann mit dem Jesusgesicht vor sich, der ihn über den Lauf von Genes Waffe hinweg anstarrte und sein seliges Lächeln lächelte, und als Gene langsam in den Schlaf glitt, hatte er mit einem Mal die Erkenntnis, dass es nicht vorbei war.

Noch nicht.

7

Ein Blinzeln. Und schon war Junior Cotton hellwach, tauchte von jetzt auf gleich aus dem Tiefschlaf auf, in dem er die letzten fünf Jahre, drei Monate, zwei Tage, drei Stunden, sieben Minuten und dreiunddreißig Sekunden verbracht hatte.

Bis dato.

Er hatte diese Zeit, jenseits der Welt und seines Selbst, bis auf die Nanosekunde gezählt. Und doch wusste er weder, wo er sich befand, noch, was in diesen verlorenen Jahren geschehen war.

»Okay«, sagte er mit rostiger, kehliger Stimme. »Dann wollen wir mal sehen.«

Er lag auf einer Pritsche und starrte auf das Tryptichon eines blutroten Morgenhimmels, das durch die beiden Gitterstäbe in einem einzelnen, hohen Fenster gebildet wurde. Eine nackte Glühbirne in einem Drahtkorb war an der gekachelten Wand befestigt und tauchte das kleine Zimmer in grünliches Licht. Die Birne summte und flackerte. Null Komma vier Sekunden lang senkte sich Dunkelheit über den Raum, bevor sie wieder zum Leben erwachte.

Junior versuchte, den rechten Arm zu heben. Nichts geschah. Er versuchte es ein weiteres Mal, und langsam kroch der Befehl von seinem vernebelten Gehirn zu dem widerspenstigen Körperteil. Sein Arm hob sich Zentimeter für Zentimeter und so mühsam, als wäre er aus Blei. Die verkümmerten Muskeln zitterten.

Der Ärmel seines orangefarbenen Overalls glitt nach unten. Darunter kam ein weißes Plastikarmband um sein knochiges Handgelenk zum Vorschein. Die Haut war so weiß wie Ricotta und völlig haarlos, das schlaffe Fleisch hing wie Kerzenwachs von den Knochen. Als es zu anstrengend wurde, den Arm zu heben, ließ er ihn fallen und sammelte keuchend neue Kraft.

Nach einer Minute fühlte er sich stark genug, um den Arm noch einmal zu heben. Er legte einen zitternden Finger aufs Gesicht und spürte einen Bart, der so lang war, dass er seine Rippen berührte. Er schob den Haarvorhang beiseite, steckte den Finger in den Mund und tastete am Zahnfleisch entlang. Drei Zähne fehlten, zwei Backenzähne und ein Schneidezahn. Bei einem weiteren Schneidezahn hatte sich die Wurzel gelockert, und er wackelte wie ein Kippschalter hin und her.

Noch einmal ruhte Junior sich aus, dann setzte er sich ein ehrgeizigeres Ziel: Er versuchte, sich aufzusetzen. Es war unglaublich anstrengend, und als er es – nach vielem Zerren und Zucken – endlich geschafft hatte, war er völlig außer Atem, schwitzte und zitterte am ganzen Körper.

Er schnappte nach Luft. Die Sterne, die vor seinen Augen tanzten, verschwanden allmählich und gaben den Blick auf eine Art Zelle frei. Seine nackten Füße mit den langen gelben Nägeln standen neben den Schrauben, mit denen die Pritsche am Betonboden befestigt war. In der schweren Stahltür befand sich ein geschlossenes Sichtfenster. Aus einer deckellosen Toilette in der gegenüberliegenden Ecke stank es nach menschlichen Exkrementen.

Ein alter Rollstuhl war das Einzige, was in diesem Raum nicht festgeschraubt war – Junior ausgenommen. Die Reifen waren abgenutzt, die Speichen verbogen, die welligen Gummihandgriffe von jahrelanger Benutzung verschmutzt. Ein Fußbrett fehlte, und die beiden kleinen Vorderräder standen wie die Zehen einer Taube zueinander versetzt.

Junior schickte seinen Finger erneut auf Reisen. Sein Haar war zu einem fettigen Pferdeschwanz zusammengebunden, der bis zu den Lendenwirbeln reichte. Er hatte immer schulterlanges Haar getragen – blonde Locken hatten das zarte Gesicht mit dem gestutzten Bart und den schwermütigen Augen eingerahmt, was ihm eine gewisse Ähnlichkeit mit der masochistischen Fantasiegestalt verliehen hatte, die von einer Milliarde Kreuze baumelte.

Auch ohne Spiegel konnte er davon ausgehen, dass er weniger dem Sohn Gottes als vielmehr einem der haarigen Clowns glich, die in seiner Kindheit auf MTV posiert hatten und die er zusammen mit seiner Mama wegen ihrer Sonnenbrillen und den dreieckigen Gitarren ausgelacht hatte. Seine Synapsen waren durch den mangelnden Gebrauch und – wie er vermutete – die Medikamente noch etwas benebelt, und so dauerte es einen Augenblick, bis er auf den Namen der Band kam: ZZ Top.

Junior zwängte seine Oberschenkel aus dem Overall und fuhr mit den Händen über seine Beine bis zu den Knien entlang. Weich wie Rindertalg. Er stützte sich auf der dünnen Matratze ab, spürte die raue Decke unter seinen Handflächen, dann stand er schwankend auf. Er ging einen Schritt, brach zusammen und konnte sich gerade noch an den Handgriffen des Rollstuhls festhalten, bevor er ein paar weitere Zähne einbüßte. Er keuchte unregelmäßig, sein aufgeregtes Herz raste.

Tsts, mein kleiner Junior, da hast du dich wohl ein bisschen gehen lassen, Schätzchen. Er konnte Mamas Stimme so deutlich hören, dass er fast in Tränen ausgebrochen wäre.

Er schleppte sich zum Bett zurück und ließ sich darauf fallen. Sobald er wieder dazu fähig war, hob er den Arm, um sich das Armband genauer anzusehen. Eine cremefarbene Pappkarte steckte in einem durchsichtigen Plastikfenster. Auf der Karte hatte jemand, der anscheinend kaum das Alphabet beherrschte, mit blauem Kugelschreiber seinen Namen gekritzelt, daneben einige Kringel, die wohl die Medikamente bezeichneten, die sie ihm verabreichten. *Li+* stand für Lithium, *Th* stand für Thorazine.

Lecker.

Darunter war in ernster, nüchterner Schrift der Name der Klinik gedruckt: BLACKSTONE FACILITY. Da war er also. Schön zu wissen, aber keine große Hilfe.

Junior hörte das Kratzen eines Schlüssels im Schloss, dann quietschte die Tür in ihren rostigen Angeln. Er schloss die Augen und spürte, wie die Luft im Raum von einer massigen Präsenz verdrängt wurde. Er roch Fleisch und Bratensoße, hörte das flache Keuchen eines Mannes, der es gewohnt ist, durch den Mund zu atmen.

»Aufgewacht, Junior. Raus aus den Federn!«

Junior öffnete die Augen. Sein Retter war gekommen. Ein großer Mann ragte über der Pritsche auf, die weiße Uniform hob die Schwärze seiner Haut noch hervor. Er streckte eine riesige Hand aus. Auf der rosa Handfläche lagen zwei Kapseln, exakt in den dunklen Falten der

Herz- und der Lebenslinie. Junior bemerkte unwillkürlich, dass die Lebenslinie in eine Reihe von unterbrochenen Strichen überging, die an ausgeschriebenen Morsecode erinnerte und noch weit vor dem Zeigefinger abrupt endete – einem Zeigefinger, an dem ein Ring steckte, der in einem altmodischen Restaurant gut und gerne als Serviettenring hätte dienen können.

Der Pfleger packte Juniors Bart, steckte einen gewaltigen Finger in seinen Mund, der beißend nach Pisse, Scheiße und Klinikfraß schmeckte, und schob ihm damit die Kapseln auf die Zunge. Junior drückte sie instinktiv zur Seite, um sie später wieder ausspucken zu können. Die sich langsam auflösenden Pillen waren bitter.

Der große Mann drehte ihm nun einen Rücken zu, der breit wie der eines Profiwrestlers war. Er löste die Bremsen des Rollstuhls und schob ihn zum Bett hinüber. Für einen Augenblick glaubte Junior, entgegen allen Gesetzen der Schwerkraft schweben zu können. Dann wurde er auf das kühle Leder des Stuhls gesetzt.

Die Gummireifen quietschten wie Ferkel. Er wurde auf einen niedrigen Flur gerollt, der in seiner Enge an ein U-Boot erinnerte. Der Bauch des Pflegers diente Junior als Kopfkissen, während sie an einem Panoptikum aus taumelnden, verwirrten Menschen vorbeifuhren, wobei sich das Personal nur durch die Uniformen von den Insassen unterschied.

Der Pfleger brummte jeder weiblichen Mitarbeiterin, der sie begegneten, mit seiner tiefen Bassstimme einen Gruß und verschiedene Komplimente zu. Mehr als einmal antworteten süße Lippen, indem sie den Namen »Alfonso« hauchten.

Mit jedem Quietschen der Räder wurde Junior stärker, wachsamer, seine Sinne schärfer. Aus dem Tröpfeln der Erinnerungen wurde ein stetiger Strom. Jetzt sah er eine Frau und ein Baby und einen Polizisten vor sich. Jenen Polizisten, der Junior Cotton fünf Jahre, drei Monate, zwei Tage, vier Stunden, siebenundzwanzig Minuten und sechsundfünfzig Sekunden seines Lebens genommen hatte.

Bis dato.

8

Als der Wecker klingelte, war Skye höchst erstaunt, dass sie überhaupt hatte einschlafen können. Tatsächlich konnte sie sich nicht erinnern, wann sie das letzte Mal so tief geschlafen hatte. Während sie langsam wach wurde, hätte sie sich am liebsten weiter unter der Decke verkrochen, um sich vor der Welt und den blutigen Bildern zu verstecken, die in ihrer Erinnerung explodierten.

Nichtsdestotrotz stand sie schlaftrunken auf, zog sich einen Morgenmantel über das T-Shirt und die Schlafanzughose, glitt in ein Paar Pantoffeln und tastete reflexartig nach der Brille auf dem Nachttisch. Sie war nicht da. Skye erinnerte sich daran, wie der spitze Schuh des kleinen Mannes die Brille in den Sand gedrückt hatte, und geriet einen Augenblick lang in Panik.

Sie schloss die Augen und versuchte, sich zu beruhigen. Als sie sie wieder öffnete, hatte ihr der Adrenalinschub einen derart klaren Kopf verschafft, dass sie den Raum so deutlich sah wie nie zuvor. Sie bemerkte die Staubflocken, die in einem Strahl heißen Sonnenlichts tanzten, der durch eine Lücke im Vorhang fiel; das schmale Bett, auf dem die Kuscheltiere lagen, für die sie eigentlich viel zu alt war; die wenigen Kleidungsstücke, die auf einer Stange im Schrank hingen. Und dann blickte sie in den Spiegel auf der Innenseite der Schranktür. Sie stand da wie eine der hässlichen überathletischen Schlampen, die sie in der Schule immer beiseiteschubsten – breitbeinig, kerzengerade und mit lässig herunterhängenden Armen. Sie spürte eine unbekannte Kraft in den Rückenmuskeln.

Skye ließ die Schultern hängen und beugte die Knie, bis sie wieder das altbekannte Bild bot. Sie ging zu Timmy hinüber, rüttelte ihn sanft wach und zog ihn an, indem sie seine noch müden Arme und Beine wie die Glieder einer Puppe bewegte.

Als Skye und Timmy in die Küche kamen, stand Gene vor dem Bügelbrett und knöpfte sich sein steifes Uniformhemd zu. Sie konnte einen kurzen Blick auf die gezackte Narbe werfen, die sich wie ein Blitz über die Rippen auf seiner linken Seite schlängelte.

Gene hatte verschlafen. Es war ihm sehr peinlich, dass sie ihn so sahen. Seit Marybeth hatte es keine Frau mehr in seinem Leben gegeben. Wahrscheinlich war die letzte Frau, die er berührt hatte, auch diejenige gewesen, die ihm die Narbe beigebracht hatte. Seine Rache war fürchterlich gewesen. Noch lange danach wurde gemunkelt, dass der Gerichtsmediziner zwei Leichensäcke gebraucht hatte, um ihre Überreste unterzubringen.

Skye machte Timmy seine Frühstücksflocken. Beim Essen schnatterte er unaufhörlich vor sich hin. Eine wilde Geschichte von einem Jungen aus seiner Klasse, der mit seinen Eltern an den Ozean gefahren, dort mit Fischen geschwommen und von einer Welle untergetaucht worden war. Timmy hatte den Ozean noch nie gesehen.

Gene schenkte sich eine zweite Tasse Kaffee ein, was ihm gar nicht ähnlich sah. Dann tat er so, als würde er sich das Frühstücksfernsehen ansehen, das auf dem kleinen tragbaren Fernsehgerät vor sich hin dudelte, aber sie spürte, dass er sie aus den Augenwinkeln beobachtete.

Skye brachte Jimmy zum Schulbus. Als sie wieder in die Küche kam, saß Gene noch immer über seinem Kaffee. Das machte sie nervös, und sie schlug Timmys Frühstücksschüssel beim Abspülen versehentlich so fest gegen den Wasserhahn, dass sie einen Sprung bekam.

»Wegen letzter Nacht ...«, sagte Gene.

»Ja?« Sie drehte sich nicht um, nahm auch nicht die Hände aus dem schaumigen Wasser.

»Wie bist du nach Hause gekommen?«

»Zu Fuß.«

»Warum?«

»Minty hat sich jemanden angelacht.«

»Ach ja? Wen denn?«

Skye zuckte mit den Schultern und stellte die Schüssel auf das Abtropfgitter. »Irgendeinen Trucker.«

»Minty hat wohl eine Vorliebe für Trucker«, sagte Gene im Plauderton. Dabei plauderte er nie. »Für Trucker und Biker.«

»Sie hat eine Vorliebe für alles, was zwei Beine hat und noch nicht unter der Erde ist.«

Die Worte waren heraus, noch bevor sie sich zurückhalten konnte. Was gar nicht in ihrer Natur lag – für einen Augenblick hatte eine andere Skye das Kommando übernommen. Sie legte eine tropfende Hand auf die Lippen, als könnte sie so die Worte wieder einfangen und hinunterschlucken.

Gene starrte sie an. »Bist du am alten Roadhouse vorbeigekommen?«

»Ja. Wieso?« Sie ließ das Spülwasser ab und trocknete sich die Hände.

»Hast du einen alten Dodge gesehen? Beim Diner?«

»Ja, da waren ein paar Typen drin. Sie haben Kaffee getrunken.«

»Im Diner?«

»Nein. Earl wollte gerade zumachen, da hab ich ihnen ihren Kaffee mitgegeben. Ging aufs Haus.«

»Was waren das für Männer?«

Sie zuckte mit den Achseln. »Na ja, Männer eben. Aus der Stadt.«

»Haben Sie dich belästigt?«

»Nein.«

»Wirklich?«

»Ja.«

»Was haben sie gemacht, nachdem sie das Diner verlassen haben?«

»Sind im Auto die Hauptstraße hochgefahren.«

»Und du hast sie nicht wiedergesehen – beim Roadhouse vielleicht?«

»Nein.« Endlich fand sie den Mut, ihm in die Augen zu sehen. »Was ist los, Gene?«

»Wo ist deine Brille?«

Sie legte eine Hand auf die Augenbraue. »Kaputt.«

»Wie das?«

»Hab sie fallen lassen und bin draufgetreten. Gestern im Diner. Das Gestell und ein Glas sind zerbrochen.«

»Und du kannst trotzdem sehen?«

»Nein. Alles ist verschwommen. Ich hol mir eine vom Walmart, bis die neue fertig ist.«

Gene starrte sie weiter an, bis das Telefon klingelte. Er ging ran und lauschte etwa eine halbe Minute. »Bin schon unterwegs«, sagte er, ohne Skye dabei auch nur einen Augenblick aus den Augen zu lassen. Er stand auf, blieb zögernd stehen, griff dann nach seinem Hut und ging durch die Tür.

9

»Ist diese Sauerei dein Werk?«, dröhnte die volle Stimme des Priesters aus Drums Handy. Gemächlich glitt der Ford Explorer über den flirrenden Asphalt, der wie eine schwarze Krawatte auf der öden Landschaft lag.

»Welche Sauerei, Reverend?«

»Meine Frau ist tot.«

»Welche Frau genau?«, fragte Drum genüsslich. Er wusste sehr wohl, dass Tincup nur eine Frau gesetzlich geheiratet hatte. Die anderen trugen diesen Titel nur dem Namen nach.

»Holly. Sie liegt mit einer Nadel im Arm in ihrem Bungalow.«

»Mein Beileid, Reverend.«

»Du musst sofort kommen.«

»Zehn Minuten.«

Drum legte auf und gab Gas, sodass er das Milky Way sogar in nur sieben Minuten erreichte.

Das Neonschild, unter dem er hindurchfuhr, kam nicht gegen das grelle Sonnenlicht an. Drum hielt vor dem ehemaligen Büro des Hoteldirektors. Die Tür war verbarrikadiert, die Fenster waren schwarz angestrichen, und im Sand davor lag allerlei Müll. Alte Gummischläuche, Atemmasken und Latexhandschuhe, leere Frostschutzmittel-, Rohrreiniger- und Farbverdünnerdosen sowie Lithiumbatterien ohne Inhalt ließen keinen Zweifel daran, welchem Zweck das Büro nun diente. Als Drum ausstieg, wehte der Gestank von frisch gekochtem Meth zu ihm herüber.

Er rückte die Smith & Wesson mit Perlmuttgriff an seinem Gürtel zurecht, verscheuchte eine fette träge Fliege von seinem Hut und ging auf den letzten der Bungalows zu, die hufeisenförmig um einen leeren Swimmingpool angeordnet waren. Die Sonne hatte den Beton rissig und fleckig werden lassen.

Tincup erschien in der Tür. Wie üblich trug er einen schwarzen Anzug und ein weißes Hemd. Ein Priesterkragen hing um seinen dürren Hals. Tincup war nicht besonders groß, sein Haar mit den glänzenden, aus der Stirn gekämmten grauen Locken hätte allerdings jedem Hollywoodstar zur Ehre gereicht. Auch sein Lächeln – das er gerade nicht zeigen wollte – war filmreif. Das Bemerkenswerteste an ihm war jedoch seine tiefe, bedächtige Stimme, die für sich schon ein Heilsversprechen darstellte.

»Sheriff, warst du gestern Nacht bei Holly?«, fragte er.

»Ja, Sir, stimmt genau.«

»Um ihr Drogen zu geben?«

»Nein, Sir, aus sentimentalen Gründen. Ihr beklagenswerter Zustand hat mir große Sorge bereitet.«

»Du lügst.«

Drum beobachtete, wie ein Bussard langsam über einer weit entfernten Klippe kreiste. Er zog ein Hosenbein hoch, stellte einen Stiefel auf das niedrige Ziegelgelander und stützte die Arme auf dem Knie ab. Dann starrte er Tincup mit ausdrucksloser Miene an.

»Was soll ich mit ihr machen?«, fragte der Priester.

Drum zuckte mit den Achseln. »Sag deinen Jüngern, sie sollen sie in der Wüste verscharren.« Er wartete auf

Widerspruch. »Bist du alleine hier?«, fragte er, nachdem dieser ausblieb.

»Schwester Marisol ist bei mir.«

»Dann sieh zu, dass du sie loswirst.«

Tincup sagte etwas auf Spanisch, woraufhin eine Frau in ihren Zwanzigern aus dem Bungalow trat. Sie war in eine bunte Decke gewickelt und trug Pantoletten mit hohen Absätzen. Ihre Zehennägel waren gelb lackiert. Sie starrte Drum an. Drum starrte zurück. Sie marschierte mit stampfenden Schritten davon und verschwand in dem Bungalow neben dem Parkplatz.

»Die Typen in dem Dodge«, sagte Drum.

»Was ist mit ihnen?«

»Holly hat sie gerufen.«

Tincup sah ihn mit offenem Mund an. »Das ist doch völliger Blödsinn.«

Drum machte eine dramatische Pause, dann zog er das Handy aus der Tasche, das er der Toten abgenommen hatte. Es funkelte in der Sonne, sodass eine kreisförmige Reflektion auf Tincups pockennarbigen Wangen erschien, als der Sheriff es ihm reichte.

»Das hab ich in ihrem Bungalow gefunden. Sie hat damit dreimal bei einer Bar in der Stadt angerufen. Zum letzten Mal vorgestern Nacht.«

Tincup hielt das Handy mit spitzen Fingern von sich, als könnte es plötzlich zum Leben erwachen und ihn beißen. Vorsichtig legte er es neben Drums Stiefel auf die Ziegelwand.

»Was sollen wir wegen der Männer unternehmen?«

Umständlich zündete sich Drum eine weitere seiner kleinen schwarzen Zigarren an, dann verkündete er Tincup die glückliche Nachricht. Der Priester hörte atemlos zu, wie Drum ihm im Detail erzählte, warum sie sich wegen dieser Männer keine Sorgen mehr zu machen brauchten. Seine dunklen, gelb gesprenkelten Pupillen waren dabei unentwegt auf Drums Gesicht gerichtet.

»Die Hand Gottes.«

»Eher des Teufels, wie mir scheint.«

»Waren das die Kartelle?«

Drum schüttelte den Kopf. »Nein.«

»Wer dann?«

Mit dem Timing eines geborenen Entertainers griff Drum erneut in seine Hemdtasche, zog den Gefrierbeutel mit der zerbrochenen Brille heraus und ließ ihn vor Tincups Gesicht hin und her baumeln.

»Du hast es faustdick hinter den Ohren, Drum. Was in Gottes Namen ist das?«

Drum legte ihm seine Theorie über Skye Martindale dar. Tincup nahm die Brille, setzte sich auf einen gammeligen Korbstuhl, schüttelte den Kopf und lachte. Dann wurde er wieder ernst und konzentriert.

»Unser weiteres Vorgehen will wohlüberlegt sein.«

»Ja, Sir, das weiß ich. Deshalb will ich dich ja auch um Rat fragen.«

Tincup nickte. »Das ändert alles.«

»Ja, Sir, ganz genau«, sagte Drum.

»Ich muss darüber nachdenken«, sagte der Priester und wiegte die Brille in der Hand.

»Aber bitte, Reverend«, sagte Drum. »Übrigens – ich habe gehört, dass frische Ware eingetroffen ist?«

Tincup nickte. »Unsere kleine Gemeinde hat einen Neuzugang zu verzeichnen. Sie ist ziemlich vielversprechend, will ich meinen.«

Er rief etwas auf Spanisch. Seine volle Stimme trieb Marisol aus dem Hotelzimmer. Die Frau blickte erst ihn, dann Drum an und verschwand wieder im Zwielicht. Als sie erneut in der Tür erschien, hielt sie ein barfüßiges Mädchen in abgerissener Kleidung an der Hand.

»Sheriff, wieso entspannst du dich nicht ein Weilchen, solange ich unseren Himmlischen Vater um Beistand bitte?«

Eine Rauchwolke stieg aus Drums grinsendem Gesicht auf. Er schnippte die Zigarre beiseite und ging auf das Mädchen zu, das ihn ohne jede Gefühlsregung ansah. Das schwarze Haar war aus dem breiten, noch ungeschminkten Gesicht gekämmt. Drum bezweifelte, dass sie ihren dreizehnten Geburtstag bereits erlebt hatte.

10

»Der und seine Alte haben 'ne Schwangere gefoltert und allegemacht«, nuschelte der dicke Krankenpfleger. »Unten an der Grenze. Sie haben das Baby bei lebendigem Leib aus ihr rausgeschnitten. Hab gehört, sie hätten das arme Kleine verbrannt. Als Opfer für den Teufel.«

Junior, der vergessen in seinem Rollstuhl saß, lauschte fasziniert seiner eigenen schillernden Lebensgeschichte, die Alfonso gerade zum Besten gab. Der Uniformrock der Krankenschwester spannte über ihrem ausladenden Hinterteil.

Die Latina hob die Hand und legte sie auf den Mund. Ihre Augen weiteten sich in lustvollem Grauen. »Oh, bitte. Das will ich gar nicht hören«, sagte sie, hing aber trotzdem an den dicken Lippen des Mannes.

Sie hatte Alfonso bereits berichtet, dass sie nur für eine Woche als Vertretung für die an der Grippe erkrankte Assistentin des Doktors einsprang. Normalerweise arbeitete sie in einem Krankenhaus in der Stadt, hegte aber eine gewisse morbide Faszination für diese gefährlichen Geisteskranken.

»O Ja, Baby. Der hier ist ein ganz gemeiner Motherfucker, das kann ich dir sagen.«

Die Schwester warf dem im Rollstuhl sitzenden Junior einen Blick zu. Dieser achtete sorgfältig darauf, dass er die Augen ins Nichts richtete, die Kiefermuskeln entspannte und die Arme schlaff von seinen Seiten herunterbaumeln ließ.

»Kann er uns denn nicht hören?«

»Nein. Sein Körper ist hier, aber sein Verstand macht *gaaaanz* lange Urlaub.«

»Hast du keine Angst vor ihm?«

»Alfonso, Baby. Ich heiße Al-*fonso*.«

»Hast du keine Angst vor diesen Leuten, Alfonso?«

Er lachte. »Alfonso hat vor niemandem Angst, Baby. Vor keinem.«

»Warum sitzt er im Rollstuhl?«

»Der hat dichtgemacht, Schätzchen. *Ka-ta-to-nisch.* Seit sie ihn für unzurechnungsfähig erklärt und hierhergekarrt haben, hat er nicht einen Muskel gerührt. Der kleine Junior hier ist mein Schützling. Ich füttere ihn und wasch ihn und wisch ihm seinen dürren weißen Arsch ab.«

»Du hast ein großes Herz, Alfonso.«

»Ich tu nur meine Pflicht.«

Die Schwester saß auf dem Stahlschreibtisch der Krankenstation und ließ die Beine baumeln. Ihr Rock war weit die Oberschenkel hinaufgerutscht. Alfonso legte eine Hand auf ihr Bein und kniff sanft in die Haut. Dann wanderten seine Finger unter den Rocksaum. Sie wartete einen Augenblick ab, bevor sie kichernd die Hand zurückstieß.

»Für so 'ne Süße bist du ganz schön schüchtern«, sagte er. »Wie heißt du?«

»Schwester Sanchez.«

»Deinen *Beruf* will ich nicht wissen, Baby. Nur deinen *Vornamen*.«

Sie kicherte wieder. »Conchita.«

»*Conchita?* Wie in dem Song?«

»Keine Ahnung.«

»Ja, ich glaub schon, Baby. Hast du Lust, ein bisschen mit mir und Junior spazieren zu gehen? Hmmmm?«

»Wohin denn?«

»Nur raus in den Garten. Ich fahr ihn jeden Tag ein paar Minuten an die frische Luft, damit seine Weißbrotvisage ein klein wenig Sonne abbekommt.«

»Darfst du das denn?«

»Kriegt ja niemand mit. Außerdem ist der kleine Junior völlig harmlos.« Er legte die Hand auf ihren Schenkel zurück. Diesmal wehrte sie sich nicht. »Wie wär's?«

»Das geht nicht. Der Doktor kommt jeden Augenblick zurück. Vielleicht morgen.«

»Also gut, abgemacht.«

»Ich bin eine verheiratete Frau, Alfonso.«

»Von mir aus. Ich will dir ja auch keinen Antrag machen, Baby. Nur ein bisschen Spaß haben.«

Sie kicherte. Der Pfleger schob die Hand noch tiefer unter ihre Uniform und ging einen Schritt auf die Schwester zu. Er hatte Junior den breiten Rücken zugedreht und verdeckte ihr damit die Sicht.

Jetzt.

Junior streckte die Hand aus – die immer noch etwas störrisch auf seine Befehle reagierte – und schnappte sich das Skalpell, das neben einer Nierenschale und einem Paar Latexhandschuhe auf dem Tisch lag. Gerade als er die schmale Klinge in den Overallärmel geschoben hatte, öffnete sich die Tür. Ein Mann mittleren Alters, dessen Glatze so gesprenkelt wie ein Wachtelei war, trat ein.

»Wie kann ich Ihnen helfen, Pfleger?«

Die Schwester richtete sich auf und stöckelte durch den Raum zum flackernden Computermonitor hinüber. Alfonso nahm ein Klemmbrett vom Tisch und studierte es mit gerunzelter Stirn.

»Mann, Doc, tut mir leid«, sagte er. »Ich dachte, der Kleine hier hätte einen Termin, aber irgendwie hab ich da wohl was durcheinandergebracht.«

Der Doktor zuckte mit den Schultern und ging auf eine Tür mit Milchglasscheibe zu. »Schwester, bringen Sie mir bitte die Aufnahmeunterlagen.«

Dic Latina eilte ihm mit einem Stapel gelbbrauner Patientenakten hinterher.

»Morgen nach dem Mittagessen. Okay, Baby?«, flüsterte Alfonso. Sie lächelte ihm zu, folgte dem Arzt und schloss die Tür hinter sich.

Alfonso packte die Griffe des Rollstuhls und schob ihn in den langen, verlassenen Flur hinaus. Das kalte Licht der summenden Leuchtstoffröhren spiegelte sich im blanken Linoleumboden. Plötzlich rannte der Pfleger los, sodass die Lichter nur so an Junior vorbeirauschten, dann sprang der massige Mann hinten auf das Gestell des Rollstuhls. Gemeinsam sausten sie den Flur hinunter.

»Wir haben ein Date, mein Freund«, lachte Alfonso. »Mit einer hübschen, wirklich hübschen Frau.«

Junior spürte, wie der Puls seines linken Handgelenks gegen den kühlen Stahl des Skalpells schlug.

O ja, Motherfucker. Wir haben allerdings ein Date.

11

Auf der Fahrt in die Schule saß Timmy still und in sich gekehrt im Bus. Er starrte aus dem Fenster, ohne sich am allgemeinen Toben und Gelächter zu beteiligen. Irgendwann wurden die Schüler so laut, dass Mr. Feeney, der Busfahrer, ihnen brüllend befahl, endlich die Klappe zu halten.

Der Bus fuhr am Friedhof vorbei. Timmy konnte über die Mauer hinweg das Grab seiner toten Mama und seiner kleinen Schwester sehen, die er gar nicht richtig kennengelernt hatte. Dann fiel ihm wieder ein, wie seine Mama ihn gestern Nacht aufgeweckt hatte, als ob sie ihn vor etwas warnen wollte. Und gleich danach hatte die Horrorshow angefangen.

So hatte er es nicht immer genannt: die Horrorshow. Beim ersten Mal war er zu klein gewesen, um ihr überhaupt einen Namen zu geben. Er hatte gerade erst Laufen gelernt und kaum über einen Stuhl sehen können. Die Erwachsenen waren ihm wie Riesen vorgekommen. Das war kurz nach dem Tod seiner Mama gewesen, als sein Daddy immer nur ruhig dagesessen und vor sich hingestarrt hatte und Skye versucht hatte, nett zu ihm zu sein, aber dauernd geweint hatte.

Wann immer Timmy nach seiner Mama gefragt hatte, hatten sie ihm gesagt, dass sie weg wäre. Im Himmel. Wann kommt sie denn wieder, hatte er gefragt. Nie, hatte Daddy gesagt. Nie mehr.

Das wollte Timmy nicht glauben und ging ins Schlafzimmer, um sie zu suchen.

Mama. Mama?

Seine Mama war nicht da. Nur ihr Nachthemd lag auf einem Stuhl. Timmy hob den weichen, glatten Stoff auf, der so nach Mama roch, und vergrub sein Gesicht darin.

Und da war die Horrorshow zum ersten Mal losgegangen. Er war im Schlafzimmer und hielt Mamas Nachthemd in den Händen, und da sah er Mama auf dem Rücken im Sand neben einer Straße liegen. Mama schrie und weinte und flehte einen Jesus-Mann und eine schmutzige Frau an, die auf ihr saßen und ihr wehtaten, und das Blut hatte ganz fürchterlich gespritzt, und sie zogen etwas Rotes und Faltiges aus Mama heraus, und als Mama schrie, lachten sich der Jesus-Mann und die schmutzige Frau halb tot.

Dann hatte Skye seinen Namen gerufen, Daddy hatte ihn hochgehoben und ganz fest gedrückt, und da war er zurück im Schlafzimmer gewesen und hatte so sehr geweint, dass er fast erstickt wäre.

Danach hatte er lange Zeit keines dieser Bilder mehr gesehen. Er wurde älter, und irgendwann waren sie wie ein fast vergessener Traum. Das redete er sich immer wieder ein: Es war nur ein Traum, Timmy. Nur ein Traum.

Ein paar Jahre später, als er vier oder fünf war, fuhr er mit Daddy zur Tankstelle. Während Daddy den Jeep auftankte, stieg Timmy aus, weil es so heiß war und ihm das Benzin in den Augen brannte. Sein Daddy hatte ihm einen Dollar gegeben, den er mit Daumen und Zeigefinger anschnippte, damit er sich wie ein Kreisel auf dem

Asphalt vor den Zapfsäulen drehte. Daddy redete mit einem Mann in einem Pick-up und nickte, wenn der Mann etwas sagte.

Timmy ließ die Münze ein weiteres Mal kreisen. Sie geriet ins Taumeln und rollte unter die Bank vor dem Tankstellenladen, auf der ein dicker alter Mann mit dem Rücken zu Timmy saß. Timmy ging auf die Knie und streckte die Hand nach der silbernen Münze aus, die neben dem Schuh des Mannes lag. Es war ein schwarzer Slipper mit einem Loch in der Sohle.

Die weißen, haarlosen Beine steckten direkt in den Schuhen – wahrscheinlich war der Mann zu faul gewesen, um Socken anzuziehen – und verschwanden in grünen, ausgefransten Hosenbeinen. Timmy streckte sich noch weiter nach der Münze aus und roch seinen ekligen Alte-Leute-Geruch. Der Mann rutschte auf der Bank herum und stellte eine Dr.-Pepper-Dose auf dem Boden ab, als er Timmy bemerkte.

Er schnappte sich die Münze mit seiner weichen rosa Hand und lachte keuchend. »Na, Kleiner, willst du deinen Dollar wiederhaben?«

Timmy kroch unter der Bank hervor und stellte sich vor den Mann, der die Münze in die Luft hielt, sodass die Sonne darauf fiel und ihn blendete.

»Da, bitte«, sagte der Mann und hielt ihm den Dollar hin. Sobald Timmy danach griff, riss er sie weg, grinste durch seine Zahnlücken, und plötzlich fing die Horrorshow an. Timmy sah den Mann splitternackt in einem dunklen Raum auf einem kleinen Jungen liegen, und dann sah er, wie der Mann den Jungen draußen in ein Loch im Boden warf.

»Timmy! Timmy!«

Daddys Stimme vertrieb die Horrorshow – und den alten Mann, der die Münze fallen ließ, schnell zu dem Bus rannte, der an der Haltestelle wartete, und von den zischenden Türen verschluckt wurde.

In dieser Nacht lag Timmy im Bett und versuchte sich einen Reim auf das Ganze zu machen. Geträumt hatte er nicht, denn er war ja wach gewesen. Was hatte er da gesehen? War er verrückt geworden? Da fiel ihm plötzlich der Name Horrorshow dafür ein. Vielleicht hatte er das aus den gruseligen Filmen, die sich seine Babysitterin Maria immer anguckte.

Irgendwann spürte er im Voraus, wenn die Horrorshow anfing, und konnte sie meistens rechtzeitig aufhalten. Doch letzte Nacht, während er aus dem Fenster geschaut hatte, hatte er zu lange gewartet. Und da hatte er Skye und Nicht-Skye gesehen.

»Timmy? Hey, Timmy!«, sagte Skye. Sie stand auf den Zehenspitzen, lächelte ihn an und klopfte gegen die Fensterscheibe des Busses, der an der Ecke vor seinem Haus angehalten hatte.

Als sie seine Hand nahm, verschwanden der Bus und die Straße und die Häuser, und die Horrorshow ließ einige Bilder in seinem Kopf auftauchen.

Er war offenbar davongerannt, denn als Skye ihn einholte und festhielt, war er schon fast zu Hause und bekam kaum noch Luft. Skye keuchte ebenfalls. »Hey, Usain Bolt, wo willst du denn so schnell hin?«

Da sah er in ihre Augen und versuchte zu lachen und nicht an die Bilder zu denken, an die ekligen, grässlichen Bilder von zerfetzten Männern, die in blutigen Stücken um ein altes Auto herumlagen und zwischen denen Skye und Nicht-Skye herumschlichen.

12

Gene Martindale war auf dem Rückweg in die Stadt. Der Tatort und die Experten von der State Police verschwanden in seinem Rückspiegel. Es war, als würde ihn seine Vergangenheit verfolgen, ihn allmählich einkreisen. Jede Straße, jeder Meter des verdorrten Landes wurde von unzähligen Geistern heimgesucht.

Eigentlich hätte er erleichtert sein müssen. Immerhin lag das Blutbad beim Roadhouse nun in der Verantwortung der State Police und der DEA.

Am Morgen war eine ganze Kolonne teurer Geländewagen aus der Stadt angerauscht gekommen. Ein Helikopter – in diesen Breiten ein seltener Anblick – hatte die Neugierigen aus ihren Häusern getrieben. Knatternd war er auf dem Sand gelandet. Ein DEA-Agent in einem schicken Anzug und Möchtegerncowboystiefeln war wie ein Actionheld aus den Staubwolken stolziert.

Kleine weiße Zelte, die eher an einen Strand gepasst hätten, wurden um die Opfer herum aufgeschlagen. Die Forensiker machten sich daran, die Leichenteile zu katalogisieren.

Der Mann von der Drogenbehörde hatte Gene ziemlich unwirsch ausgefragt. Offenbar war er beleidigt, weil sich Sheriff Milt Lavender nicht von seinem Sterbebett erhoben hatte, um persönlich anwesend zu sein. Außerdem konnte er nicht oft genug betonen, dass er schon

Schlimmeres gesehen hatte, und beschrieb in allen Einzelheiten, was Kettensägen, Macheten und Fleischerbeile anrichten konnten.

Auch auf die Theorie eines Forensikers im Schutzanzug, das Ganze könnte der Überfall eines wilden Tiers sein, hatte der DEA-Agent die passende Antwort.

»Pitbulls«, sagte er. »Speziell ausgebildete Kampfhunde von jenseits der Grenze. Die können einen Menschen in Sekunden in Stücke reißen.«

Eine stille Frau mit Betonfrisur, der selbst der Wind nichts anhaben konnte, nahm Gene beiseite. Sie sprach so eindringlich auf ihn ein, dass er ihren Atem im Gesicht spüren konnte. Der Gouverneur, der gerade um seine Wiederwahl kämpfte, hätte sie geschickt. Wie es aussah, brüstete er sich im Wahlkampf damit, die Verbrechensrate im Grenzgebiet entscheidend gesenkt zu haben. Da käme es ihm äußerst ungelegen, wenn dieser Vorfall noch vor der Wahl bekannt würde.

»Chief Deputy, ich gehe doch recht in der Annahme, dass dieses Verbrechen der Drogenkriminalität zuzuschlagen ist?«, fragte sie.

»Ja, Ma'am.«

»Und dass es sich sowohl bei den Opfern als auch bei den Tätern um Kriminelle handelt?«

»Da spricht nichts dagegen.«

»Kann ich also mit Ihrer Kooperation rechnen?«

»Und wie wird diese Kooperation aussehen?«

»Niemand, und ich wiederhole, niemand außer dem Gouverneur wird diese Angelegenheit kommentieren.«

»Ist mir ein Vergnügen, Ma'am.«

Ihr Gesicht verzog sich zu einem fast unmerklichen Lächeln, dann ging sie zu den Zelten zurück, wobei ihre schwarzen Pumps kleine Staubwolken aufwirbelten. Gene war entlassen.

Er pfiff seine Männer zurück und machte sich auf den Rückweg in die Stadt. Ganz offensichtlich hatte er sich umsonst Sorgen gemacht – diese Leute wollten die ganze Sache noch viel dringender vertuschen als er selbst.

Dann fiel ihm wieder ein, dass sich Skye heute Morgen in der Küche ganz anders bewegt hatte als sonst. Gene hielt an einer Kreuzung an und sah unwillkürlich zu dem Graben hinüber, in dem er seine Schwester damals gefunden hatte.

Eines Tages – ein paar Jahre, nachdem sein Vater zu den Marines gegangen war – waren Gene und seine Mutter auf dem Rückweg vom Einkaufen gewesen. An der Stelle, an der die Asphaltstraße in einen staubigen Schotterweg überging, waren sie in einen Sandsturm geraten.

Mitten im Nirgendwo war der alte Kombi auf der Straße hin und her geschlingert, und der Staub hatte ihnen jegliche Sicht genommen. Plötzlich hatte seine Mutter angehalten und Genes Hand genommen. Das Auto schaukelte im Wind, der um sie herum heulte und alles in eine gelbbraune Decke hüllte.

Ein paar heftige Böen später hatte sich der Sturm erschöpft. Eine unheimliche Stille folgte, als würde die Welt Atem holen. Dann wurde diese Stille vom hohen, dünnen Kreischen eines Babys durchbrochen.

Sie stiegen aus, und Gene entdeckte eine braune Pappschachtel im Straßengraben. Er öffnete sie und schreckte zurück, als er einen weinenden Säugling mit zappelnden Armen darin entdeckte. Seine Mutter nahm das nackte, rosafarbene Baby heraus und drückte es an ihre Brust, um es zu trösten. Sie wickelte es in eine Decke aus dem Kofferraum. Auf der Fahrt nach Hause balancierte Gene es ungeschickt auf seinem Schoß. Das Baby hatte inzwischen aufgehört zu weinen. Die Augen, die aus seinem staubigen kleinen Gesicht starrten, waren von einem so durchdringenden Blau, dass Gene den Blick abwenden musste.

Sobald sie zu Hause waren, rief seine Mutter Sheriff Lavender an, den Gatten ihrer Schwester. Eine halbe Stunde später untersuchte der gedrungene Mann mit Halbglatze und freundlichem Lächeln das Kind, trank eine Tasse Kaffee und tätigte einige Anrufe. Schnell wurde beschlossen, dass das Baby bei ihnen bleiben würde, bis man Näheres herausgefunden hatte. Was nie geschah, und so wurde das kleine Mädchen in die Familie aufgenommen. Genes Mutter nannte sie Skye – nach der Farbe ihrer Augen.

Als Genes Vater von seinem Kampfeinsatz zurückkam, war er noch schweigsamer geworden. Seine schmächtige Gestalt schien die Wut, die in ihm kochte, kaum zurückhalten zu können. Er sah sich das Kind an, schüttelte den Kopf und schenkte ihm keine weitere Beachtung. Genau wie ihn seine ersten tapsigen Schritte oder seine ersten Worte nicht interessierten. Skye sah ihm beim Bourbontrinken zu – den er inzwischen in immer größeren Mengen konsumierte – und sagte: »Dada«.

Genes Mutter war außer sich vor Freude. »Hast du das gehört? Hast du gehört, wie sie dich genannt hat?«

Genes Vater stand auf und drängte sich an ihnen vorbei, wobei Skye wieder auf ihren in Windeln gepackten Hintern fiel.

»Ich bin nicht der Papa von diesem Ding«, sagte er und holte sich eine neue Flasche.

Das Klingeln von Genes Handy holte ihn in die Gegenwart zurück. Er trat aufs Gas, ließ die Kreuzung hinter sich und nahm den Anruf entgegen.

»Martindale.«

»Deputy? Sheriff Drum hier.«

»Ja, Sheriff?«

»Ob du wohl so nett wärst und mich in, sagen wir, fünfzehn Minuten bei Earl's treffen könntest?«

»Worum geht's denn, Sheriff?«

»Um die Schweinerei beim Roadhouse.«

»Den Fall hat die State Police übernommen.«

»Deputy, du willst ganz bestimmt nicht, dass die State Police auch nur ein Sterbenswörtchen von dem erfährt, was ich dir zu sagen habe.«

»Dann komm in mein Büro.«

»Nein, Sir, das Diner ist mir lieber. In einer Viertelstunde.«

Drum legte auf. Gene verfluchte den korrupten Hünen, fuhr jedoch nichtsdestotrotz zum Diner. Als er ankam, ging die Sonne gerade unter. Die Hügel jenseits der Grenze zeichneten sich schwarz vor dem orange und violett glühenden Himmel ab.

Drums Ford Expedition stand bereits vor dem Diner. Gene öffnete die Tür und hörte das Klimpern der Türklingel. Der Sheriff, der seinen gewaltigen Leib in eine Sitznische gezwängt hatte und Zeitung las, war der einzige Kunde. Ein großes Glas Coca-Cola mit Eiswürfeln stand auf dem Tisch vor ihm.

Skye lungerte vor der Durchreiche zur Küche herum und spielte nervös mit dem Kugelschreiber, der an ihrer

Schürze klemmte. Gene nickte seiner Schwester zu und nahm dem Sheriff gegenüber Platz.

Drum ließ die Zeitung sinken und grinste. Ein Goldzahn funkelte Gene entgegen. »Schön, dass du gekommen bist, Deputy.«

»Ich müsste schon längst im Büro sein, Sheriff. Bitte fass dich kurz.«

»Kein Problem, Freundchen. Gar kein Problem.«

Raschelnd nahm Drum eine Zeitungsseite zwischen Daumen und Zeigefinger und hob sie neckisch wie ein Schulmädchen vom Tisch. Darunter lag ein Gefrierbeutel, in dem Gene eine zerbrochene, blutverschmierte Brille erkannte. Dann sah er zu Skye auf, die mit gezücktem Kugelschreiber und Bestellblock, jedoch ohne Brille auf der Nase auf ihn zukam.

Er scheuchte sie weg und wandte sich wieder Drum zu, der die Zeitung auf den Tisch zurücklegte.

»Was willst du?«, fragte Gene.

13

Skye sah, wie sich erst Abscheu, dann Schock und schließlich die blanke Angst auf dem Gesicht ihres Bruders abzeichneten. Als er aufblickte und sie mit einer Handbewegung davonscheuchte, hatte er sich wieder gesammelt und stellte wie gewohnt seine leere und nüchterne Miene zur Schau. Skye, die ans Fenster trat und durch das staubige Glas die heraufziehende Nacht beobachtete, spürte seine Furcht jedoch sehr wohl – und das nicht nur aus Intuition. Es war, als wäre sie mit ihm verbunden, als wären ihre Nervensysteme verschmolzen, sodass die Hitze seiner Angst auch sie selbst erfüllte.

Mit der Angst tauchte auch ein flaues Gefühl tief in ihrem Magen auf. Wie damals, als sie wegen eines Psychotests im obersten Stockwerk eines Wolkenkratzers in der großen Stadt gewesen war. Der Aufzug war im freien Fall nach unten gerauscht und hatte erst kurz vor dem Erdgeschoss abgebremst. Die anderen Personen in der Kabine hatten selbstverständlich nichts Ungewöhnliches bemerkt, doch Skye war danach verwirrt und desorientiert durch die sonnendurchflutete Lobby getaumelt.

Bewusst unterbrach Skye die Verbindung zu ihrem Bruder, spürte geradezu körperlich, wie sie sich von ihm löste, und trat durch die Tür in die heiße, nach Benzin stinkende Luft. Ihr war schwindlig. Nach ein paar Schritten stützte sie sich mit der Hand auf der Motorhaube des Streifenwagens ab. Das Metall war noch warm.

Sie sah auf. Richie stand im grünen Licht der Neonlampen vor der Tankstelle und beobachtete sie, während er mit einem Lappen die Windschutzscheibe eines staubigen japanischen Autos abwischte. Er sah schnell weg, studierte das rotierende Zählwerk der Zapfsäule, stopfte den Lappen in seinen Overall, nahm die Zapfpistole aus der Tanköffnung des Wagens und steckte sie mit einem Klicken an ihren Platz zurück. Das Auto rumpelte über den Bordstein auf die Straße. Richie warf Skye einen weiteren Blick zu, dann drehte er sich um und verschwand in seinem Kabuff.

Vorhin hatte sie seine Gefühle verletzt. Jetzt wäre sie am liebsten zu ihm hinübergegangen, um sich zu entschuldigen, doch irgendetwas hielt sie davon ab.

Auf der Fahrt hierher war Richie gesprächiger als sonst gewesen. »Hast du von der Sache beim Roadhouse gehört?«

»Ja«, hatte sie gesagt.

»Die Typen in dem Dodge, die im Diner waren, sind alle tot.«

»Ja.«

»Es heißt, dass es die Kartelle waren.«

»Ja, könnte sein.«

Er hatte ein paar Sekunden lang geschwiegen. »Die wurden ziemlich übel zugerichtet.« Sie sagte nichts. »Ich hab heute mit ein paar Jungs von der Grenzpolizei geredet.«

Er hielt inne und wartete, dass sie nachfragte. »Und?«

»Die behaupten, dass die Kartelle nichts damit zu tun haben. Sie sagen, es wär ein Dämon gewesen.«

»Jetzt hör aber auf, Richie. So was gibt's nicht. Das ist nur Aberglaube. Du wirst doch nicht auf so einen Quatsch reinfallen, oder?«

Bei ihrem verächtlichen Tonfall war er in schamvolles Schweigen verfallen.

Skye drehte sich zum Diner um und erkannte ihr verzerrtes Spiegelbild in der Fensterscheibe. Wieder fragte sie sich: Was bin ich? Was ist dieses Ding in mir?

Früher hatte sie Maria immer ausgelacht, wenn sie ihr Gruselgeschichten über Satans Brut – Gestaltwandler und Dämonen und Tiermenschen – erzählt hatte, die in den Hügeln jenseits der Grenze ihr Unwesen trieb. Maria hatte dabei mit den Augen gerollt und sich bekreuzigt. Jetzt kamen ihr diese blutrünstigen Fabeln wie eine ziemlich gute Beschreibung des dunklen Wesens vor, das in ihr steckte.

Sie scheuchte diese Gedanken aus ihrem Kopf und konzentrierte sich auf ihren Bruder, der immer noch mit dem Riesen in der Nische saß. Gene hockte kerzengerade da und hatte die Hände auf die Tischplatte gelegt, als wollte er jeden Augenblick aufstehen. Der große Sheriff dagegen hatte entspannt die Ellbogen auf der Rückenlehne seiner Bank ausgestreckt.

Skye fragte sich, was ihr Bruder wohl mit Drum zu besprechen hatte. Immerhin hatte sie genug Unterhaltungen zwischen Gene und ihrem Onkel belauscht, um zu wissen, dass Drum das genaue Gegenteil all jener Überzeugungen verkörperte, die die beiden Männer teilten.

»Dellbert Drum ist der Grund, weshalb ich mich schäme, diese Uniform zu tragen«, hatte Lavender einmal gesagt, als er mit Gene in der Küche des Hauses gesessen hatte, in dem sie aufgewachsen war. Sie hatten beim Kaffee verschiedene Methoden durchgespielt, wie sie den korrupten Gesetzeshüter, der wie ein feudalistischer Fürst über das Nachbarcounty herrschte, vom Thron stoßen konnten, bevor das Krebsgeschwür des Verbrechens über die Countygrenze wucherte.

Jetzt schien die Unterredung mit Drum jedenfalls beendet zu sein. Gene stand auf, nahm seinen Hut und verließ das Diner. Vor der Tür blieb er stehen und sah Skye mit müden Augen an.

»Gene, was ist los?«

Ihr Bruder schüttelte den Kopf. »Das besprechen wir zu Hause.« Er stieg in den Streifenwagen und fuhr davon.

Skye ging in das Diner. Der massige Sheriff war ebenfalls aufgestanden, setzte sich den Hut auf, zwinkerte ihr zu und ging in Richtung Ausgang, ohne auch nur einen Gedanken an die Bezahlung seines Getränks zu verschwenden.

Während Skye den Tisch abräumte, stürmte Minty herein und eilte in die Personalumkleide, wobei ihre Absätze einen Stakkatorhythmus auf den Boden trommelten.

»Hast du eine neue Frisur?«, fragte sie, als sie in einer Parfümwolke vorbeirauschte.

»Nein«, sagte Skye, stellte das schmutzige Glas in die Durchreiche und bekam gerade noch mit, wie Earl Mintys Hinterteil nachstarrte.

Der Abend schien sich endlos hinzuziehen. Earl hatte sich mit seiner unerwiderten Liebe und einer Flasche Whiskey in der Küche verschanzt und ließ eine rührselige alte Willie-Nelson-Ballade nach der anderen durch die blechern klingenden Lautsprecher scheppern. Minty saß an einem Tisch und blätterte in einem Klatschmagazin. Alle paar Minuten klappte sie den Taschenspiegel auf, zog ihren Lippenstift nach und blickte voller Hoffnung in Richtung Tür.

Skye lungerte hinter der Theke herum, polierte nervös und ängstlich bereits blitzblanke Gläser und fürchtete sich vor dem Gespräch mit ihrem Bruder, das sie zu Hause erwartete.

Ein Motorengeräusch ließ Minty aufsehen und fast vom Stuhl aufspringen. Als sie sah, dass ein Wohnmobil vor dem Diner hielt, ließ sie sich wieder zurückfallen. Die alten Knacker, die normalerweise in diesen Dingern durchs Land schaukelten, waren pingelige und anspruchsvolle Kunden, deren Trinkgeld nicht der Rede wert war.

Mit dem Klingeln der Türglocke betrat jedoch ein blonder Mann Ende zwanzig das Diner und setzte sich in eine Nische. Lange Beine, deren Füße in verschlissenen Chucks steckten, ragten unter dem Tisch hervor. Er studierte die Speisekarte, und Skye hörte, wie er seufzte.

Minty stand auf und strich sich die Schürze glatt. Sie setzte ihr nettestes Lächeln auf und klackerte zu ihm hinüber. »'n Abend.«

»Hi«, sagte er ohne große Begeisterung und starrte an Minty vorbei.

Skye begriff, dass er sie ansah, drehte sich schnell um und tat so, als würde sie einen Stapel Speisekarten sortieren.

Der blonde Mann bestellte einen Cheeseburger mit Pommes und Kaffee. Minty wollte Konversation mit ihm betreiben, erhielt aber nur einsilbige Antworten. Sie riss die oberste Seite ihres Bestellblocks ab, klemmte sie über die Durchreiche zu Earls Küche und stellte sich neben Skye.

»Der ist ja süß, oder?«

»Meinst du?«

»Wie der junge Brad Pitt. In dem Film mit Susan Sarandon.«

»*Thelma & Louise.*«

»Genau. Mann, das war ein Sixpack.« Minty schwelgte in Erinnerungen. Dann gab sie Skye mit einem knochigen Ellbogen einen Stoß in die Rippen. »Er starrt dich ständig an.«

»Das ist doch Quatsch, Minty«, sagte Skye lachend. Aber es stimmte – jetzt winkte der Mann sie sogar zu sich.

Minty stupste sie noch einmal. »Na los, schnapp ihn dir.«

»Er meint dich.«

»Nein, dich. Vorwärts.«

Skye ging zu ihm hinüber und spürte, wie sie errötete.

»Ja, Sir?«, fragte sie.

»Gibt's in diesem Nest eine vernünftige Kneipe?«

Sie beschrieb ihm den Weg zum nächsten Saloon. Er nickte lächelnd. Skye fiel auf, dass er hellgrüne Augen und sehr weiße Zähne hatte.

»Warum kommst du nicht mit, wenn du hier fertig bist?«

Plötzlich überkam Skye ein Gefühl, das ihr vorher völlig unbekannt gewesen war. Ein rohes Verlangen, eine Hitze, die sich von ihrer Körpermitte weg ausbreitete. Die Begierde, die Hände dieses Mannes auf sich zu spüren, seinen Körper zu berühren. Doch darauf folgte eine weitere Begierde, und sie roch sein würziges Fleisch, roch das salzige Blut, das durch seine Adern strömte, konnte schon das warme Fleisch auf den Lippen spüren.

Skye wirbelte herum, rannte auf die Toilette und schloss sich zitternd und schwitzend in der Kabine ein. Sie hörte das Klicken von Mintys Schuhen, dann erschienen ihre hohen Absätze im Spalt unter der Tür.

»Alles klar, Kleines?«, fragte Minty.

»Alles bestens.«

Minty klopfte an die Tür. »Dann komm raus.«

Skye drückte auf die Spülung und verließ die Kabine. Minty starrte sie an, dann fing sie an zu lachen.

»Du bist noch Jungfrau, oder?« Sie wedelte mit der Hand. Ihre künstlichen Fingernägel wirkten wie Klauen. »Nein, sag's mir nicht. Geh lieber wieder raus und nimm Brads Einladung an.«

»Auf keinen Fall.«

»Schätzchen, irgendwann musst du's hinter dich bringen. Ein Quickie mit einem Wildfremden ist die beste Gelegenheit dafür. Glaub mir, ich spreche aus Erfahrung.«

Skye schüttelte den Kopf, spürte aber, wie sie neuen Mut schöpfte. Sie wollte es tatsächlich, und so wehrte sie sich auch nicht, als Minty ihren Lippenstift herausnahm und ihre Lippen blutrot anmalte.

»Und jetzt zieh die Schürze aus und hau ab. Ich sag Earl, dass dir schlecht geworden ist. Weiß Gott, du bist oft genug für mich eingesprungen.«

Also ging Skye nach draußen. Sie hörte weder Willie Nelson über sein gebrochenes Herz singen noch Earl, der in der Küche beim Abspülen mit den Tellern klapperte. Sie hörte nur ihren eigenen Herzschlag, kräftig und regelmäßig.

Der blonde Mann hatte seinen Burger zur Hälfte gegessen, den Teller von sich geschoben und ein paar Dollarscheine daruntergelegt. Als sie auf ihn zukam, stand er auf.

»Ich dachte schon, du wärst mir davongelaufen.« Skye schüttelte den Kopf. Sie brachte kein Wort heraus. »Den Lippenstift brauchst du gar nicht, du bist auch so hübsch genug«, sagte er lächelnd.

Sie ließ zu, dass er ihre Hand nahm und sie aus dem Diner führte. Die Türglocke klingelte ihnen hinterher, als sie zu seinem Wohnmobil gingen. Der Blonde öffnete die Beifahrertür und half ihr auf den hohen Sitz.

Einen winzigen Augenblick lang meldete sich eine Stimme: Was um Himmels willen machst du da?

Dann war die Stimme verschwunden, der Mann saß mit seinem warmen Fleisch neben ihr, und sie fuhren in die Nacht.

14

Junior Cotton lag auf dem Rücken und starrte die fleckige Zellendecke an. Unter den undichten Rohren im Mauerwerk hatte sich Feuchtigkeit gesammelt, sodass die Farbe Blasen warf und sich vom Putz löste. Alfonso hatte ihn wieder ins Bett geschmissen, den Rollstuhl daneben abgestellt, die Bremse eingelegt und die Tür hinter sich zugeworfen. Das ungeölte Schloss hatte gequietscht, als der Pfleger den Schlüssel hineinrammte. Seitdem hatte sich Junior nicht bewegt.

Er zwang sich, den rechten Arm zu heben. Es dauerte eine Weile, bis das Körperteil seinem Befehl nachkam und sich so langsam von der rauen, stinkenden Decke löste, als würde es jemand anderem gehören. Junior führte die Hand zum Mund und spuckte die Abendtabletten aus, die Alfonso dort hineingestopft hatte. Ein dünner Speichelfaden verband die beiden großen Pillen auf seiner Handfläche mit seiner Zunge. Schlagartig verließ ihn die Kraft. Der Arm fiel auf die Decke zurück, der Speichelfaden riss und blieb zur Hälfte in seinem Bart hängen. Die andere Hälfte legte sich wie eine feuchte Schlinge um sein Handgelenk, in dem ein schneller, unregelmäßiger Puls schlug.

Junior hörte gedämpftes Stöhnen und Schreien, Flüche und Schläge aus den Nachbarzellen. Dann – als die Medikamente der anderen Insassen zu wirken begannen – war bis auf das insektenähnliche Summen der Glühbirne nichts mehr zu hören. Er war so erschöpft, dass er beinahe eingeschlafen wäre. Junior zwang die Augen auf und stemmte seinen Oberkörper mit zitternden schwachen Armen hoch. Sein Kopf baumelte von seinem Hals, er atmete kurz und röchelnd, dann endlich hatte er sich aufgesetzt und konnte die Beine über die Bettkante schwingen.

Er zog das gestohlene Skalpell aus dem Ärmel seines Overalls und betrachtete die kurze geschwungene Klinge. Junior fuhr mit der Fingerspitze darüber, spürte, wie sie die Rillen seines Fingerabdrucks durchtrennte. Als er über den geriffelten Griff strich, quoll ein Blutstropfen aus der Wunde.

Er klappte wie eine Stoffpuppe an der Hüfte zusammen, berührte die Fingerspitze mit der Zunge und saugte das warme, salzige Blut auf. Dann schloss er die Augen und genoss den Geschmack. Für das, was er morgen vorhatte, brauchte er Kraft. Er richtete sich wieder auf, ließ seinen Oberkörper gegen die kalte Fliesenwand zurückfallen, hielt das Skalpell fest umklammert und rammte es in die blutende Fingerspitze, sodass sich der Schnitt weiter öffnete und noch mehr Blut floss. Einzelne Tropfen regneten auf die Bettdecke, als er seine Hand gegen die Wand legte und mit dem Blut an seinen Fingern beschmierte.

Seine Motorik war mehr als unzuverlässig, und die Hand wirkte zu schwer für seinen Arm, doch er schaffte es, das Symbol an die Wand zu malen. Noch während er arbeitete, gerann das Blut zu klumpigen Schlieren.

Das Symbol, das er gezeichnet hatte, war ganz unverkennbar ein Pentagramm mit zwei nach oben gerichteten Spitzen. Allein bei seinem Anblick durchfuhr ein Energiestoß seinen Körper, sodass er sich umdrehen und im Schneidersitz auf dem Bett niederlassen konnte. Er legte die Handflächen auf die klamme Mauer zu beiden Seiten des fünfzackigen Sterns. Dann berührte er mit der Stirn (seinem dritten Auge) das Zentrum des Pentagramms und stimmte einen flüsternden Singsang an. Je länger er die Macht der Finsternis in sich aufnahm, desto stärker gewann seine dünne Stimme an Kraft und Selbstvertrauen – jedoch nicht an Lautstärke. Darauf achtete er besonders sorgfältig.

Gesättigt stieß sich Junior von der Wand ab. Sein Körper reagierte sofort. Neue Energie erfüllte seine schlaffen Muskeln. Er wirbelte herum, stellte die Füße auf den Boden, stieß sich vom Bett ab und stand wankend wie ein Fahnenmast im Wind da.

Du schaffst es, mein kleiner Liebling. Mamas Stimme sprach ihm Mut zu. Du schaffst es.

So vorsichtig wie ein Seiltänzer hob er einen Fuß, stellte ihn auf den Boden zurück und verlagerte sein Gewicht darauf. Dann wiederholte er das Ganze mit dem anderen Bein. Um das Gleichgewicht nicht zu verlieren, streckte er beide Arme aus. Schweißgebadet ging er Schritt für Schritt auf die gegenüberliegende Wand zu, eine Reise von ungefähr zwei Metern. Er schaffte es tatsächlich.

Morgen würde er sogar laufen. Und zwar wie der Blitz von hier davonlaufen.

Als er sich umdrehte, überschätzte Junior seine Kräfte und wäre fast umgefallen, doch er kniff die Hinterbacken zusammen, spannte die Beinmuskeln an und schaffte es durch reine Willenskraft stehen zu bleiben. Dann taumelte er zum Bett zurück, fiel mit dem Gesicht voran darauf und spürte die feuchten Barthaare auf der Haut.

Langsam glitt er in den Schlaf hinüber, wobei er etwas in der Sprache murmelte, die ihm seine Eltern beigebracht hatten, noch bevor er Englisch gelernt hatte. Die Sprache der blutigen Rituale, die sie mit und an ihm abgehalten hatten. Sein kleiner Körper war das Gefäß gewesen, das sie aus ihrem grauen, trostlosen Alltag gerissen und zu einer fröhlichen Spielwiese auf der anderen Seite geführt hatte.

15

Skye hatte keine Erfahrung mit gesprächigen Männern. Die Männer, die sie kannte, redeten nur das Nötigste, als würde sie jedes einzelne Wort große Kraft kosten. Dieser blonde Mann war ganz anders. Während das Wohnmobil rumpelnd durch das Städtchen in Richtung des Saloons schaukelte, erzählte er lang und breit, wie er hinter das Steuer dieses ungewöhnlichen Gefährts gekommen war.

Sein Onkel hatte sich mehr schlecht als recht als Farmer im trockenen Grenzland durchgeschlagen. Irgendwann beschloss er, sich zur Ruhe zu setzen, sein Land zu verkaufen und mit seiner Frau an den Ozean zu fahren. Zu diesem Zweck hatte er das Wohnmobil erstanden und aufgemöbelt und die Ranch verkauft, als ihn an der Schwelle zu einem neuen Leben ein Herzanfall ereilt hatte.

»Genau da hinten«, sagte der Blonde und deutete mit dem Daumen in das Wohnmobil. »Er war gerade dabei, die chemische Toilette zu reparieren.« Er sah Skye an. Die Scheinwerfer eines vorbeifahrenden Autos brachten sein Haar zum Glänzen und seine Zähne zum Strahlen. Er sah wirklich sehr gut aus. »Du hast doch keine Angst vor Gespenstern, oder?«

»Nein«, sagte sie und spürte, wie das Ding in ihr zuckte und sich regte, bis es gegen ihr Zwerchfell stieß. Es war kurz davor auszubrechen.

»Vor Onkel Jim brauchst du keine Angst zu haben, er war der netteste Mensch, der mir je begegnet ist. Ich wurde sogar nach ihm benannt.« Wieder lächelte er.

Dann erzählte er, dass seine Tante in einem Altenheim lebte und ihr Bruder – der Vater des jungen Jim – ihn dafür bezahlt hatte, das Wohnmobil abzuholen und in die Stadt zu bringen, wo bereits ein Käufer darauf wartete.

Jim schob eine CD in die Stereoanlage. Laute, primitive Musik dröhnte durch das Wohnmobil. »Gefällt dir das?«

Sie nickte. Die Trommeln und die hohen, klagenden Stimmen gefielen ihr tatsächlich.

»Das nennt sich *Kwassa Kwassa*. Kommt aus Zentralafrika. Ich war da mal ein Jahr mit dem Friedenscorps.«

Und schon plapperte er wieder drauflos, obwohl sie seine Geschichten und Scherze nicht richtig verstand und die Pointen erst recht nicht kapierte.

Die Neonlichter des Saloons blinkten verführerisch vor ihnen. »Was wollen wir da eigentlich?«, sagte er. »Da sind bestimmt nur alte Säcke und hören Country. Ich hab noch irgendwo eine Flasche. Hier ist es doch ganz gemütlich, und Musik haben wir auch.«

Ohne ihre Antwort abzuwarten, steuerte er das Wohnmobil von der Straße, parkte im Sand und schaltete den Motor ab. Dann stand er auf, zwängte sich durch die Vordersitze, nahm eine Flasche und zwei Gläser aus einem Schrank und stellte sie auf einen kleinen Klapptisch.

Skye setzte sich zu ihm. Er hob das Glas. »Cheers.«

»Cheers«, sagte sie und nahm einen Schluck. Es brannte.

Er beugte sich vor und küsste sie. Erst mit seinen vom Schnaps scharfen Lippen, dann mit der Zunge. Er schob sie in ihren Mund, und sie kam ihm ungeschickt entgegen – schließlich war sie noch neu in diesem Geschäft. Aber sie lernte schnell. Ihre Nippel im BH verhärteten sich, und sie verspürte eine angenehme feuchte Hitze in ihrem Höschen.

Jim knöpfte ihre Bluse auf und saugte an ihrer Brust, öffnete die obersten Knöpfe ihrer Jeans und legte seine heißen, harten Finger auf ihren Bauch.

Als Skye die Augen schloss, brach der Andere aus, prallte mit ihr zusammen, fegte sie zur Seite. Wieder spürte sie, was sie in jener Nacht in Gegenwart der Männer gespürt hatte – ihre Muskeln wuchsen, ihre Knochen verschoben sich in ihrem Körper. Die Verwandlung hatte begonnen.

Jim holte Luft. Sein Haar hing über seine Augen. Er schob die Strähnen mit den Fingern beiseite, sah sie an und erstarrte.

Es war ein beinahe komischer Anblick. Er machte große Augen und klappte den Mund auf und zu, als würde er auf einem Toffee herumkauen, und brachte trotzdem kein Wort heraus. Erst als er auf allen vieren in das Heck des Wohnmobils geflohen war, fand er seine Stimme wieder. »Heilige Scheiße.«

Sie richtete sich auf. Ihre Bluse dehnte sich und zerriss. Ihr Kopf streifte die Decke – wie war das möglich? –, und sie beugte sich über den Tisch. Unter dem gelben Schein der Innenbeleuchtung legte sich ihr Schatten wie eine Decke auf den verängstigten Mann.

»Was zum Teufel bist du?«, fragte er und wehrte sich – vergeblich natürlich.

Der Andere packte ihn, umklammerte sein duftendes, aromatisches Fleisch. Ihre Hand schoss an seine Kehle, schon hatte sie die Zähne in seinen Hals geschlagen. »Bitte«, flehte er, als sie ihm gerade den Kopf von den Schultern reißen wollte. »Bitte, ich habe ein Kind. Ein kleines Mädchen. Sie heißt Donna Lee.«

Sie wusste nicht wie, aber mit einem Mal sah sie – mit Blut und Haut und Fleischfetzen im Mund – das Kind vor sich. Es war zwei, vielleicht drei Jahre alt. Blond wie sein Daddy. Weiches weißes Haar umgab das lächelnde Gesicht.

Das Bild des Mädchens war wie eine Kugel des Mitleids, die den Anderen durchbohrte und Skye genau zwischen die Augen traf. Plötzlich hatte sie die Kontrolle zurückerlangt – ihr Körper strotzte vor irrsinniger Kraft, als sie die Seitentür des Wohnmobils so heftig aufriss, dass die Laufräder laut in der Schiene ratterten. Skye spuckte warmes Blut und Fleisch aus und rannte in die Nacht.

16

Gene Martindale wachte an Sheriff Milton Lavenders Sterbebett. Der alte Mann war verhärmt und zusammengesunken, da sein Darm und der Großteil der umliegenden Organe vom Krebs befallen waren. Er befand sich irgendwo zwischen hier und dem Jenseits – ein Ort, von dem aus er die Lebenden und die Toten gleichermaßen erreichen konnte. Seine Frau Roseanne, die vor vier Jahren verstorben war, erschien ihm genauso wirklich wie Gene, und er richtete seine unaufhörlichen Monologe, die traurig, langweilig und – was Gene am meisten verstörte – eindeutig sexueller Natur waren, an beide gleichermaßen.

Als der Sheriff und seine unfruchtbare Frau – die Schwester ihrer toten Mutter – Gene und Skye bei sich aufgenommen hatten, wäre er nie auf den Gedanken gekommen, dass das Paar, das damals in den besten Jahren gewesen war, sich auch abseits des Schlafzimmers den fleischlichen Freuden hingegeben hatte.

Stoisch ließ Gene alles über sich ergehen. So viel schuldete er Lavender. Er fühlte sich verpflichtet, über seinen Onkel zu wachen, der sein Mentor gewesen und ihm alles über Gut und Böse und die menschlichen Stärken und Schwächen beigebracht hatte.

Daher war es auch selbstverständlich gewesen, dass Gene nach der Highschool zur Polizei gegangen war. Jahrelang galt es als beschlossene Sache, dass Gene Lavenders Nachfolger werden würde, wenn dieser den Job irgendwann an den Nagel hängte.

Zuvor allerdings hätte er sich gerne als rechte Hand seines Onkels seine Sporen verdient. Doch dazu war es nicht gekommen – Gene wünschte, es gäbe einen Gott, den er um ein Wunder anflehen konnte: dass sich der Krebs, der in Milton Lavender wütete, zurückbilden würde, sodass er wieder aufstehen und seine Pflicht tun und Gene die bequeme Rolle des Handlangers einnehmen konnte.

Dummerweise gab es keinen Gott und auch keine Wunder. Der alte Mann würde sterben und Gene für das Amt des Sheriffs kandidieren. So war es vorherbestimmt. Um sich selbst und seine Adoptivschwester zu schützen, würde er einen Deal mit Dellbert Drum eingehen müssen und zulassen, dass die giftigen Früchte von Drums und Tincups Arbeit ungehindert das County in Richtung Interstate und der großen Stadt passieren konnten.

Das war der Preis für seine Lügen. Für das Geheimnis, das ihn so wortkarg und eigenbrötlerisch hatte werden lassen. Dafür, dass er an diese Lügen geglaubt und sich eingeredet hatte, dass sich das, was in jener Nacht geschehen war, nicht wiederholen würde.

Der Vibrationsalarm des Handys in Genes Tasche erlöste ihn von der Seite des Todkranken, und er ging an der alten Frau vorbei, die, anders als alle Krankenschwestern, denen er bis jetzt begegnet war, von Kopf bis Fuß in Schwarz gehüllt war. Sie wartete im Schatten wie der Engel des Todes.

Gene sah die Nummer der Babysitterin auf dem Display, und die Angst packte ihn völlig unvorbereitet.

»Maria, was ist los? Ist was mit Timmy?«

Er hatte sie auf der Fahrt hierher angerufen und ihr befohlen, die Türen abzuschließen. Und ihn anzurufen, wenn Skye früher nach Hause kam.

»Nein, nein, Mr. Martindale. Timmy schläft. Aber meine Mutter ist krank, und sie hat niemanden, der ...«

»Bin schon unterwegs«, sagte er und legte auf.

Gene stand einen Moment einfach da und starrte in den dunklen Raum, der einmal sein Kinderzimmer gewesen war. Seine Gedanken kreisten um Tod und Verlust, dann tauchte unvermittelt das Gesicht seines schlafenden Sohnes vor seinen Augen auf. Er war alles, was ihm von der Frau geblieben war, die er mit so großer Leidenschaft geliebt hatte, dass ihr Tod seine Welt aus den Angeln gerissen hatte.

Seufzend verdrängte Gene diese Erinnerungen und stellte sich in die Tür zu Lavenders Zimmer. Die alte Frau, die gerade den Morphiumtropf überprüfte, der im verschrumpelten Arm des Sheriffs steckte, sah zu ihm auf. Gene hatte kaum mehr als ein Nicken und einige gemurmelte Grüße mit ihr gewechselt, obwohl sie schon seit einer Woche hier war – als sie Lavender aus dem Krankenhaus der Bundeshauptstadt im Norden hierhertransportiert hatten, damit er in Ruhe zu Hause sterben konnte, war sie ebenfalls aus dem Sanitätsfahrzeug gestiegen. Seither fand er ihre ständige, stumme Anwesenheit irgendwie tröstlich.

Er nickte ihr noch einmal zu. Als Antwort neigte sie fast unmerklich den Kopf. Er nahm seinen Hut vom Ständer neben der Tür, an dem auch Lavenders fingerförmiger alter Stetson hing. Gene ließ sich einen Augenblick Zeit, um sich in der Glasscheibe vor einem vergilbten Familienfoto zu betrachten, dann verließ er das Haus, wobei er unbewusst das Holster mit seiner Dienstwaffe zurechtrückte. Er ging zu seinem Streifenwagen und bereitete sich darauf vor, dem Ding gegenüberzutreten, das einst seine Schwester gewesen war.

Während der ersten Meilen wurde Skye von einer dämonischen Energie durch die Wüste getrieben. Sie sah unnatürlich scharf, die neu gewonnene Nachtsicht tauchte die hügelige Landschaft in eine silberne Version von Tageslicht. Schließlich hatte sie den Anderen abgeschüttelt und spürte mit einem Mal ihre Erschöpfung. Sie verlangsamte ihr Tempo, bis sie sich schließlich vorsichtig und mit müden Füßen in der Dunkelheit einen Weg durch die felsige Ebene bahnte.

Immerhin strömte noch genug vom Anderen durch ihre Adern, dass sie Timmy bei sich spüren konnte – und nicht nur als Erinnerung oder Vorstellung. Nein, er war wirklich hier bei ihr, schrie und rief ihren Namen.

Das Adrenalin besiegte die Müdigkeit. Skye rannte auf die Straßenlampen zu, die den Asphalt zu beiden Seiten wie eine Landebahn flankierten und sie nach Hause führen würden. Noch vor der Jahrtausendwende hatte Gene das Ranchland nach und nach an verschiedene Bauunternehmer verkauft. Die Vorstadt, die hier hatte entstehen sollen, war noch im Planungsstadium gestorben, und die bankrotten Spekulanten hatten sich aus dem Staub gemacht, bevor Gene auch nur einen Cent gesehen hatte. Die flackernden, summenden Laternen waren alles, was davon noch übrig war.

Sie kam zur selben Zeit wie ihr Bruder nach Hause. Gene stellte gerade den Streifenwagen unter dem Basketballkorb ab. Er sah sie schwitzend und keuchend die Einfahrt hinaufgehen, und sein Blick wanderte zu ihrem zerrissenen T-Shirt.

»Wie geht's Timmy?«, fragte sie. Sie stützte die Hände auf die Knie und rang nach Luft.

»Gut. Ich hab vor ein paar Minuten mit Maria telefoniert. Wieso?«

»Ich seh besser nach«, sagte sie und ging zur Vordertür.

»Du bleibst hier«, sagte er und streckte den Arm aus, um sie aufzuhalten. Sie wusste genau, dass er nicht sie vor einer Gefahr beschützen wollte, sondern seinen Sohn vor ihr.

Gene lief die Treppe hoch, Skye blieb im Wohnzimmer. Maria packte die Stricksachen und ihre DVDs zusammen und plapperte dabei vor sich hin. Skye hörte nicht zu – sie bemerkte ihre Reflexion in dem verzierten Spiegel über dem Kamin. Ihr Haar war zerzaust, und sie hatte einen verschmierten Fleck auf der Wange – das konnte nur Blut sein.

Sie rieb sich mit dem Saum des T-Shirts über das Gesicht, als sie Genes Stiefel auf der Treppe hörte. Hoffentlich bemerkte er das Blut nicht.

»Timmy geht's gut. Er schläft«, sagte Gene. »Wieso bist du so aufgeregt?«

Sie schüttelte den Kopf. »Nur so eine Ahnung. Nichts. Tut mir leid.«

Er starrte sie an, nickte und setzte sich auf einen der blau-weiß gestreiften Stühle, die seine Frau kurz nach ihrer Hochzeit gekauft hatte.

»Setz dich«, sagte er.

Sie nahm ihm gegenüber Platz. Seine Augen lagen tief in den Höhlen, die Falten zeichneten sich so deutlich wie nie zuvor auf seinem Gesicht ab. Jetzt wirkte er eher wie fünfzig statt wie dreißig.

»Was ist gestern Nacht mit diesen Männern passiert?«, fragte er.

»Hab ich dir doch gesagt.«

Er schüttelte den Kopf. »Jetzt ist nicht der richtige Zeitpunkt für deine Lügen.«

»Ich lüge nicht, Gene.«

»Weißt du, worüber ich heute mit Dellbert Drum gesprochen habe?« Sie antwortete nicht. »Er war gestern Nacht ebenfalls am Tatort. Er hat deine Brille gefunden.«

Ihre Kehle schnürte sich zusammen. Sie zwang sich, Luft zu holen. »Was hat er damit vor?«

»Nichts. Wenn ich brav kooperiere.«

Gene schloss einen Augenblick lang die Augen. Skye bemerkte, dass er kurz vor einem Zusammenbruch stand. Sie beugte sich vor und nahm seine Hand. Er zog sie weg, als hätte er in eine offene Flamme gefasst.

»Noch mal, Skye. Was ist passiert?«

»Ich kann mich nicht an alles erinnern. Nur bruchstückhaft.«

»Sag mir alles, was du noch weißt.«

Sie erzählte ihm von den Männern im Diner. Wie sie ihr mit dem Auto gefolgt waren und sie in der Wüste umzingelt hatten.

Dann schüttelte sie den Kopf. »Danach weiß ich nichts mehr. Irgendwann war ich zu Hause und voller Blut.«

Er nickte, schloss die Augen und kniff mit Daumen und Zeigefinger in seinen Nasenrücken.

»Gene, was hab ich ihnen angetan?«, fragte sie.

Er sah sie ausdruckslos an. »Du hast sie in Stücke gerissen. Sie enthauptet. Verstümmelt. Ihr Fleisch und ihre Gedärme gefressen.«

Zitternd legte sie die Hände aufs Gesicht. Tränen liefen über ihre Haut.

»Damals, in der Nacht, als Ma und Pa gestorben sind, waren keine Landstreicher bei uns, oder?«

»Nein.«

»Ich war das?«

»Du hast Pa getötet. Ma hatte er schon vorher umgebracht.«

»Warum hast du gelogen, Gene? Warum hast du mich beschützt?«

»Du hast mir das Leben gerettet und warst meine Schwester. Ich habe dich geliebt.« Die Vergangenheitsform traf sie wie ein Schlag ins Gesicht. »Ich habe mir eingeredet, dass das nicht noch einmal passieren würde.«

»Ist es aber.«

»Ja.«

»Was bin ich, Gene?«

»Keine Ahnung. Ich weiß nicht, was du bist.« Er sah sie an, dann verlor sich sein Blick in der Dunkelheit. Als er wieder zu ihr zurückwanderte, waren seine Augen eiskalt. »Ich weiß nur eins: Hier kannst du nicht bleiben. Nicht in Timmys Nähe.«

»Ich könnte ihm niemals etwas antun. Ich liebe ihn.«

»Du vielleicht, aber dieses andere Ding ...« Er schüttelte den Kopf. »Du wirst von hier verschwinden. Morgen früh nimmst du den Bus in die Stadt. Das ist das Beste für uns alle.«

»Und du wirst weiter für mich lügen?«

»Du hast mir das Leben gerettet. Das bin ich dir schuldig.«

»Und was ist mit Drum?«

»Alles hat seinen Preis, Skye. Und das ist eben der Preis für mein Schweigen und meine Lügen.«

»Wann soll ich aufbrechen?«

»Jetzt sofort. Pack deine Sachen und ruf Minty an. Sag ihr, wir hätten uns gestritten. Himmel, von mir aus kannst du ihr erzählen, dass ich ein Arschloch bin und dass du es nicht länger mit mir unter einem Dach aushältst. Hauptsache, du verschwindest.«

Sie stand auf. Schlagartig wurde ihr schwindlig, und sie musste sich mit einer Hand auf der Stuhllehne abstützen. »Kann ich mich von Timmy verabschieden?«

»Nein.«

»Was wirst du ihm sagen?«

»Da fällt mir schon was ein. Darum musst du dich nicht kümmern.«

Am liebsten wäre sie auf die Knie gesunken, hätte ihn angefleht, ihm alles Mögliche versprochen. Aber er hatte ja recht. Jetzt verstand sie auch, weshalb sie Timmys ängstliche Schreie gehört hatte. Er war in Gefahr. Sie war die Gefahr. Er hatte sie nicht gerufen, er hatte ihren Namen geschrien. Vor Angst.

Skye drehte sich um, ging die Stufen hinauf, sah nicht einmal zu Timmys Tür hinüber. Selbst dann nicht, als etwas ihr Herz packte und aus der Brust riss – genauso, wie sie es mit den Männern in der Wüste gemacht hatte.

17

Der nackte Reverend Jimmy Tincup lag mit dem Rücken auf seinem Bett im Motel und beobachtete, wie sein Penis – der gerade noch, wie in den Monaten zuvor, so nutzlos wie eine Nacktschnecke auf seinem schwammigen Bauch gelegen hatte – sich aufrichtete. Die Vorhaut zog sich langsam zurück, gab die pulsierende violette Eichel frei und ihm den Glauben zurück. Die Hydraulik des in seine Männlichkeit gepumpten Blutes wurde von einer zunehmenden Gewissheit über die Existenz seines Schöpfers begleitet. Und von einem Gefühl seiner eigenen Allmacht.

Es war ihm egal, ob das nun an der babyblauen Pille lag, die er mit Mescal direkt aus der Flasche hinuntergespült hatte (schnell verdrängte er den Gedanken an die nur allzu augenfällige Ähnlichkeit des schrumpeligen Wurms in der pissgelben Flüssigkeit mit seinem ungehorsamen Schwanz), oder an der Begierde, die er verspürte, als Marisol das Gesicht der kleinen Schlampe schminkte. Er war steif. Die Wochen der schlaffen Enttäuschung waren vorüber.

Sein kraftloser Penis war nur ein weiteres Symptom der Abgeschlagenheit und Apathie, die von ihm Besitz ergriffen hatte. Er kam sich vor wie ein Segelschiff in einer Flaute auf einem endlosen gelben Ozean. Ob es ihm wohl jemals gelingen würde, sich von dieser Depression zu befreien? Offenbar hatten ihn die Jahre der Kränkungen und Demütigungen, der Verlust seiner Jünger und seines Rufes (Tincup war inzwischen nicht mehr als ein weiterer der methkochenden Zuhälter, die dieses öde Grenzland bevölkerten) endlich eingeholt. Selbst der Vergleich mit Moses in der Wüste, der ihn sonst regelmäßig aufheiterte, verfehlte inzwischen seine Wirkung. Seine Gebete kamen ihm zunehmend wie Selbstgespräche vor.

Dann hatte ihm Drum – dieser käufliche Goliath – ein Zeichen gesandt. Eine Botschaft. Die Brille der kleinen Martindale zwinkerte ihm von der Veranda aus zu. Sie verhieß ihm, dass seine Verbannung in der Wüste bald ein Ende haben würde.

Er wusste nicht, was sie war, und wollte es auch nicht wissen. Und wäre sie auch der Leibhaftige persönlich gewesen – für ihn war sie ein Segen, ein Geschenk Gottes. Sein Verstand, der seit Jahren nicht so wach gewesen war, arbeitete bereits an einer Strategie, mit der er das verlorene Ansehen und seinen Reichtum zurückgewinnen konnte. Dieses Wissen entfachte seine Lust. Tincup spähte an seinem dicken Penis vorbei und betrachtete das Kindergesicht im Spiegel. Seine Kraft war zurückgekehrt.

Eine dünne bläuliche Rauchwolke schwebte um die Nachttischlampe, der einzigen Lichtquelle im Raum. Die gläserne Methpfeife, eine körnige schmale Linie aus weißem Pulver und ein Milky-Way-Streichholzbriefchen (das noch aus den optimistischen Fünfzigern stammte und mit einer Cartoon-Rakete vor einem pickligen Sternenhimmel bedruckt war) ließen keinen Zweifel darüber, welche Droge Marisol dem Kind gegeben hatte.

Nach dem ersten Zug hatte das Mädchen gehustet und gewürgt. Marisol hatte sie schnell ins Badezimmer gebracht, damit sie Tincup nicht verärgerte oder seinen Zorn weckte. Er hörte das Wasser laufen, die Toilettenspülung, dann waren sie zurückgekommen, und Marisol hatte das benommene Mädchen vor den Frisierspiegel gesetzt.

Nachdem sie sich eine weitere Pfeife gestopft hatte, war sie zu Tincup aufs Bett gehüpft und hatte geraucht – Tincup selbst rührte sein Produkt nicht an. Sie hatte so fest an dem Glas gesogen, dass sich die Innenseiten ihrer Wangen berührten. Kleine Rauchfäden waren aus ihrer Nase und den gespitzten Lippen aufgestiegen, als sie sich mit prall gefüllten Lungen zurückgelehnt hatte, sodass ihr schwarzes Haar fast das Bett berührte. Sie hatte die Augen geschlossen und den Mund geöffnet. Die Rauchwolke, die daraus hervorquoll, war so dicht, dass sie einen Augenblick lang ihr Gesicht verdeckte. Als sie sich gelegt hatte, starrte Marisol die Tapete an, die sich nur wenige Zentimeter von ihrer Nase entfernt von der Wand schälte – ein kompliziertes Retromuster aus geometrischen Figuren. Sie lächelte und sagte etwas auf Spanisch, das Tincup, der auf die Effekte seiner Selbstmedikation konzentriert war, nicht verstand.

Begeistert hatte sich Marisol daran gemacht, das Kind zu schminken. Rosa Lippen. Blauer Lidschatten. Etwas Rouge, das die breiten Wangenknochen im Bauerngesicht der Kleinen hervorhob.

»Bueno«, sagte Marisol und nickte. *»Bueno! Bueno!«,* rief sie, als sie zu dem blutgefüllten Organ des Mannes hinübersah.

Tincup breitete die Arme weit aus und richtete die Handflächen gen Himmel. »Komm zu mir.«

Marisol stellte das Kind auf die wackligen Beine. Seine dunklen Augen waren glasig. Sie hob das Kleid über den Kopf des Mädchens, sodass der flache, knabenhafte Körper darunter zum Vorschein kam. Dann zog sie sich selbst den Bademantel aus und ließ ihn zu Boden fallen. Ihre schweren Brüste wippten, als sie das Kind zu dem Gottesmann auf dem Bett führte.

18

»Die Männer wollen einfach nicht kapieren, dass wir dieselben Bedürfnisse haben wie sie«, sagte Minty. Skye antwortete nicht. Mintys Hand, die sanft über ihr Haar strich, hätte sie beinahe wegdämmern lassen. »Weißt du, Kleines, diese Bedürfnisse, die du hast, die sind hundertprozentig natürlich.«

O nein, ganz und gar nicht, dachte Skye, hielt aber den Mund.

Minty streichelte weiter mit einer Hand Skyes Haar und zündete sich mit der anderen eine Zigarette an. »Dein Bruder ist ein guter Mensch, aber auch eiskalt, weiß Gott.« Sie zog an der Zigarette, bis sich kleine Grübchen auf ihrer gepuderten Haut und den roten Lippen bildeten. »Was er an dem Tag durchgemacht hat, an dem seine Frau gestorben ist, hätte wohl die meisten Männer in den Wahnsinn getrieben. Aber das ändert nichts an der Tatsache, dass er ein emotionaler Krüppel ist.«

»Gene war immer gut zu mir, Minty. Und er liebt Timmy.«

»Er versteht nicht, dass du eine Frau geworden bist«, fuhr Minty fort, als hätte Skye überhaupt nichts gesagt. »Mit den Bedürfnissen einer Frau.« Sie nahm noch einen Zug und legte die Zigarette im Porzellanaschenbecher ab. Lippenstift klebte am Filter. Minty drückte Skye noch fester an sich. »Mach's dir nicht so schwer.

Das wird schon wieder. Du kannst hierbleiben, solange du willst.«

Seit dem Tod ihrer Mutter hatte keine Frau mehr Skye in die Arme genommen. Die Schwester ihrer Mutter hatte sich um das Adoptivkind gekümmert – allerdings nicht besonders liebevoll. Ein Wangenkuss zum Geburtstag und zu Weihnachten stellte das Maximum ihrer Zuneigung dar. So auf der dicken Blümchendecke auf Mintys großem Bett zu liegen und von der älteren Frau in den Armen gewiegt und gestreichelt zu werden kam Skye daher ebenso tröstlich wie unverdient vor.

Das Zimmer war auf gewisse Weise geradezu aggressiv weiblich: Rüschenkissen, Tapeten mit Rosenblütenmuster, ein Toilettentisch mit geschwungenen Füßen und verschnörkelten Aufklappspiegeln, die an Engelsflügel erinnerten. Der Tisch war mit einem Sammelsurium an Tuben, Cremes, Lippenstiften und Schminkutensilien vollgestellt. Mintys Parfüm und Zigarettenrauch hingen schwer in der Luft.

In dem Augenblick, in dem Minty mit ihrem klapprigen japanischen Kleinwagen vor Genes Haus gehalten hatte – Skye hatte bereits mit dem Rucksack vor den Füßen draußen auf sie gewartet –, war sie sich sicher gewesen, dass er seine Schwester rausgeschmissen hatte, weil sie mit dem Wohnmobiltypen rumgemacht hatte. Skye hatte nicht widersprochen. Was hätte sie Minty auch sonst erzählen sollen? Dass Gene sie vor die Tür gesetzt hatte, weil er Angst hatte, dass sie seinen Sohn ebenso zerfleischen könnte wie die Männer in dem alten Dodge? Oder weil sie damals ihren eigenen Daddy in Stücke gerissen hatte?

»Wie war's überhaupt mit ihm?«, fragte Minty.

Skye sah zu Minty auf, die sich die Zigarette wieder genommen hatte und mit zusammengekniffenen Augen durch den Rauch zurückstarrte.

»Mit wem?«

»Mit Mr. Brad Pitt, Schätzchen. Dem Sexgott im Wohnmobil.«

»Da ist nichts passiert.«

Minty wedelte abfällig mit ihrer Zigarette, sodass etwas Asche auf die Bettdecke fiel. Sie fluchte und wischte sie mit den lackierten Nägeln beiseite. Skye nutzte die Gelegenheit, um aufzustehen und einen Schluck lauwarmen Kaffee aus der Tasse zu trinken, die neben dem anderen Kram auf dem Toilettentisch stand. Sie setzte sich auf den Hocker davor – das Bett war viel zu bequem. Verführerisch bequem.

Minty hatte endlich die Asche abgewischt, legte sich auf den Bauch, stützte sich auf den Ellbogen auf und strampelte mit den Beinen wie ein Schulmädchen. »Schätzchen, ich bin nicht erst seit gestern auf der Welt. Du und der Schönling allein in dem großen Wohnmobil? Da *muss* doch was passiert sein.« Sie sog mit geschlossenen Augen an der Zigarette. »Details, Mädel. Ich will Details.«

»Wir haben uns geküsst.«

»*Geküsst?* Mehr nicht?«

Ach ja, ich hab ihm ein Stück Fleisch aus der Schulter gerissen.

Skye nickte. »Mehr nicht.«

»Hast du Angst gekriegt?«

Skye senkte den Kopf und betrachtete sorgenvoll einen Knopf an ihrer Bluse. Sie nickte.

»Ach Schatz, das ist doch ganz normal. Aber keine Sorge, der Nächste kommt bestimmt. So ein süßes Ding wie du muss sich da keine Gedanken machen.« Minty stand auf. »Ich hol mir einen klitzekleinen Wodka Tonic. Willst du auch einen?« Skye schüttelte den Kopf. »Hmmm, ist vielleicht besser so. Sonst buchtet mich dein gesetzestreuer Bruder noch wegen Verführung Minderjähriger ein.«

Minty verließ den Raum. Skye hörte das Klirren der Flasche und das Schlagen der Eisfachtür. Sie betrachtete sich in den Spiegeln des Schminktischs. Im warmen Licht konnte sie ihr Gesicht viel deutlicher erkennen als in ihrem eigenen gesprungenen Spiegel in Genes Haus. Sie hatte sich verändert. Ihre Augen waren klarer, das Blau leuchtete stärker. Die kleinen Babyspeckpölsterchen auf ihren Wangen und ihrem Kinn waren verschwunden. Ihre Haut schien sich enger über den Knochen zu spannen. Die Pickelansammlung kurz vor dem Haaransatz war ebenfalls nicht mehr zu sehen.

Das liegt wohl an der Ernährungsumstellung, dachte sie. Und hätte fast gelacht.

Das war auch neu, begriff sie. Selbstvertrauen. Nie gekannter Mut. Mit einem Mal hatte sie Timmys schlafendes Gesicht vor Augen. Erinnerte sich an seinen milchigen Geruch, wenn sie ihm den Schlafanzug anzog. Schlagartig war alle Selbstsicherheit verflogen, und vor sich sah sie ein verzweifeltes Leben ohne Liebe.

Als Minty wieder ins Schlafzimmer kam, beugte Skye sich vor, damit ihr Haar ihr Gesicht verdeckte – und die Tränen, die in ihr aufgestiegen waren. Sie tat so, als würde sie einen Schluck Kaffee trinken.

»Ich wollte dich noch was fragen, Schätzchen«, sagte Minty.

»Was denn?«, fragte Skye und spähte durch den Haarvorhang hindurch.

»Was hatte Gene mit Dellbert Drum bei Earl's zu bereden? Ich dachte, die beiden wären Todfeinde?«

Skye zuckte mit den Schultern. »Was Berufliches, nehme ich an.«

»Dieser Drum macht mir Angst. Der tut immer so, als wäre er so dumm wie drei Meter Feldweg, dabei hat er es faustdick hinter den Ohren. Und er hat so was Grausames an sich.«

Minty wurde vom Klingeln ihres Handys unterbrochen. Sie nahm es unter der Bettdecke hervor.

»Hal – *lo*.«

Mintys Stimme wurde zuckersüß. Sie zwinkerte Skye zu, nahm ihren Drink und ihre Zigarette und ging in die Küche, wobei sie mit rauchiger Stimme ins Telefon flüsterte.

Skye legte sich wieder auf das große Bett. Heute Nacht würde sie wohl alleine darin schlafen. Sie schloss die Augen. Der Tag hatte sie völlig erschöpft, und fast wäre sie weggedämmert. Nicht in den Schlaf, sondern zu jenem Ort, an dem der Andere sich ruhelos schlängelte, ein rastloser Schatten in ihrem Inneren.

Sie öffnete die Augen und setzte sich auf. Ihr Herz trommelte einen panischen Rhythmus. Skye ging ebenfalls in die Küche. Dort hörte sie, wie im Badezimmer Wasser in die Wanne gelassen wurde.

»Schätzchen, ein alter Freund von mir ist auf der Durchreise. Er ist nur heute Abend in der Stadt, würde es dir viel ausmachen, wenn ich mich mit ihm treffe?«, rief sie durch die geschlossene Badezimmertür.

»Nein«, sagte Skye und machte sich einen starken frischen Kaffee. »Geh nur. Ich bin heute sowieso zu nichts mehr zu gebrauchen.«

»Morgen ist Mädchenabend, versprochen. Ich werd dich so richtig verwöhnen.«

»Okay«, sagte Skye. »Abgemacht.«

Im nächsten Augenblick überkam sie eine Orientierungslosigkeit, ein Schwindelgefühl, und sie musste sich an der Küchentheke festhalten. Dann hatte sie plötzlich schrecklichen Hunger. Nach dem Vorfall im Wohnmobil war der Andere erregt und unbefriedigt. Selbst durch den Zigarettenrauch und das parfümierte Badesalz konnte sie Mintys nacktes Fleisch riechen. Etwas, das nicht Skye war, trieb sie an. Die Gier nach Fleisch übermannte sie.

Die Badezimmertür öffnete sich. Mintys nackte Füße klatschten ins Schlafzimmer. Skye war bereits halb aus der Küche, das laute Kreischen von Mintys Föhn gellte in ihren Ohren, dann hatte sie sich wieder in der Gewalt und kehrte um.

Einen Augenblick lang drückte sie ihre Stirn gegen das kalte Metall des Kühlschranks. Der Motor brummte, und die Vibrationen beruhigten sie etwas.

Minty stöckelte auf schwindelerregend hohen Absätzen in die Küche. Ihr Kleid verdeckte nur knapp das Schamhaar. Sie drehte sich um und hielt Skye den Rücken hin. Hinter dem geöffneten Reißverschluss klaffte ihr nacktes Fleisch vom Hintern bis zum Hals.

»Hilfst du mir mal, Schätzchen?«

Es war der Andere, der sich umdrehte und auf Minty zuging. Skye spürte, wie seine Kraft sie überrollte, wie ihr Körper anschwoll, wie er erwachte und die Kontrolle übernahm. Ihre Hand war beinahe auf Mintys Haut, als es an der Tür klingelte. Minty eilte lachend davon, ohne sich umzudrehen.

»Oh, das ist Donny. Er soll das machen. Ist immer gut, einem Mann zu zeigen, was man so zu bieten hat.«

In diesem Augenblick gewann Skye die Fassung zurück. Sie kämpfte dagegen an, als würde sie aus den dunklen Tiefen des Ozeans auftauchen. Ihre Beine wackelten. Schweiß stand auf ihrer Stirn.

Sie hörte das tiefe Brummen einer Männerstimme. Minty kicherte, die Haustür fiel ins Schloss, und sie war allein. Nein, nicht ganz allein. Der Andere war noch in der Nähe und konnte jeden Moment zurückkehren.

Skye drehte sich um und öffnete den Kühlschrank. Gelbliches Licht fiel auf ein rohes, bereits aufgetautes und bratfertiges Steak auf einem Teller.

Seit sie denken konnte, lebte sie vegetarisch, weil sie die Vorstellung nicht ertragen konnte, Fleisch zu essen. Das Steak, das in einer kleinen Blutpfütze schwamm, verursachte ihr Übelkeit. Trotzdem riss sie mit den Zähnen ein großes Stück davon ab und würgte, als sie das Blut auf ihrer Zunge spürte. Sie versuchte, es zu schlucken, aber sie konnte nicht. Als würde sie sich auf einer primitiven, animalischen Ebene dagegen wehren.

Als ob sie mit diesem Stück Kuhfleisch verwandt wäre.

Sie spuckte die Brocken in die Handfläche und warf sie ins Spülbecken, wo sie sie im eingebauten Müllschlucker zerkleinerte. Dann drehte sie den Wasserhahn auf und spülte die letzten Blutstropfen fort. Mit ekelerregender Gewissheit wurde ihr klar, dass das einzige Fleisch, das ihren Appetit lindern konnte, Menschenfleisch war.

19

Drum entging nicht, dass der Reverend nach Muschi roch. Nach Muschi und Schnaps. Er traf ihn vor dem leeren Swimmingpool in seinem gebügelten schwarzen Anzug samt Priesterkragen an. Die Föhnfrisur war durcheinander, eine Strähne hing wie eine Henkersschlinge über dem rechten Auge. Aus Tincups Haus fiel ein rechteckiger Lichtschein, in dem der Schweißfilm auf dem geröteten Gesicht des Mannes gerade so zu erkennen war.

Er hatte wohl eine Orgie gefeiert. Gut so, dachte Drum, der in den letzten Wochen die wachsende Frustration des Predigers sehr wohl bemerkt hatte. Eine Frustration, die seinen Verstand in einem Maß beeinträchtigt hatte, dass Drum an seiner Zurechnungsfähigkeit gezweifelt hatte.

Der Mann, der nun einen Metallstuhl über die gesprungenen Fliesen am Beckenrand schleifte und sich daraufsetzte, wirkte dagegen wie verjüngt. Er bedeutete Drum, sich ebenfalls zu setzen. Drum winkte ab – das rostige Drahtgeflecht würde sein Gewicht kaum halten. Stattdessen ging er in die Hocke und stützte sich auf einem Knie ab. Der einsame Stern des Milky-Way-Neonschilds leuchtete bezeichnenderweise direkt über seinem Hut.

»Hast du mit unserem Freund Martindale gesprochen?«

»O ja, Sir. Das hab ich.«

»Wird er kooperieren?«

»O ja, Sir. Das wird er.«

»Gut. Fahr mit ihm in die Stadt. Knöpft euch den Mann vor, der diesen Abschaum hierhergeschickt hat.«

Drum wollte sich gerade eine seiner schwarzen Zigarren anzünden, hielt jedoch mitten in der Bewegung inne. Er starrte Tincup an, dann zwang er seine Hand dazu, das brennende Streichholz an die Zigarre zu halten. Er schüttelte es umständlich aus, damit er Zeit zum Nachdenken hatte.

»Und was für ein Mann soll das sein, Reverend?«

»Irgendjemand muss es ja gewesen sein.«

»Das schon, aber könntest du vielleicht noch etwas genauer werden?«

»Darf ich dir eine Frage stellen?«

»Nur zu.«

»Wenn du dieser Mann aus der Stadt wärst und deine Unterhändler runterschickst und man sie hier zu Hamburgern verarbeitet, was würdest du tun?«

Drum überlegte. »Ich würde fähigere Leute nachschicken. Bessere Männer.«

»Ganz genau. Und du würdest ihnen zwei Aufträge erteilen. Erstens: ihre toten Kameraden zu rächen. Und zweitens: uns noch stärker in die Mangel zu nehmen.«

»Ich glaub, ich weiß, worauf du hinauswillst, Reverend.«

»Drum, wir können es uns nicht leisten, diesen Vorteil nicht auszunutzen. Sag diesem Mann, dass unsere Produkte zukünftig freie Fahrt haben. Und dabei werden wir uns nicht nur auf das beschränken, was hier gekocht wird.« Er wedelte mit der beringten Hand in Richtung des heruntergekommenen Motels. »Jetzt, wo wir die Interstate unter Kontrolle haben, können wir unsere Palette erheblich erweitern – Heroin und Kokain von jenseits der Grenze? Da hast du doch Kontakte, oder?«

»Ja, Sir, das stimmt.«

»Hab ich mir gedacht. Also, wieso rufst du nicht mit dem Handy, das du Holly abgenommen hast, in dieser Bar an? Du wirst ein Treffen mit diesem Mann vereinbaren. Nimm Martindale mit. Er soll für den freien Zugang zur Interstate garantieren. Dass du jetzt zwei Countys in der Hand hast, wird diesem Mann sicher imponieren. Du wirst folgende Bedingungen aushandeln: sechzig Prozent für ihn, vierzig Prozent für uns.«

Drum inhalierte. Atmete aus. »Schlechtes Geschäft.«

»Keine Sorge, Drum. Vierzig Prozent von dem, was wir da hochschaffen, werden uns steinreich machen. Vertrau mir. Der Mann in der Stadt wird verstehen, dass du nicht gekommen bist, um ihn zu beleidigen. Sondern um Geschäfte zu machen. Er wird das Angebot annehmen.«

»Wie sicher ist das?«

»Sehr sicher.«

»Dann werd ich wohl mal einen kleinen Ausflug machen.«

»Gut.« Tincup stand auf und zerrte an seinem Priesterkragen. »Wie weit können wir Martindale vertrauen?«

»Den hab ich an der ganz kurzen Leine.«

»Gott sei mit dir, Sheriff. Halt mich auf dem Laufenden.«

Der Priester ging in sein Zimmer zurück. Drum stand noch eine Weile da, starrte in die Dunkelheit, dachte an die toten Männer, die wie Landminenopfer um den alten Dodge herum verteilt gewesen waren. Dachte über

Glück und Unglück nach. Aus einem der Zimmer hörte er Frauenlachen, dann das entfernte Heulen eines Kojoten. Ein paar Fetzen einer spanischen Ballade. Eine Frau schluchzte von Liebe und Verlust und verstummte mitten im Satz.

Drum drückte die Zigarre aus und ging zu seinem Auto zurück. Eine Sternschnuppe durchquerte den Himmel und verglühte zu nichts.

20

Gene hielt sich noch immer das stumme Handy ans Ohr. Dellbert Drum hatte seine Forderungen vorgetragen und anschließend aufgelegt. Als Gene das Telefon sinken ließ, beschien das leuchtende Display eine Seite seines Gesichts, und er sah seinen Vater im Wohnzimmerspiegel. Dann verlosch das kalte Licht. Gene stand im Dunklen, lauschte dem hohlen Ticken der Wanduhr und dem tiefen Brummen des Kühlschranks in der Küche. Er stellte sich vor, wie er seinen Waffenschrank auf schloss, die Remington-Pumpgun lud, durch die einsame Nacht zu Drums Haus fuhr und die Sache ein für alle Mal erledigte. Genau so hätte es sein Vater gemacht.

Er drückte die Handfläche gegen die klamme Glasscheibe des Kirschholzschranks und kämpfte gegen die Mordlust an. Erst als er an Timmy dachte, der oben schlief, kam er wieder zur Besinnung. Ja, Drum war eine Gefahr. Käuflich und korrupt. Ein abgrundtief böser Mann, ein Scheusal, aber trotzdem ein Mensch – mit allen menschlichen Schwächen.

Gene würde morgen mit ihm in die Stadt fahren, um diesen Drogenhändler zu treffen. Er würde seinen Part in diesem Spiel spielen und geduldig abwarten, bis er Drum und seinem bigotten Kumpan den Garaus machen konnte. In der Zwischenzeit hatte er Timmy vor einer weitaus größeren Gefahr zu beschützen.

Trotz seiner fast religiösen Hingabe zu allem, was rationell und real war, konnte Gene nicht verhindern, dass seine wachsende Furcht so etwas wie eine Vorahnung aus seinen Eingeweiden aufsteigen ließ. Der Gestank der Angst drang durch sein Uniformhemd – der Angst, dass eine dunkle Macht Jimmy zu ihrer Beute machte.

Gene beruhigte sich wieder, öffnete den Waffenschrank und nahm die Remington heraus. Sie stand neben einem alten Hamilton-Kleinkaliber, das er eigentlich seit Längerem hatte funktionstüchtig machen wollen, um mit Timmy Hasen und Vögel zu jagen, wenn er etwas älter war. Mittlerweile hatte er diesen Plan verworfen. Es war wohl besser, wenn er seinem Sohn das Blutvergießen nicht beibrachte.

Die roten Schrotpatronen waren in einer Schachtel in der Schublade. Er klappte die Flinte auf und lud sie. Dabei erinnerte er sich an die letzte Gelegenheit, bei der er sie benutzt hatte: Er hatte die rasende Frau glatt in zwei Hälften geschossen. Ihre abgetrennten Beine hatten noch im roten Sand gezappelt und um sich getreten und kleine Staubwolken aufgewirbelt, bis auch der letzte Lebensfunke ihr Nervensystem verlassen hatte.

Gene schloss den Schrank, ging mit der Remington zur Haustür und legte die Riegel vor. In der Küche tastete er nach dem Lichtschalter, blinzelte in den grellen Schein der Neonlampen und legte die Remington auf die Arbeitsfläche neben den ausgeschalteten Fernseher. An der Tür, die in den Garten führte, befand sich kein Riegel. In seiner Eile, Skye rauszuwerfen, hatte er vergessen, den Hausschlüssel von ihr zurückzuverlangen.

Gene steckte den Kühlschrank aus, stemmte die Schulter gegen das Metall und schob. Kakerlaken irrten über den Boden und die Wand, vor der der Kühlschrank jahrelang ungestört gestanden hatte. Es war ein altes, schweres Gerät. Gene musste alle Kraft aufbringen, um es vor die Tür zu zerren.

Dann löschte er das Licht, ging in Timmys Schlafzimmer, trat um eine knarrende Bodendiele herum, setzte sich auf ein Kissen vor dem Fenster und lauschte dem leisen Atem seines Sohnes. Die Remington lehnte neben ihm.

Heute Nacht würde Gene kein Auge zumachen. Er würde Wache halten. Und wenn Skye zurückkehrte, würde er sie erschießen.

21

Der Andere weckte sie aus einem Traum von Blut und Fleisch. Raubtierhunger trieb sie aus dem Bett – Skye war nur Passagier, eine Beobachterin, eine von einem Parasiten befallene Wirtin. Trotz regelmäßiger Koffeindosen war sie eingeschlafen. Darauf hatte das dunkle Ding nur gewartet – und sie überfallen, als sie am verwundbarsten war.

Um nicht einzuschlafen, hatte sie ein kühles Bad genommen, alle Schlafzimmerfenster in der Hoffnung auf einen kalten Luftzug aufgerissen, sich nackt unter die Decke gelegt, Kaffee und ein Red Bull getrunken, den sie sich aus Mintys Kühlschrank genommen hatte. Eine endlose Reihe von Actionfilmen war aus dem Fernseher gedröhnt, bis der Nachbar von unten mit einem Besenstiel gegen die Decke geklopft hatte.

Und trotzdem war sie eingeschlafen.

Jetzt war sie wach, ging nackt auf die geöffnete Balkontür zu, schob den Vorhang zur Seite und trat auf den Gitterboden der Feuertreppe. Bei jedem Schritt spürte sie deutlich die kalten Metallrauten unter ihren Füßen. Ihr Blick war klar und scharf, als sie auf die verlassene Straße hinunterkletterte.

Skye, die darum kämpfte, ihr Selbst im Anderen nicht zu verlieren, versuchte verzweifelt, die Oberhand zu gewinnen, ihre Beine stillstehen zu lassen, umzukehren. Vergebens – die Grenze zwischen ihr und dem Eindringling verwischte immer weiter, ihre Angst wurde vom Hunger des Anderen verdrängt und schließlich völlig hinweggefegt.

Sie lief immer schneller – Gebäude flogen vorbei, Sand und Steine wirbelten unter ihren Füßen auf – und hatte das Gefühl, unglaubliche Kraft zu besitzen. Sie hörte ihr animalisches Keuchen, ihre hechelnde Zunge schmeckte die Nachtluft: Erde, Staub, Benzin und einen weit entfernten Waldbrand.

Und Fleisch.

Der Geruch von menschlichem Fleisch drang warm und saftig aus den dunklen Häusern, an denen sie vorbeirannte. Von Nachtschweiß bedecktes Fleisch; in Schnaps mariniertes Fleisch; Fleisch, an dem der Geruch von Sex klebte; saures, vom Alter ranziges Fleisch; das süße, zarte Fleisch um die Knochen kleiner Kinder.

Dieses sinnliche Buffet trieb sie weiter an, hinaus in das offene Land, am Wasserturm vorbei, dessen massige Silhouette sich vor dem Silberschein der nächtlichen Wolken abhob.

Endlich war sie wieder so viel Skye, um die fahlen Wände des Hauses zu erkennen, das bis vor Kurzem ihr Zuhause gewesen war. Sie spürte den Mann und den Jungen, die im ersten Stock schliefen.

Skye wollte sich irgendwo festhalten, den Anderen zurückdrängen, doch sie fühlte sich so hilflos wie damals, als sie im Alter von neun Jahren zusammen mit Gene und Marybeth ausgeritten war. Ihr Pferd war durchgegangen, sie hatte die Zügel losgelassen und sich mit Händen und Füßen an das Tier geklammert, bis Gene sie eingeholt, das Zaumzeug gepackt und das Pferd beruhigt hatte.

Keine Kontrolle.

Der Andere kletterte in Sekundenschnelle die Bretterwand hinauf und kauerte auf dem Dach vor Timmys Zimmer. Die Fensterläden standen offen, der Vorhang blähte sich in die Nacht hinaus. Timmy lag in seinem Bett, sein schlafendes Gesicht war unschuldig und völlig ahnungslos. Skye bemerkte eine weitere Präsenz: Gene saß mit dem Rücken zur Wand vor dem Fenster. Neben ihm lehnte eine Schrotflinte. Auch er schlief.

Ein Arm, ein unglaublich starker, muskulöser Arm, streckte sich bereits nach Gene aus. Irgendwie gelang es dem letzten Fragment ihres Selbst, das der Andere noch nicht vereinnahmt hatte, stumm ein halb vergessenes Gebet vor sich hin zu murmeln.

Vater unser, der du bist im Himmel
Geheiligt werde dein Name

Das Gebet ließ den Arm innehalten.

Dein Reich komme.
Dein Wille geschehe,
Wie im Himmel, so auf Erden

Die Worte verloren sich im Klagegeschrei einer Legion von Stimmen, die direkt aus der Hölle zu kommen schienen. Sie roch Gene und Timmy – schmeckte schon ihr Fleisch –, spürte das Holz des Fensterrahmens, als sie mit der Hüfte dagegen stieß. Genes Körperwärme war deutlich sichtbar.

Verzweifelt zwang sich Skye dazu, auch den Rest des Gebets aufzusagen.

Erlöse uns von dem Übel.
Dein ist das Reich
Und die Kraft und die Herrlichkeit
In Ewigkeit.
Amen.

Die Worte versetzten ihr Inneres in Aufruhr, riefen eine Hitze, eine Welle von Zorn und Angst hervor, die so stark war, dass Skye glaubte, sie müsste verbrennen. Doch das Gebet zwang den Körper, der ihr gehörte und auch wieder nicht, zum Rückzug. Er kletterte die Wand hinunter und floh in die Wüste.

Skye war völlig erschöpft. Sie begriff, dass sie mit dem Anderen eine Vereinbarung getroffen hatte: Sie würden fressen, aber nicht Gene und Timmy.

Nicht heute Nacht.

Skye kapitulierte, ließ zu, dass der Andere sie packte, ließ sich durch das weite Feld aus Staub und Gestrüpp zur nahe gelegenen Grenze und darüber hinaus tragen – direkt in den dunklen Zwilling ihrer Heimatstadt. Dieser Ort ähnelte dem anderen wie ein Bild in einem Zerrspiegel, eine Stadt voller Huren und Kaschemmen für Menschenhändler und Drogenschmuggler auf der Durchreise. Anders als sein schlummernder Zwilling war dieser Ort hellwach. Musik dröhnte aus den Saloons, Gelächter erfüllte die Nacht.

Hier war Vorsicht geboten.

Der Andere folgte einem überaus feinen Instinkt, zog sich in die Schatten zurück, weg von den geschäftigen

Straßen und hin zu einer Reihe von Bretterbuden. Ein Mann pisste neben einem verrosteten Auto in den Sand. Der saure Geruch seines Fleisches und der Chemikalien in seinem Urin stachen in Skyes Nase.

Als sie sich heranschlichen, um zu töten, blickte Skye in die Seele des Mannes. Sie sah schreiende Frauen in Käfigen, ein verletztes, blutendes Kind, einen fetten Priester, der mit seinem eigenen Kruzifix geschändet wurde.

Der Andere packte den Mann und riss ihm die Kehle heraus, bevor er schreien konnte. Er zerrte ihn an den Autowracks vorbei aus dem Licht und in einen Graben, der mit aufgeplatzten Müllsäcken gefüllt war.

Skye beobachtete als stumme Zeugin, wie der Andere fraß, die Brust des Mannes öffnete, die Rippen so leicht wie einen Drahtzaun zur Seite drückte und die klebrigen, feuchten Eingeweide herausholte. Er drückte den Kot aus den Därmen und fraß sie dann gierig, wühlte nach der Leber, wälzte sich in Blut und Müll, riss Fleischfetzen von den Knochen, schluckte sie und hielt schließlich die eigentliche Beute in den Händen – das fettige Herz, von dem die Adern wie Makkaroni herunterbaumelten. Er verschlang es in einem Bissen.

22

»Daddy! Daddy!« Gene öffnete die Augen und blickte in das Gesicht seines Sohnes, das wie ein niedliches, sorgloses Abbild seiner selbst wirkte. »Daddy, wo ist Skye? Sie muss mir mit dem Turm helfen.«

Als Gene aufstand – wie um alles in der Welt hatte er nur einschlafen können? –, rutschte die Remington hinter dem Vorhang auf den Boden und warf dabei eine von Timmys Actionfiguren um. Timmy starrte die Waffe an. Eine einzelne Falte bildete sich auf seiner Stirn.

»Hast du wegen dem Monster hier geschlafen?«, fragte Timmy. Er war barfuß und trug nichts außer seinem Schlafanzug. Sein Haar war zerzaust. Marybeths Haar.

Gene zwang sich zu einem Lächeln. »Es gibt keine Monster, Timmy. Los, zieh dich an. Wir fahren zu Onkel Bob.«

Dieser Einfall war Gene im Dunkeln gekommen, bevor ihn der Schlaf übermannt hatte. Er würde heute mit Dellbert Drum diesen sinnlosen Ausflug in die große Stadt machen. Da war es ihm lieber, wenn Timmy nicht zur Schule ging, sondern in Hecks Haus war, wo dessen Frau auf ihn aufpassen konnte.

Wieder runzelte Timmy sorgenvoll die Stirn. »Aber Daddy, ich muss doch in die Schule. Ich muss den Turm herzeigen.«

Timmy stand vor einem niedrigen Tisch, auf dem eine bunte, spiralförmige Konstruktion aus Draht, Pappmaché, Perlen und kleinen Spiegelscherben stand. Der Turm. Skye und der Junge hatten tagelang daran gearbeitet. Es war die krude Nachbildung eines fantastischen Ortes aus einem von Timmys Videospielen.

»Wann musst du das Ding denn präsentieren?«, fragte Gene.

»Ganz zu Anfang.«

»Okay, dann fahren wir direkt hin. Aber danach geht's gleich weiter zu Tante Sally, okay?«

»Warum kann ich nicht bei Skye bleiben?«

»Skye ist für eine Weile weggefahren«, sagte Gene.

»Wohin denn?«

»In die Stadt.«

»Und was macht sie da?«

»Marsch, zieh dich an. Sonst kommst du noch zu spät.«

Der Junge kramte in einem Klamottenhaufen. Gene half ihm beim Anziehen, dann stellte er sich unter die Dusche und schlüpfte anschließend in eine Levi's und ein Karohemd, das er nicht in die Hose stopfte. So verdeckte es die Glock, die in einem Holster an der rechten Hüfte steckte.

Gerade als sie das Haus verließen, klingelte Genes Handy. Er setzte Timmy in den Streifenwagen, schnallte ihn an und nahm den Anruf entgegen. Es war Diego Suarez, ein Cop von jenseits der Grenze, der sein Englisch mithilfe von Hollywoodfilmen gelernt hatte.

»Gene, hab läuten hören, dass man bei euch Hackfleisch aus ein paar Typen gemacht hat.«

»Dann hast du mehr gehört als ich«, sagte Gene, ließ den Motor an und stieß aus der Einfahrt.

»Hier ist ganz was Ähnliches passiert.«

»Ja?«, fragte Gene und fuhr los.

»Das Opfer war 'n echter Hurensohn. Hat Frauen und Organe verkauft, Drogen, alles, was man sich vorstellen kann. Aber so, wie's den erwischt hat, Mann, das hab ich noch nie gesehen. Der wurde in Einzelteile zerlegt. Aufgefressen.«

Gene versuchte, so unbeteiligt wie möglich zu wirken. »Waren das die Kartelle?«

»Die Leute sagen Nein, das war was anderes.«

»Nämlich?«

»Scheiße, jetzt lachst du mich gleich aus.«

»Schieß los.«

Suarez zögerte. »Ein Ungeheuer. Ein Dämon.«

»Okay, ich lache.«

»Leck mich. Sag mir wenigstens, was bei dir passiert ist.«

»Diego, ich kann dir nicht helfen.«

»Gene, gib mir irgendwas, Mann. Die Leute hier sind kurz vorm Ausflippen.«

»Trotzdem kann ich dir nicht helfen.«

»Das merk ich mir. Kapiert, Chief Deputy?«

»Danke für den Anruf, Detective.«

Gene ließ das Handy fallen, sah in den Rückspiegel, beobachtete die Gehwege.

Hielt Ausschau nach Skye.

23

Skye saß in Mintys alter Badewanne, hatte die Arme um den Körper geschlungen und kämpfte gegen das Zittern an, das ihre Zähne zum Klappern brachte. Ihre bebenden Gliedmaßen erzeugten kleine Wellen, die gegen die Emailwand der Wanne schlugen.

Dies war bereits das zweite Bad, das sie sich eingelassen hatte. Die erste Wasserfüllung hatte sich tiefrot von dem Blut gefärbt, das ihren nackten Körper bedeckt und ihr Haar verklebt hatte. Sie hatte sich die Haut beinahe wund geschrubbt, dann das blutige Wasser abgelassen und das Email mit dem ätzenden Desinfektionsmittel geputzt, das sie im Schrank unter dem Badezimmerspiegel gefunden hatte. Schließlich hatte sie die Wanne erneut gefüllt und sich in das fast unerträglich heiße Wasser gesetzt.

Das Zittern ließ so weit nach, dass sie sich die Zähne putzen und mit Zahnseide bearbeiten konnte, bis ihr Zahnfleisch blutete. Sie beugte sich vor, spuckte in die Toilette, spülte und beobachtete, wie die Zahnpasta samt der blutgetränkten Zahnseideschlange im Strudel verschwand.

Der Kerl von gestern Abend lag ihr schwer im Magen. Ihr Bauch blähte sich im dampfenden Wasser. Sie spürte, wie die Gifte des Mannes in ihrem Körper schwammen, kroch zur Toilette und steckte sich die Finger in den

Hals. Mehr als einen dünnen Strahl matschbrauner Kotze konnte sie allerdings nicht hervorwürgen. Der Andere wachte über ihren Mageninhalt, weil er das Menschenfleisch zum Überleben brauchte.

Skye streckte sich aus, verschränkte steif die Arme unter den Brüsten, hob den Fuß und drehte damit den Heißwasserhahn auf. Sie schloss die Augen, atmete Dampf, versuchte sich zu beruhigen, den Selbsthass und die Beklemmung zurückzudrängen.

Sie stellte sich vor, in der amniotischen Flüssigkeit eines Mutterleibs zu schweben. Ein tröstliches Bild. Bis eine Frage auf der leeren Leinwand ihres Verstandes auftauchte. Was war sie? Aus welchem Bauch war sie gekrochen? Welche seltsame DNA trug sie in sich, die sie solch abscheuliche Verbrechen begehen ließ?

Wie in einer Rückblende tauchten die Ereignisse der vergangenen Nacht vor ihrem geistigen Auge auf. Sie war gezwungen, alles noch einmal zu durchleben: wie sie beinahe Gene und Timmy getötet hätte; die grässliche Geschichte jenseits der Grenze; wie sie sich in der Dämmerung nackt und blutig auf der Hauptstraße ihres Heimatorts wiedergefunden hatte, zusammengerollt hinter einem Müllcontainer. Ein Streifenwagen war vorbeigefahren, die Straßenlampen hatten Bobby Hecks ahnungsloses Gesicht beleuchtet.

Sie geriet in Panik und richtete sich schlagartig auf. Ihr Herz raste, ihr Knie stieß gegen einen Drahtkorb, der am Wannenrand hing und mit diversen Kosmetika gefüllt war. Plastikbehälter fielen ins Wasser. Skye fischte sie mit ungeschickten, zitternden Händen heraus und stellte sie in den Korb zurück. Etwas Scharfes stieß gegen ihr Bein. Ein Männerrasierer, den wahrscheinlich einer von Mintys Exliebhabern hier vergessen hatte.

Es war ein alter Rasierer mit verziertem Chromgriff. Die Kanten einer rostfreien Rasierklinge standen an den Seiten heraus – er sah ganz anders aus als die Wegwerfteile aus Plastik, die Gene benutzte. Skye fuhr mit dem Finger über die Klinge. Sie war sehr scharf.

Ohne sich im Klaren darüber zu sein, was sie tat, drehte Skye den Rasierer zwischen den Fingern hin und her, versuchte, ihn zu öffnen. Plötzlich erinnerte sie sich an ihren Onkel, an den lustigen Anblick seines vom Rasierschaum weißen Gesichts. Er stand im Unterhemd vor dem Waschbecken des Badezimmers in dem Haus, in dem sie und Gene aufgewachsen waren. Mit dem Finger kratzte er etwas Rasierschaum von seiner Wange und tupfte ihn auf ihre Nase. Die fünf- oder sechsjährige Skye hatte gekichert. Da sie noch zu klein war, um in das Waschbecken zu gucken, hatte sie sich auf die Zehenspitzen gestellt und beobachtet, wie er den Rasierer aufschraubte, die alte Klinge herausnahm und eine neue hineinsteckte.

Jetzt wiederholten ihre Finger diese Bewegung. Einen Augenblick lang überkam sie brennende Scham – sie war in seiner Todesstunde nicht bei ihm gewesen, zu feige, um diesen Schmerz zu ertragen.

Der Rasierer öffnete sich. Die silberne Klinge hatte die Form eines kleinen Ambosses. Durch ein winziges gezacktes Loch in der Mitte konnte Skye die Haut ihrer Handfläche erkennen. Sie nahm die Klinge zwischen Daumen und Zeigefinger der rechten Hand und legte ihre Linke mit dem Handrücken auf den Wannenrand. Dann ballte sie mehrere Male hintereinander die

Hand zur Faust und beobachtete, wie sich die Adern verdickten.

Skyle setzte die Klinge am Handgelenk an. Aus dem Fernsehen wusste sie, dass es effektiver war, sich die Arme der Länge nach aufzuschneiden.

Einen Moment lang schloss sie die Augen, entschuldigte sich stumm bei Minty, weil sie ihre Gastfreundschaft auf diese Weise missbrauchte, und schnitt mit der Klinge in ihr Handgelenk – tief genug, um die Haut zu durchtrennen. Blut quoll aus dem Schnitt und floss ihren Arm hinunter, doch die Schlagader hatte sie verfehlt.

Als sie die Klinge zum nächsten Versuch hob, spürte sie, wie sich in ihr etwas regte. Eine Welle aus Energie durchfuhr sie, als würde man ein Gaspedal voll durchtreten. Die Hand mit der Klinge war von einer Kraft erfüllt, die nicht die ihre war und die scharfe Klinge von ihrem Arm wegbewegte. Skye wehrte sich dagegen, doch der Andere hatte die Oberhand und zwang ihre Finger auseinander. Die Klinge fiel neben den verschnörkelten Füßen der Badewanne auf den Fliesenboden.

Skye schluchzte, wollte die Klinge aufheben, konnte aber die Hände nicht von den Wannenrändern lösen. Blut floss aus der Wunde auf das Email und tropfte ins Wasser.

Die Wohnungstür wurde aufgestoßen. Minty stöckelte mit schnellen Schritten auf das Badezimmer zu. »Skye? Schätzchen?«, rief sie und klopfte.

»Ich bin in der Badewanne«, sagte Skye mit lächerlich hoher, quietschender Stimme.

Minty platzte herein. Ihr Mund war vom Sex gerötet, das Make-up verschmiert, die Haare standen ihr zu Berge.

»Tut mir leid, Kleines, aber ich muss ganz dringend pinkeln.«

Sie raffte ihr Kleid hoch, rannte zur Toilette hinüber, ließ sich auf die Brille fallen und spritzte einen Urinstrahl in die Schüssel.

»Gott, tut das gut. Donny wollte unbedingt einen Morgenquickie, und plötzlich steht der Hoteldirektor im Zimmer – ein ziemlich ungehobelter Kerl, das kann ich dir sagen – und behauptet, dass Donnys Kreditkarte nicht funktioniert. Sie haben uns rausgeschmissen, und Donny hat mich auf dem Weg zum Flughafen hier abgesetzt. Ich hätte mir während der Fahrt schon beinahe in die Hose gemacht.«

Sie riss Toilettenpapier von der Rolle, dann sah sie Skye zum ersten Mal bewusst an. »Herr im Himmel, Schätzchen, du siehst ja fürchterlich aus.«

Skye ließ sich in die Wanne zurückfallen. Sie kämpfte vergebens gegen die Tränen an, die ihr übers Gesicht liefen.

Minty wischte sich ab. Sie saß noch auf der Toilette, als sie die Rasierklinge auf dem Boden erspähte. Skye versuchte, den Schnitt mit der anderen Hand zu verdecken, doch die ältere Frau reckte den Hals und bemerkte einen Blutstropfen, der wie ein anklagendes Fragezeichen im Wasser trieb.

Minty streckte die Arme aus und umarmte Skye. Sie roch nach Schnaps und Männerschweiß. »O Baby, o Baby«, sagte sie. Skye ließ ihren Tränen freien Lauf, schluchzte, hielt sich an Minty fest, die ihr sanft über das Haar strich. »Nichts und niemand ist das wert, Baby. Niemals.«

»Tut mir leid«, sagte Skye.

»Schon okay.«

Minty trocknete Skyes Gesicht mit einem Handtuch ab. Dann holte sie eine Schachtel mit Heftpflastern, die neben dem Waschbecken stand, und riss eines aus der Verpackung.

»Zeig mal deinen Arm.«

Skye gehorchte. Minty trocknete die Stelle um den Schnitt ab und klebte das Pflaster darauf.

»So.«

Sie stand auf und starrte Skye lange und durchdringend an. »Trockne dich ab, dann mach ich uns Frühstück, und wir reden über alles.«

Minty ging aus dem Badezimmer. Skye hörte die Miniexplosion eines angerissenen Streichholzes, das saugende Geräusch, mit dem Minty an einer Zigarette zog, und das Klappern von Pfannen und Tellern in der Küche.

Skye zog den Stöpsel aus dem Ausguss, stieg aus der Wanne und trocknete sich ab. Dabei löste sich das Heftpflaster. Der Schnitt darunter hatte sich nicht nur geschlossen, er war spurlos verschwunden. Sie schlüpfte in einen weißen Bademantel, der hinter der Tür hing, und ging ins Schlafzimmer. Das Beste war wohl, ihre Sachen zu packen und die Stadt zu verlassen. Genau wie es Gene ihr befohlen hatte.

Doch das brachte sie nicht übers Herz. Nicht ohne Timmy Lebewohl zu sagen. Dann fiel ihr ein, was für ein Tag heute war. Heute sollte Timmy das Schulprojekt vorstellen. Seinen Turm. Ihren Turm. Es musste doch möglich sein, Timmy zu sehen, wenn auch nur für ein paar Minuten.

Skye trocknete ihr Haar und zog sich an. Als die Vordertür hinter ihr ins Schloss fiel, hörte sie, wie Minty ihr noch etwas hinterherrief.

24

Das Messer war viel zu schwer für Junior. Er hielt den Griff mit beiden Händen umklammert, und doch zog das Gewicht des Metalls seine Arme nach unten, bis die Messerspitze im dicken Teppich hängen blieb. Junior geriet ins Stolpern und fiel mit dem Gesicht voraus in die glitschige Masse, die aus dem Bauch des dicken Mannes quoll.

Er hörte Gelächter – Ma und Pa. Starke Hände hoben ihn auf und stellten ihn wieder auf die Beine. Er hatte Blut an den nackten Zehen. Etwas Klebriges hing an seiner Wange. Wie Marmelade. Am liebsten hätte er losgeheult, traute sich aber nicht.

Der dunkle, gewaltige Schatten seines Vaters ragte über ihm auf. Er verschwand, wenn Junior ihn direkt ansah, und doch war er immer in der Nähe. Er konnte ihn aus den Augenwinkeln sehen wie einen trüben Fleck in der Luft.

Pa stupste ihm in den Rücken. »Na los. Bring's hinter dich.«

Junior trat um den Mann herum. Die Schläuche, die ihm aus dem Körper hingen, erinnerten ihn an die rostigen Rohre eines automatischen Reinigungsgeräts, das unter dem blau schimmernden Wasser im Swimmingpool eines weit entfernten Hotels Tag und Nacht seine Arbeit verrichtete. Seine Augen reichten gerade bis zum Beistelltisch. Der abgetrennte Kopf der schwarzhaarigen

Frau starrte ihn zwischen einer Pepsi-light-Dose und einer Zeitschrift mit den Bildern schöner Menschen hindurch an. Die Seiten waren mit zähem Blut verklebt. Fliegen schwirrten um den Kopf, fraßen am ausgefransten Fleisch der Kehle und schossen wieder brummend durch die Luft.

Ma und Pa hatten aufgehört zu lachen. Bis auf das Summen der Insekten war nichts mehr zu hören. Dann ein leises Schluchzen. Er umrundete den Tisch und sah das nackte Mädchen – es war vielleicht vier Jahre alt, ein Jahr jünger als Junior – auf dem Teppich neben den Überresten ihrer Mutter liegen.

Die Hände des Mädchens waren hinter ihrem Rücken gefesselt, der Mund mit Klebeband verschlossen. Sie atmete durch die Nase. Ihre großen blauen Augen waren weit geöffnet und starrten ihn an.

Mama kniete sich neben dem Mädchen auf den Boden, streichelte ihr Haar, sah zu Junior auf und lächelte ihr wunderschönes Lächeln. Durch einen Spalt in den zugezogenen Vorhängen fiel ein Sonnenstrahl und berührte eine ihrer Haarsträhnen, die in Flammen aufzugehen schien.

»Komm, mein Schatz. Komm zu mir«, sagte Mama.

Junior stand mit dem Messer an seiner Seite über dem Mädchen. Mama nahm seine beiden Hände in eine der ihren – ihre Finger waren schwarz von Blut –, dann hob sie das Messer, bis die Klinge über einem der großen Augen des Mädchens schwebte.

»Du weißt, was du zu tun hast?«, fragte Mama.

»Ja, Mama«, sagte Junior.

Mama ließ ihn los. Junior hob die Klinge mit aller Kraft ein paar Zentimeter. Er starrte in das feuchte, blinzelnde, wild zuckende Auge, legte alles Gewicht in die Klinge und fiel auf das kleine Mädchen. Er spürte einen kleinen Widerstand, dann sank er der verschwindenden Klinge hinterher, bis diese auf Knochen stieß. Junior lag auf der Stirn des Mädchens. Die Härchen ihrer linken Augenbraue kitzelten seine Haut. Heißes Blut quoll über seine Hände.

Junior ließ das Messer los, das im Kopf des Mädchens stecken blieb, setzte sich auf den Hintern und sah zu Mama auf. Sie umarmte ihn. »Oh, wir sind *so stolz* auf dich«, sagte sie mit der süßesten Stimme auf der ganzen Welt. »So, so stolz.«

Und in diesem Moment, als sich Mamas Parfüm mit dem Blut und dem Drogenrauch vermischte, war Junior glücklicher als jemals zuvor in seinem Leben.

Junior Cotton öffnete die Augen und starrte an die fleckige Decke. Es dauerte einen Augenblick, bis ihm wieder einfiel, wo er war.

Fünf Jahre, drei Monate, drei Tage, drei Stunden, vier Minuten und siebenundzwanzig Sekunden. Bis dato.

Die Kraft, die ihm diese Erinnerung verliehen hatte, durchströmte seinen Körper. Er lauschte den Geräuschen des erwachenden Gebäudes. Klappern, Weinen, Schreien, Stöhnen in umgekehrter Reihenfolge zu gestern Nacht, als alles um ihn herum allmählich verstummt war.

Junior setzte sich auf. Seine Bewegungen waren nun um einiges koordinierter, als hätte sich sein Körper im Schlaf regeneriert. Er legte die Handfläche auf das Pentagramm an der Wand, wobei sich die Härchen auf seinem Arm aufrichteten wie bei einer statischen Entladung. Das getrocknete Blut war fast schwarz.

Er hob den Hemdzipfel und rieb damit auf dem Pentagramm herum. Das Blut verschmierte etwas, doch wegwischen konnte er es nicht. Junior setzte sich auf die Bettkante und zog das Hemd aus. Erstaunt betrachtete er seinen mageren, ausgemergelten Körper. Die Rippen zeichneten sich hart und knochig unter der papiernen Haut ab. Blaue Adern zogen sich über seine dünnen Arme. Er stand auf und machte ein paar taumelnde Schritte. Das Gehen fiel ihm nach wie vor schwer, aber er war viel sicherer als noch am Abend zuvor.

Junior umrundete den Rollstuhl und erreichte die schmutzige Toilette ohne Brille, die eigentlich nicht mehr als ein Rohr war, das aus der Wand ragte. Unter der Stelle, an der das rostige Metall in der Ziegelmauer verschwand, hatte sich eine stinkende Pfütze gebildet.

Junior beugte die eingerosteten Knie und Knöchel und ging in die Hocke. Er zwang sich, ruhiger zu atmen, und tauchte das Hemd in das schwarze Wasser der Toilette. Dann richtete er sich wieder auf, kehrte zum Bett zurück und wischte erneut über das Pentagramm. Der feuchte Stoff weichte das Blut auf und löste es von der Wand.

Er schlüpfte in das Hemd zurück, stopfte die tropfenden Zipfel in die Hose, nahm das Skalpell unter dem Kissen hervor, versteckte es in seinem Ärmel und ließ die Arme an den Seiten herabhängen. Gummisohlen quietschten über den Fliesenboden des Korridors. Ein Schlüssel schepperte im Schloss. Mit einem Mal begriff Junior die Bedeutung seiner Erinnerung. Er hatte vergessen, welche Macht ein Kindsopfer verlieh.

25

Gene hielt Timmy die Beifahrertür auf. Das Mädchen auf dem Gehweg beachtete er nicht weiter. Erst als Timmy ihren Namen schrie und so schnell auf sie zu rannte, dass er ihn nicht mehr aufhalten konnte, bemerkte er, dass es Skye war.

Seine Unaufmerksamkeit war nicht nur der Ablenkung geschuldet (die Präsentation hatte eine Ewigkeit gedauert, in der er zwei ungeduldige Anrufe von Drum hatte abwiegeln müssen), auch Skye hatte sich verändert. Sie stand so entspannt und ruhig wie eine Athletin da. Alle Schüchternheit und Zurückhaltung der alten Skye waren wie weggeblasen. Mühelos hob sie Timmy auf und umarmte ihn.

»Lass ihn runter«, sagte Gene und marschierte auf sie zu. Skye sah Gene über die Schulter des Jungen hinweg an, starrte ihm direkt in die Augen. Timmy plapperte währenddessen drauflos und erzählte ihr, wie schön alle den Turm gefunden hatten.

»Lass ihn runter, hab ich gesagt.«

Skyes Blick folgte Genes Hand, die das Hemd hob und sich auf den Griff der Glock legte.

Ihre Augen verdunkelten sich vor Wut. Unwillkürlich trat Gene einen Schritt zurück. Irgendetwas fuhr in sie, eine Kraft, die ihren Körper anschwellen ließ. Später hätte er schwören können, dass sich die Knochen unter ihrer Haut bewegt hatten, dass sich ihr Gesicht verhärtet hatte und die Augen tiefer in die Höhlen gesunken waren.

»Aua, Skye, du tust mir weh«, sagte Timmy.

Schlagartig war es vorüber. Sie beugte sich vor und stellte Timmy auf den Gehweg zurück. Jetzt war es wieder die alte Skye, die Gene durch die dünnen blonden Haarsträhnen anblickte.

»Warte im Auto, Timmy«, sagte Gene.

»Aber du hast doch gesagt, dass Skye weggefahren ist?«

»Tu, was ich sage.«

Skye fuhr durch das Haar des Jungen. »Hör auf deinen Daddy, Timmy. Bis später.«

»Versprochen?«

»Versprochen.«

Der Junge schlenderte zum Wagen. Seine Turnschuhe schlurften über den Asphalt, die offenen Schnürsenkel schleiften hinterher.

»Was willst du hier?«, fragte Gene und trat einen Schritt vor.

»Ich wollte ihn noch ein letztes Mal sehen«, sagte sie und beobachtete, wie Timmy in den Streifenwagen stieg.

»Ich dachte, wir hätten eine Abmachung? Wolltest du nicht die Stadt verlassen?«

»Das muss bis Freitag warten.«

»Warum?«

»Weil ich dann meinen Lohn bekomme.«

»Ich geb dir Geld. Heute Abend bei Earl's, okay?« Sie nickte mit leerem Blick. »Halt dich von Timmy fern.« Sie sah ihn an. »Das ist mein Ernst, Skye.«

Sie drehte sich um und ging davon – ein ganz normales Mädchen in einem T-Shirt und Jeans, das durch eine sonnenbeschienene Kleinstadt schlenderte. Gene ließ den Motor an. Als sie an Skye vorbeifuhren, winkte Timmy. Gene drehte sich nicht nach ihr um.

26

Das Essen auf dem Löffel, der unaufhörlich in seinen Mund geschoben wurde, hatte die Konsistenz und den Geschmack von Fäkalien. Junior zwang sich dazu, den Kiefer aufzusperren und die Augen ins Nichts zu richten.

»*Weiiiiiiit* aufmachen. *Braver* Junge«, schnurrte Alfonso, während er die eklige Pampe in Juniors Mund stopfte. Dieser hatte alle Mühe, den Würgereiz zu unterdrücken.

Das Essen glitt lauwarm und schleimig über seine Zunge. Es tropfte von seinen Lippen und klebte an seinem Kinn. Alfonso wischte Juniors Gesicht mit einer Papierserviette ab, dann schaufelte er die nächste unsägliche Ladung auf den Löffel.

Junior tauchte tief in sein Innerstes, in das Mosaik aus Erinnerungen, das sich langsam wieder zusammensetzte. Der Pfleger und seine verrückten Schützlinge verblassten, und er sah seine Mutter, wie sie sich im Rückspiegel eines Autos betrachtete. Ein gelbes Weizenfeld erstreckte sich bis zum Horizont, wo es auf einen Technicolor-Himmel traf. Mama trug einen zurückhaltenden rosa Lippenstift auf und schnitt eine Grimasse, um nachzuprüfen, dass nichts davon an ihren perfekten weißen Zähnen klebte.

Als sie sah, dass er sie beobachtete, verwandelte sich die Grimasse in ein Lächeln. »Wie sehe ich aus?«

»Wunderschön«, sagte er, und das war die Wahrheit.

»Hmmmm. Aber sehe ich auch *gut* aus?«

»O ja, Mama. Sehr gut.«

»Sehe ich aus wie eine gottesfürchtige, hilfsbedürftige Lady?«

»Ja, Mama.«

»Na, dann komm mit«, sagte sie, ließ den Lippenstift in die Handtasche gleiten und schloss sie mit einem lauten Klicken. Ihre manikürten Fingernägel waren mit beinahe farblosem Lack überzogen. Sie stieg aus dem Wagen in den heißen Wind und legte eine Hand auf das Kopftuch, das ihr goldenes Haar zusammenhielt.

Der etwa zehnjährige Junior war schon fast so groß wie sie. Hier gab es nur ihn und seine Mama – der lauernde Schatten seines Vaters war nirgendwo zu entdecken. Sie gingen einen sandigen Pfad zu einem Holzhaus hinauf, das mitten im Weizenfeld stand. Das grelle Sonnenlicht spiegelte sich in den Fenstern. Langsam drehte sich daneben eine Windmühle. Junior hörte das Knarren ihrer Flügel.

Als sie vor der Tür standen, hörten sie ein Radio, das Kirchenmusik spielte. Mama verzog das Gesicht. Er musste sich ein Kichern verkneifen, während sie die Hand hob und mit dem glänzenden Messingtürklopfer, der wie eine geschäftige viktorianische Dame geformt war, eine kleine Melodie trommelte.

Die Tür öffnete sich. Ein Mann in einem gestärkten weißen Hemd, das bis zum obersten Knopf geschlossen war, erschien. Hosenträger spannten sich über seinem dicken Bauch. »Ja, Ma'am?«

»Tut mir schrecklich leid, ihr Sonntagsmahl zu stören, aber offenbar hat unser Wagen den Geist aufgegeben. Ob ich wohl kurz Ihr Telefon benutzen dürfte, wenn es keine Umstände macht?« Mama schenkte dem Mann ein bezauberndes Lächeln. Rote, münzgroße Flecken erschienen auf seinen frisch rasierten Wangen.

»Aber sicher, Ma'am. Selbstverständlich. Treten Sie doch ein. Ihr Junge natürlich auch.«

Der Mann führte sie ins Esszimmer. Eine Frau mit einem grauen Haarschopf, der mit viel Haarlack gebändigt war, sah auf – genau wie die beiden Zwillinge zu ihren Seiten, ein Junge und ein Mädchen.

»Wer ist das denn?«, fragte die Frau.

Als Antwort zog Mama den silbernen Revolver aus der Handtasche und schoss dem Mann in den Hals. Er ging in einer Blutfontäne zu Boden. Dann verpasste sie der Frau eine Kugel ins Bein. Ihre Schreie verloren sich im wogenden Weizenmeer, das sich bis in die Unendlichkeit zu erstrecken schien.

Danach verbrachten Mama und er einen gemütlichen Nachmittag mit den Zwillingen im Badezimmer, traktierten ihre nackten Körper mit Stacheldraht, Rasierklingen und schließlich Benzin. Ihre Augen – die Lider hatte Mamas sichere Hand geschickt entfernt – starrten sie von einem Ort jenseits des Schreckens aus an.

Ein Schrei, so gellend wie eine Sirene, holte Junior in die Gegenwart zurück. Um ein Haar hätte er seinen Kopf in Richtung des Lärms gedreht, doch er behielt die Fassung, während um den Pfleger herum mit einem Mal das nackte Chaos ausbrach.

Die Irren heulten, kauerten unter den Tischen, rannten gegen die Wände. Jemand stieß ihn zu Boden. Junior lag auf den Fliesen und betrachtete die Füße und Beine, die um ihn herum wirbelten. Auch er wusste nicht, was diesen Ausbruch von Wahnsinn verursacht hatte.

Alfonso hob ihn auf, warf ihn in den Rollstuhl und bahnte sich damit einen Weg durch die wild gewordene Menge, in der die anderen Pfleger in den weißen Uniformen um sich traten und schlugen, die Geisteskranken auf den Boden warfen und mit Fuß- und Handfesseln bändigten.

»Achtung, Achtung«, hallte eine schrille, metallische Stimme von den Wänden. »Alle Patienten auf ihre Zellen.«

Alfonso schob ihn eilig den Flur hinunter, warf ihn auf das Bett in seinem Zimmer und schloss die Tür hinter sich ab. Junior lauschte den Schreien der Verdammten. Die Freiheit schien in weiter Ferne.

Nur die Erinnerung konnte ihn beruhigen. Erneut durchlebte er diese wunderbaren Jahre mit Mama, ein unaufhörlicher Strudel aus Leichen und blutigen Ritualen. Aus mit Blut an die Wände der Motels, Wohnwagen und Farmhäuser gemalten Pentagrammen. Aus Highways, die an einer endlosen Reihe von Städten vorbeiführten, voll mit leichtgläubigen Opfern, um Mamas und seinen eigenen Appetit zu befriedigen.

27

»Was in drei Teufels Namen ist sie überhaupt?«, fragte Drum und steckte sich am Zigarettenanzünder des Wagens eine Zigarre an.

»Ist wer?«, fragte Martindale. Er starrte aus dem Seitenfenster und wünschte sich, einer der vielen in der ausgebleichten Landschaft verstreuten Steine zu sein.

»Deine kleine Schwester, Chief Deputy. Die, die Chili aus den Jungs in dem Dodge gemacht hat.«

Martindale zuckte mit den Schultern und schwieg, was Drum nicht sonderlich überraschte. Er hatte sowieso keine Antwort erwartet und die Frage nur gestellt, um ihn zu ärgern. Wie ein Kind, das einen gefangenen Waschbären mit einem spitzen Stock drangsaliert.

Der Riese schmauchte seine Zigarre, pfiff ein paar Takte von »Hey, Good Lookin« und trommelte dabei auf dem Lenkrad des schwarzen Lincoln Town Car herum. Den Wagen hatte er als Belohnung dafür bekommen, dass er es einem Menschenhändler von jenseits der Grenze erlaubte, seine lukrative Ware mit schöner Regelmäßigkeit durch sein County zu transportieren.

Drum mochte das Auto. Es hatte Stil. Verdammt, dachte er, als er sich im Rückspiegel betrachtete, du siehst auch nicht grade schlecht aus. Er trug einen tintenblauen Seidenanzug, dessen Stoff wie ein Ölteppich auf nächtlichem Wasser schillerte, dazu ein perlgraues Hemd mit handgearbeiteten Kragenspitzen aus Sterlingsilber. Sein bester Cowboyschlips wurde von einer hufeisenförmigen Zinnbrosche mit Strasseinlagen zusammengehalten. Die blutroten, auf Hochglanz polierten Cowboystiefel aus Straußenleder, Größe 54, ruhten auf den Pedalen. Er hatte den Sitz so weit zurückgeschoben, bis er gegen den Silver-Belly-Stetson auf der Rückbank gestoßen war. Der Cowboyhut mit den goldenen Sternen auf dem schwarzen Hutband wartete geduldig darauf, dass ihn sein Besitzer wieder auf den frisch geschorenen Kopf setzte.

Somit bildete Drum einen krassen Gegensatz zu dem Mann auf dem Beifahrersitz, der Jeans und ein Karohemd trug und dessen Füße in Turnschuhen mit dicken Gummisohlen steckten. Er war ein Nichts, und nach nichts sah er auch aus.

»In der Nacht, in der es deine Ma und deinen Pa erwischt hat, waren weit und breit keine Herumtreiber unterwegs, stimmt's? Die Kleine hat sie ganz alleine gekillt. Na ja, dein Daddy hatte es auch mehr als verdient. Er war der größte Hurensohn, den kennenzulernen ich das Unglück hatte.«

Martindale blieb stumm, doch Drum bemerkte, wie sich seine Kiefermuskeln verspannten. Er pfiff noch ein paar Takte des alten Songs. Die Straße vor ihnen zog sich schnurgerade dahin – wie ein schwarzer Strich, den man in den Sand gemalt hatte.

»Ich hätte eine Frage«, sagte Martindale.

»Frag nur, Sportsfreund. Frag. Vielleicht geb ich dir sogar eine Antwort.«

»Fühlst du dich wohl bei dem hirnrissigen Treffen, zu dem wir jetzt fahren?«

»Pudelwohl. Wie ein Tornado in einem Trailerpark.«

»Erspar mir den *Bonanza*-Scheiß, Drum. Ich bin keine von deinen kleinen Nutten.«

Drum packte das Lenkrad etwas fester. Jetzt war seine ausgelassene Stimmung ein wenig gedämpft.

»Das war Tincups Idee, oder?«, fragte Martindale.

»Ich hab mich mit ihm darüber unterhalten.«

Martindale schüttelte den Kopf. »Der Kerl, den wir jetzt gleich treffen, hat mehrere Männer verloren. Glaubst du wirklich, dass er uns mit offenen Armen empfangen wird?«

»Ich hab mit ihm telefoniert. Er weiß, dass wir ihm ein Angebot unterbreiten werden.«

»Du bringst uns in Teufels Küche.«

»Da bin ich anderer Meinung.«

»Wenn Tincup sich seiner Sache so sicher ist, warum ist er nicht mitgefahren?«

»Das ist nicht so sein Ding.«

»Dann ist er wohl schlauer, als ich dachte.«

Sie fuhren eine Anhöhe hinauf. Dahinter ragten die Wolkenkratzer der großen Stadt wie Sägezähne aus der Wüste. Drum ließ das Jackett von seinen Schultern gleiten. Trotz der arktischen Temperatur, auf die die Klimaanlage eingestellt war, spürte er, wie sich ein Schweißtropfen aus den Achselhaaren löste und seine Flanke hinunterglitt.

»Immer schön ruhig bleiben, Deputy. Tu einfach, was ich dir sage.«

»Keine Angst, Sheriff, ich bleibe immer hinter dir. Schließlich bist du ein viel größeres Ziel als ich.«

28

Skye spazierte ziellos die Hauptstraße hinunter. Sie war von Selbsthass erfüllt. Das Fleisch der gestrigen Fressorgie lag ihr noch immer schwer im Magen. Sie starrte in das Schaufenster eines Brautmodengeschäfts, betrachtete jedoch nicht die vergilbten Hochzeitskleider, sondern nur ihr eigenes Spiegelbild, als könnte es ihr ein Geheimnis verraten.

Dann hörte sie, wie jemand ihren Namen rief. Sie drehte sich um. Richie hielt mit seinem alten Lieferwagen neben ihr an.

»Willst du zum Diner?«, fragte er.

Skye schüttelte den Kopf und wollte gerade weitergehen, als ein Sonnenstrahl auf das Kruzifix fiel, das am Rückspiegel hing. Bevor sie es sich anders überlegen konnte, hatte sie sich schon in das geöffnete Beifahrerfenster gebeugt.

»Woher hast du das?« Sie deutete auf das kleine Holzkreuz, an das ein silberner Christus genagelt war.

»Wozu brauchst du denn ein Kruzifix?« Er starrte sie fragend an, dann senkte er schüchtern den Kopf und betrachtete seine auf dem Lenkrad trommelnden Finger.

Sie zuckte mit den Achseln. »Keine Ahnung. Die sind irgendwie cool.«

»Ich würd's dir ja gerne geben«, sagte er, »aber es hat meiner Oma gehört.«

»Kein Stress, Richie. Ich kauf mir eins.«

»Die gibt's nur in der Kirche. Steig ein, ich fahr dich hin.«

»Schon okay«, sagte sie. »Ich gehe lieber zu Fuß.«

»Jetzt hab dich nicht so. Ich hab noch ein paar Minuten Zeit, bevor meine Schicht anfängt.«

Sie stieg auf den Beifahrersitz. Er legte den Gang ein.

»Ruf dir nachher ein Taxi. Ist wahrscheinlich nicht so schlau, so nahe an der Grenze herumzuspazieren. Nicht nach dem, was heute Nacht passiert ist.«

»Was ist denn passiert?«, fragte sie und bemühte sich, so unbeteiligt wie möglich zu wirken.

»Hast du das nicht gehört?« Sie schüttelte den Kopf. »Wieder so ein Ungeheuerangriff, diesmal auf der anderen Seite der Grenze. Irgendein Typ wurde in Stücke gerissen und gefressen. Die Leute da unten sind ganz aus dem Häuschen.«

Skye sagte nichts. Sie lehnte den Kopf gegen die Scheibe und ließ die Straßen an sich vorbeiziehen.

Richie verließ die Hauptstraße und rumpelte an einer Reihe schäbiger Häuser vorbei, die sich vor dem Grenzzaun zusammendrängten. Der Großteil der Einwanderer, die früher hier gewohnt hatten, war inzwischen weitergezogen. Er hielt vor einer kleinen Kirche.

Skye stieg aus. Im Sand vor der Kirche stand ein großes grobes Holzkreuz. Der Andere war immer noch so weit anwesend, dass sie ein Gefühl des Abscheus spürte und stehen blieb. Sie musste den Drang unterdrücken, sich umzudrehen und wegzulaufen.

»Frag nach Pater Pedro«, sagte Richie und legte den Rückwärtsgang ein.

Skye sah ihm nach, wie er zurück in die Stadt holperte. Jetzt bereute sie, dass sie sich von ihm hierherfahren hatte lassen.

Die Kirche war ziemlich heruntergekommen. Weiße Farbe blätterte von den Wänden, sodass die grauen Ytongsteine darunter zum Vorschein kamen. Das rostige Blechdach klapperte im Wind, der Skye die Haare in die Augen wehte.

Während sie auf die Kirche zuging, wurde ihr bewusst, dass sie einen großen Bogen um den Schatten des Holzkreuzes machen wollte, und ging absichtlich hindurch. War es nur Einbildung, oder spürte sie tatsächlich ein Gewicht auf ihren Schultern, als sie in den Schatten trat?

Sie hörte das Geräusch einer Schaufel, die sich in die Erde bohrte. Ein braunhäutiger Mann in einem abgewetzten Hemd und ausgebeulten Jeans grub ein Loch in den harten Boden neben der Kirchenpforte. Daneben lag ein in Plastikfolie eingewickelter Busch und wartete darauf, eingepflanzt zu werden.

»Hallo, Sir. Wissen Sie, wo Pater Pedro ist?«, fragte sie in gebrochenem Spanisch.

Der Mann richtete sich auf. »Das bin ich«, antwortete er in fast akzentfreiem Englisch.

Er stieg aus dem Loch und wischte sich die Hände an der Jeans ab. Der dünne Mann in den Fünfzigern mit dem langen grauen Haar schwitzte und verströmte einen schwachen, schalen Alkoholdunst.

»Wie kann ich dir helfen?«

»Ich würde gerne ein Kruzifix kaufen.«

»Bist du katholisch?«

Sie schüttelte den Kopf. »Nein. Ist das ein Problem?«

Er lachte. »Du lieber Gott, nein.« Er ging zu einer Wasserflasche hinüber, die neben zwei staubigen Plastikstühlen im Schatten stand. Er nahm einen Schluck, setzte sich und deutete auf den anderen Stuhl. »Bitte, nimm Platz. Wie heißt du?«

Sie setzte sich. Die Stuhllehnen klebten an ihrer Haut. »Skye. Skye Martindale.«

»Bist du Eugenes Schwester?«

Als sie den Taufnamen ihres Bruders hörte, zögerte sie einen Augenblick. »Ja. Kennen Sie Gene?«

Pater Pedro lachte erneut. Er hatte blendend weiße Zähne. Vor vielen Jahren musste er ein attraktiver Mann gewesen sein.

»Klar. Jeder kennt Eugene.« Er trank und wischte sich den Mund ab. »Damals, als ich noch eine richtige Gemeinde hatte, kam ab und zu eines meiner Schäfchen vom Pfad der Tugend ab, und ich musste es wieder auf den rechten Weg bringen. Nun, dein Bruder und ich haben schnell gemerkt, dass wir in ein paar grundlegenden Dingen unterschiedlicher Meinung sind, aber er ist ein Mann mit Prinzipien. Und fair.«

Er lehnte sich zurück und sah sie lange mit seinen dunklen Augen unter den schweren Lidern an. »Also, weshalb hat eine aufrechte Protestantin wie du so großes Interesse an einem Kruzifix?«

»Glauben Sie an den Teufel?«

Wieder lachte er. »Na ja, bevor man an den Teufel glaubt, muss man zunächst mal an Gott glauben, oder? Schließlich sind die beiden zwei Seiten derselben Münze.«

»Dann glauben Sie also?«, fragte sie. »An Gott, meine ich?«

»Nun, mein Glaube ist über die Jahre wohl etwas, wie soll ich sagen, angestaubt.«

»Wie können Sie dann noch Ihrer Arbeit nachgehen?«

»Es gibt auch Barkeeper, die nicht trinken und trotzdem wissen, wie man einen Cocktail mixt. Ich biete eine Dienstleistung an.«

So ein Quatsch, dachte sie und stand auf. Sein Blick verdüsterte sich, und er bedeutete ihr, sich wieder zu setzen.

»Bitte, bleib. Und entschuldige die Blasphemie.« Er starrte sie mit seinen dunklen Augen an. »Was hast du auf dem Herzen?«

»Wollen Sie, dass ich jetzt beichte oder so?«

Er lächelte müde. »Aber nein. Da du nicht katholisch bist, kann ich dir auch nicht die Beichte abnehmen. Wenn du allerdings etwas auf dem Herzen hast – ich bin ein guter Zuhörer. Und meine Lippen sind selbstverständlich bombenfest versiegelt.« Er fuhr sich über den Mund, als würde er einen Reißverschluss zuziehen.

»Ich habe Albträume. Keine Ahnung, vielleicht hab ich zu viele Filme gesehen oder so. Ich dachte, dass ein Kruzifix über meinem Bett vielleicht dagegen helfen könnte.«

»Um das Böse abzuwehren?«

»So was in der Art, ja.«

»Du bist keine besonders gute Lügnerin.« Als er ihren Gesichtsausdruck sah, wedelte er mit der Hand. »Keine Angst, ich hab es jeden Tag mit Lügnern zu tun. Lass mich raten: Irgendetwas hat dich schwer beunruhigt. Du bist verzweifelt, und jetzt suchst du Hilfe bei etwas, das dir vor Kurzem noch wie dummer Aberglaube vorgekommen ist. Hab ich recht?«

»Fast.«

Die nackten, schmutzigen Zehen, die aus seiner Sandale ragten, wirbelten kleine Sandwölkchen auf. »Du fragst, ob ich an den Teufel glaube?« Sie nickte. »Um die Wahrheit zu sagen: Ich spiele inzwischen mit dem Gedanken, dass Gott tot und der Teufel quicklebendig ist.« Sie suchte vergeblich nach einem Anflug von Humor in seiner Miene. »In *mir* ist er jedenfalls sehr lebendig.«

Bevor er sich von ihr abwenden und den Blick über den Grenzzaun auf die gedrungenen Hügel dahinter richten konnte, sah sie etwas in seinen Augen. Der Andere war noch immer stark genug, dass sie eine Ahnung von brünstigem, jungem Fleisch, gebrochenen Gelöbnissen und den giftigen Nachwirkungen von Scham und Schuld erhaschen konnte. Ein gefallener Mann, verbannt in dieses Grenzland.

»Was ist mit den Kruzifixen? Helfen sie wirklich?«

Er sah sie wieder an. »Nun, die zeitgenössische Interpretation wäre wohl, dass sie eine Art Selbsthypnose hervorrufen können. Wenn man von der Annahme ausgeht, dass der Teufel nicht mehr ist als eine Manifestation menschlicher Angst oder Schuld, kann er damit also durchaus vertrieben werden. Sofern dein Glaube stark genug ist.«

»Und wie lautet Ihre Interpretation?«

»Da halte ich es mit John Lennon.« Sie sah ihn verständnislos an. »*Whatever gets you through the night*. Wen kümmert's, solange es hilft?« Er lachte, wurde wieder ernst und beugte sich vor, sodass seine staubigen Hände zwischen seinen Knien baumelten. »Hör mal, Skye. Vielleicht solltest du dir professionelle Hilfe suchen. Einen Psychologen vielleicht?«

»Nein.«

»Dann lass mich dir das hier geben.« Er griff in die Brusttasche und zog ein Kruzifix heraus, das an einem Rosenkranz hing. »Es ist gebraucht. Ich hoffe, das macht dir nichts aus.«

Skye betrachtete die kleine Christusfigur, die sich daran drehte und die Sonne reflektierte. Sie musste gegen eine Kraft in ihrem Inneren ankämpfen, die verhindern wollte, dass sie die Hand hob.

Sie schüttelte den Kopf. »Das gehört Ihnen. Das kann ich nicht annehmen.«

»Sei nicht albern. Ich habe noch mehr davon. Das gehört schließlich zu meinem Job.« Er hielt es ihr hin. »Nimm es, bitte. Du würdest mir damit einen Gefallen tun.«

»Wie das?«

»Dann hätte ich das Gefühl, heute eine gute Tat getan zu haben. Was bedauerlicherweise inzwischen meinen ganzen Ehrgeiz darstellt.«

»Das ist doch ein guter Vorsatz.« Sie nahm den Rosenkranz entgegen, der noch warm von der Hand des Priesters war. Mit einem Mal spürte sie etwas anderes, ein ängstliches Aufbäumen ihrer Zellen, ein stummes Kreischen aus ihrem Innersten. Ihre Hand zitterte so sehr, dass sie die Holzperlen beinahe fallen gelassen hätte.

»Skye?« Der Priester starrte sie an. »Vielleicht solltest du mir erzählen, was wirklich los ist.«

Sie schüttelte den Kopf und stand so schnell auf, dass sie beinahe den Plastikstuhl umgeworfen hätte.

»Danke«, sagte sie und rannte davon. Der Rosenkranz mit dem Kruzifix in ihrer Jeanstasche schien ein Loch in ihren Hüftknochen zu brennen.

29

Junior wurde in den Garten geschoben. Das Sonnenlicht brannte in seinen von der Finsternis der Klinikflure noch geweiteten Pupillen. Er musste dem Impuls widerstehen, die Augen zu schließen. Um dem gleißenden Schein zu entgehen, erlaubte er sich immerhin, den Kopf zur Seite hängen zu lassen. Alfonso fuhr natürlich direkt auf den flüssigen Lichtball zu, der am wolkenlosen Himmel hing. Junior stiegen die Tränen in die Augen und strömten seine Wangen hinunter.

Der Pfleger merkte nichts davon. Ungerührt setzte er seinen Monolog fort, während sie über den gepflasterten Gehweg rollten, der die braune Rasenfläche mit den verdörrten Bäumen darauf durchschnitt.

»Oh, das wird *klasse*, Mann. Super. Alfonso wird die Kleine vernaschen, Mann. O ja. Hmmmm-*mmmmmm*.«

Seit sie das Gebäude verlassen hatten – das Handgemenge im Speisesaal war lange beendet –, war sein Geplapper ihr ständiger Begleiter. Sie waren an einer Reihe stieräugiger Wachposten vorbeigefahren, die auf rote Knöpfe drückten und damit die elektrischen Schlösser der Sicherheitstüren öffneten, sonst aber Junior und seinen Pfleger nicht weiter beachteten. Schließlich wurden sie mit einem letzten Summen in den Sonnenschein und die frische Luft entlassen.

Sie hielten vor einer Steinmauer an. Dünner Efeu wucherte darauf wie verästelte Arterien. Die Klinik selbst war inzwischen außer Sichtweite. Alfonso stellte die Bremse des Rollstuhls fest und zog eine Zigarettenschachtel aus der Tasche seiner weißen Uniform. Sein gewaltiger Schatten verdeckte die Sonne, als er eine anzündete, einen tiefen Zug nahm und mit einem zufriedenen Grunzen ausatmete.

Junior beobachtete die Umgebung so genau wie möglich. Aus den Augenwinkeln konnte er einen hohen Maschendrahtzaun und eine von der Sonne beschienene Windschutzscheibe erkennen. Der Parkplatz, von dem aus die Straße in die Freiheit führte.

Der Pfleger sah auf eine protzige Armbanduhr, die an seinem fetten Handgelenk hing – ein Ring aus falschen Diamanten umgab ein schlammfarbenes Zifferblatt.

»Oh oh, sie sollte Alfonso lieber nicht warten lassen. Nein, nein.«

Der dicke Mann trat einen Schritt vom Rollstuhl zurück und spähte um die Mauer. Wieder fiel der Sonnenschein wie ein Laserstrahl auf Juniors Gesicht und trieb ihm die Tränen in die Augen.

Alfonso blinzelte ihn durch den Rauch an. »Verflucht, Junge, du heulst ja. Kommt gar nicht infrage. Nicht wenn Alfonso auf dich aufpasst.«

Er klemmte sich die Zigarette zwischen die Zähne und beugte sich mit einem Taschentuch von der Größe einer Tischdecke in der Hand vor. Sein Bauch drückte wie ein Airbag gegen Junior. Während der Pfleger sein Gesicht abtrocknete, bemerkte Junior den Elektroschocker, dessen schlumpfblauer Griff locker in einem Holster an Alfonsos Werkzeuggürtel steckte. Da wusste er: Der entscheidende Moment war gekommen.

Das Klettband, das den Taser sicherte, hatte sich gelöst. Junior brauchte weder viel Kraft noch große Geschicklichkeit – er musste nur den Arm ausstrecken, die Waffe in die Hand nehmen, sie gegen den schweißbedeckten Hals des Pflegers halten und abdrücken.

Eine pfeilförmige Elektrode, die durch spiralförmige Drähte mit dem Taser verbunden war, bohrte sich unterhalb des Kieferknochens in Alfonsos Haut. Einen Augenblick lang führte er einen wilden Tanz auf, dann brach er zusammen und lag schließlich rücklings auf dem Gehweg. Die Hacken seiner Nikes trommelten auf das Pflaster.

Junior ließ das Skalpell aus dem Ärmel in seine wartenden Finger gleiten und fiel über den Pfleger her. Er zog die Klinge über die Kehle des Mannes. Haut und Fleisch teilten sich. Blutfontänen spritzten auf, die mit Alfonsos sterbendem Herzschlag immer schwächer wurden.

Junior tastete den Hals des Mannes nach einem Puls ab. Nichts.

Keuchend und mit vom Blut glitschigen Händen löste er sich von der Leiche und setzte sich wieder in den Rollstuhl. Da hörte er das stakkatoartige Klappern von Stöckelschuhen. Eine Krankenschwester bog um die Ecke.

Sie starrte den auf dem Boden liegenden Pfleger an und keuchte, legte eine Hand auf die geschminkten Lippen und kniete sich hin.

»Alfonso? Alfonso?«

Ihr Kopf war auf derselben Höhe wie Juniors Hand. Mühelos ließ er sie vorschnellen, bis die blutige Klinge an ihrer Kehle lag und die Spitze in ihre Haut stach.

»Nimm einen Kabelbinder aus seinem Gürtel«, flüsterte Junior.

»Bitte«, sagte sie. »Tun Sie mir nichts.«

Er verstärkte den Druck auf die Klinge. Ein roter Blutstropfen erschien auf ihrer Haut. »Mach schon.«

Sie zog einen Kabelbinder heraus. Junior hielt ihr den linken Arm hin. »Binde uns zusammen«, sagte er.

Sie starrte ihn wortlos an. Er stach erneut zu. Der Blutstropfen lief ihren Hals hinab und fiel auf den weißen Uniformkragen.

»Los«, sagte er.

Sie legte ihren linken Arm gegen den seinen. Nur mit Mühe gelang es ihr, den Kabelbinder über beide Handgelenke zu streifen. Junior roch Angst unter dem süßen Parfüm.

Junior schob die Lasche durch die Öffnung, beugte sich vor, klemmte sich den Kabelbinder zwischen die Zähne und zog die Ratsche fest. Mit einem leisen ratternden Geräusch schnitt das Plastik in sein Fleisch. Die Krankenschwester wimmerte.

»Hast du ein Auto?«, fragte er und legte die Klinge wieder an ihre Kehle. Als sie zögerte, stach er zu. »Lüg mich nicht an.«

»Ja, ich habe ein Auto.«

»Da wirst du mich jetzt hinbringen, und dann hauen wir von hier ab. Verstanden?«

»Ja«, sagte sie. Juniors Arm ruckte wie der einer Marionette hin und her, als sie die Griffe des Rollstuhls packte und ihn zum Parkplatz hinüberschob, wo das in den Windschutzscheiben gespiegelte Sonnenlicht funkelnd auf die durstigen Pappeln fiel.

30

Der Mann im Anzug holte eine Holzsäge unter dem Schreibtisch hervor. Da wusste Gene, dass sie tief in der Scheiße steckten.

Der Mann starrte aus dem Fenster auf den weit entfernten, violetten Gebirgszug und spannte das Sägeblatt wie einen Bogen. Als er es wieder losließ, zitterte das Metall und gab einen klagenden hohen Ton vor sich. Er beendete die Vibration mit der Fingerspitze und legte das Werkzeug auf die Tischplatte neben die Waffen, die sie Gene und Drum abgenommen hatten.

Der Mann war so anonym wie das Reihenhaus, in dem sie sich befanden. Es stand in einer der neu errichteten Vorstädte, die sich von der Stadt aus in die Wüste ausbreiteten. Er war etwa Anfang fünfzig, weder gut noch schlecht gekleidet und musste mal wieder zum Friseur. Bis auf den leichten fremdländischen Akzent mit den stumpfen Vokalen – Osteuropäisch? Russisch? – war absolut nichts Bemerkenswertes an ihm.

Er wandte sich Gene und Drum zu, die nebeneinander vor dem Schreibtisch saßen. »Einer der Männer, den Sie getötet haben, war der Sohn meines Vetters. Die ungewöhnliche Natur seines Ablebens hat gewisse Erwartungen geweckt, wenn Sie verstehen?«

Gene verstand ihn gut genug, um nichts darauf zu erwidern. Drum dagegen hob eine riesige Pranke. »Moment mal, Freundchen. Wir haben niemanden getötet. Wir haben ein Angebot für Sie.«

Der Mann beachtete Drum nicht weiter. Er reichte die Säge einem seiner Handlanger, einem tätowierten Gewichtheber mit Glatze und Ziegenbart, der fast so groß wie der Sheriff war.

»Der Cowboy ist als Erster dran.«

Der Glatzkopf nahm die Säge und bezog hinter Drum Position. Zwei weitere gedrungene, dunkelhäutige Männer stellten sich zu beiden Seiten von ihm auf. Die anderen Männer, schlaksige Rednecks, hielten Gene in Schach.

Drum versuchte aufzustehen. Was fast komisch wirkte, als ihn die beiden Dunkelhäutigen (die nur aus Sehnen und kompakten Muskeln zu bestehen schienen) in den Sitz zurückdrückten. Drum schaffte es, die Stuhlbeine einen Augenblick vom Boden zu heben, dann vergrub der Glatzkopf eine Faust im Bauch des Riesen. Der Stuhl knallte auf den Boden zurück. In einem gewaltigen Windstoß wich die Luft aus Drums Lunge.

Der Sheriff klappte zusammen. Der Muskelmann schlug ihm den Stetson vom Kopf, der verkehrt herum wie der Hut eines Bettlers auf dem Boden zum Liegen kam.

Der Glatzkopf setzte die Säge an Drums Schädelbasis an, winkelte den Ellbogen ab und sägte drauflos. Die Metallzähne wirbelten einen Konfettiregen aus Fleisch auf. Blut floss vom Hals des Sheriffs, ein hohes Kreischen drang aus seiner Kehle.

Wieder versuchte Drum, sich aufzurichten, wobei er die Säge beiseiteschlug. Wieder fingen ihn die dunkelhäutigen Männer ein wie einen ausgebüxten Luftballon. Der Glatzkopf trat einen Schritt zurück und vollführte einen Roundhouse-Kick. Sein Stiefel krachte gegen Drums

Kinn, woraufhin dieser mit offenem Mund und ziemlich benommen dasaß.

»Vorsicht. Er soll bei Bewusstsein bleiben«, sagte der Mann im Anzug. Der Gewichtheber, der zu einem weiteren Tritt ansetzte, hielt inne.

Die beiden Männer, die Gene bewachten, traten etwas zur Seite, um besser sehen zu können. Der Hüne drückte das Sägeblatt erneut gegen Drums Hals.

Einer der Rednecks hielt eine Uzi in der Hand. Es war derjenige, den sie in der Bar in der Stadt getroffen hatten und der zu ihnen ins Town Car gestiegen war und sie – mit einem Mercedes-SUV im Schlepptau – in die Vorstadt gelotst hatte. Der Mann hatte Ähnlichkeit mit einem Schauspieler, den er von den DVDs kannte, die Skye ausgeliehen hatte, bevor die Blockbuster-Filiale wie so viele Geschäfte in seinem Heimatort pleitegegangen war. Gene hatte sich beim Fahren immer wieder nach ihm umgesehen – der blonde Typ hatte die sonnendurchflutete Stadt angestarrt und Drums Bemühungen, Konversation zu machen, konsequent ignoriert. Doch der Name des Schauspielers fiel ihm nicht ein.

Jetzt, als er in die Mündung einer Maschinenpistole starrte, wusste er es plötzlich: Owen Wilson. Mit einem Mal hatte er nicht mehr die Waffe, sondern Timmy und Skye auf dem Sofa vor Augen, die über die dummen Komödien kicherten, die er einfach nicht lustig finden konnte. Dann sah er Skye vor sich, die Timmy vom Gehweg hob und ihn anstarrte. In ihren Augen lag etwas, das er nicht genau benennen konnte. Bevor er sich es anders überlegen konnte, sprang Gene aus dem Stuhl, versetzte dem Mann mit der Maschinenpistole einen Schlag, sodass der Lauf nach oben gerissen wurde und eine Linie von Kugeln, ohne Schaden anzurichten, die Wand und die Decke durchschlug.

Gene riss Owen Wilson die Waffe aus den Händen und feuerte aus nächster Nähe eine kurze Salve in seinen Körper. Ein Schauer aus blondem Haar, Gehirnmasse und Knochen klatschte auf die Kopie eines Charles-Russell-Gemäldes an der gegenüberliegenden Wand, das einen Viehabtrieb zeigte. Eine Kugel zischte an Genes Gesicht vorbei. Er wirbelte herum und schoss dem anderen Mann in die Brust.

Die beiden Dunkelhäutigen hatten ihre Waffen noch in ihren Holstern und stellten leichte Ziele dar. Gene leerte die Uzi in sie. Der Glatzkopf holte mit der Säge aus. Drum versetzte ihm einen so festen Schlag gegen das Brustbein, dass sein Herz stehen blieb.

Der Mann hinter dem Schreibtisch hatte sich Drums Waffe geschnappt, feuerte und traf diesen in der Schulter. Der blutende, schwitzende Drum, in dessen Schritt sich ein Pissefleck gebildet hatte, warf den Schreibtisch um und klemmte den Mann dahinter ein. Genes Glock rutschte die Tischplatte herunter und fiel auf den Boden.

Drum hob die Waffe auf und richtete sie auf den wehrlosen, zwischen Tisch und Wand gefangenen Mann, der ihn schweigend anstarrte. Er starb mit zwei Kugeln im Kopf.

Stille und der Gestank von Schießpulver.

Drum ging in die Knie. Blut quoll aus seinem Hals und der Schusswunde in seiner Schulter.

Gene ließ die leere Uzi fallen, griff mit der Hand in den blutigen Haufen, der von den dunkelhäutigen Siamesischen Zwillingen noch übrig war, und zog eine .44er hervor. Er richtete die Waffe auf Drum und spannte den Hahn.

Drums Hemdbrust war von Schweiß und Blut bedeckt. »Wenn du mich tötest, tötest du auch deinen Jungen«, sagte er.

31

Skye versteckte sich vor der Welt in Mintys Bett. Die Vorhänge sperrten die gleißende Nachmittagssonne aus. Sie war allein in der Wohnung. Seit dem Vorfall heute Morgen im Badezimmer hatte sie Minty nicht mehr gesehen. Dafür schuldete sie der Ärmsten noch eine Erklärung. Mit anderen Worten: Sie würde lügen müssen, dass sich die Balken bogen.

An Schlaf war nicht zu denken – sobald sie die Augen schloss, war sie wieder jenseits der Grenze, sah das zerfetzte Fleisch und die freiliegenden Gedärme, die der Andere so genossen hatte, die Skye aber wie ein Gift vorgekommen waren, das noch immer in ihrem Verdauungssystem wütete.

Was bin ich?

Wieder diese Frage. Sie war mit den idiotischen *Twilight*-Filmen aufgewachsen und wusste genau, dass sie kein Vampir war. Obwohl das gar nicht so schlecht gewesen wäre – dann hätte sie ins Sonnenlicht treten und alles beenden können. Eigentlich hatte sie mehr Ähnlichkeit mit einem Werwolf. Doch sogar diese reißenden Bestien waren harmlos im Vergleich zu ihr, denn schließlich verzehrten sie nur Menschenfleisch, wenn der Vollmond schien. Skye dagegen hatte fünf Männer in zwei Tagen gefressen.

Sie stellte sich die Unterhaltung mit Minty vor: Ich hab

am Dienstag im Ort gegessen, bin aber gestern Abend kurz über die Grenze gefahren, weil mir nach was Exotischerem war. Selbst Minty, der freizügigste Mensch, den sie kannte, würde dabei bis in die gefärbten Haarspitzen erbleichen. Oder sie für völlig durchgeknallt halten.

Wo komme ich her?

Das war eine viel interessantere Frage.

Sie nahm den Rosenkranz vom Bett und hielt ihn hoch. Ein Lichtstrahl, der durch eine Lücke in den Vorhängen schien, fiel auf das Kruzifix. Staubkörner tanzten wie Revuegirls darum herum. Sie drehte die Holzperlen, sodass das Kreuz hin und her baumelte und sie die detaillierte Silberfigur des Gekreuzigten bewundern konnte.

Die Bewegung, die das Kruzifix beschrieb, war hypnotisch. Skye verfiel in eine Art Trancezustand, stürzte ein Kaninchenloch hinunter, das sie zurück in ihre Kindheit transportierte. Sie war etwa sechs Jahre alt und spazierte mit ihrer Adoptivmutter die Hauptstraße entlang (damals, als die Stadt noch geblüht und die vollen Schaufenster gefunkelt hatten). Skye hüpfte fröhlich voran, beachtete die Passanten um sie herum nicht weiter und konzentrierte sich ganz und gar darauf, nicht auf die Risse im Pflaster zu treten.

Ein Riese von einem Mann in weißen Gummistiefeln und weißem Overall trug einen Tierkadaver aus einem Lieferwagen, aus dem Trockeneis dampfte. Er war auf dem Weg in die Metzgerei und versperrte Skye den Weg. Sie schlängelte sich schnell an ihm vorbei, da sie das kopflose Schwein nicht sehen wollte, dessen Rippen wie Eisenstangen gegen das verstümmelte rosa Fleisch drückten.

Sie beruhigte sich erst wieder, als sie das Antlitz einer lächelnden Porzellanpuppe sah, und drückte die Nase gegen die Fensterscheibe eines Ladens, in dem es nur alte und wunderbare Dinge gab. Sie legte die Hände vor das Glas und ließ den Blick durch das Schaufenster schweifen. Vorbei an einem Elefanten aus Elfenbein, einem Zylinder samt Cape und einem purpurroten Schneckenhaus – bis sie ein Gesicht anstarrte, ein Antlitz so voller Schmerz, dass sie das tote Schwein sofort vergaß.

Es war ein Bild des am Kreuz hängenden Jesus in leuchtenden Farben auf einem Samthintergrund, so schwarz und glatt wie das Fell einer Katze. Die Todesqualen waren fast fotorealistisch dargestellt: die Dornenkrone auf dem mittelblonden Lockenhaar, die Blutstropfen, die die Stirn, die Hände und Füße hinunterliefen, die blutenden Löcher im Fleisch, der Schmerz in den Augen, die Skye wie Röntgenstrahlen durchbohrten. Ein Ruck durchfuhr sie. Etwas Altes, Dunkles und Schreckliches erwachte.

Mit einem Kreischen sprang Skye zurück, stieß gegen ihre Mutter, die sie in die tröstenden Arme nahm, vom Schaufenster wegzerrte und dabei etwas über die Papisten mit ihren Götzenbildern vor sich hin murmelte. In der Folge war Skye immer auf der gegenüberliegenden Straßenseite an dem Laden vorbeigegangen, die Augen starr auf den Boden gerichtet.

Jahre später – sie war zehn oder elf – stand sie wieder vor dem Schaufenster. Der schwarze Samt war zu einem stumpfen Braun vergilbt, das Gemälde selbst wirkte banal und geschmacklos. Allein die Augen, die sie auch damals so fasziniert hatten, hatten die Macht, eine Tür tief in ihrem Inneren aufzustoßen. Erneut mied sie den

Laden, bis er eines Tages leer gestanden hatte und der Samtjesus verschwunden war.

Als sie mit dem baumelnden Kruzifix in den Händen auf Mintys Bett lag, war sie sich sicher, dass diese Erinnerung nicht aus heiterem Himmel aufgetaucht war. Das Christusbild stellte eine Verbindung zu etwas dar, das tief in den Schatten ihres Unterbewusstseins vergraben war.

Konnte man diesen präkognitiven Eingebungen trauen? Oder waren sie so wenig real wie Träume, die sich beim Aufwachen in Luft auflösten? Vielleicht waren sie Symptome der Veränderung, die sich in ihr vollzog – eine dramatische Veränderung, verursacht durch den Anderen, der sich langsam, Zelle für Zelle, ihrer bemächtigte.

Sie stand auf. Es würde eine Zeit dauern, bis sie sich für ihre Schicht im Diner einigermaßen präsentabel hergerichtet hatte. Als sie am Schminktisch saß und sich das Haar bürstete, wurde sie mit den zwei Spiegelbildern ihrer selbst konfrontiert, und plötzlich fiel es ihr wie Schuppen von den Augen: Dieses Gesicht, dieses hübsche bärtige Gesicht, gehörte nicht zu einem halb nackten, an einem Kreuz hängenden Körper – es gehörte einem barfüßigen Mann in Jeans und blutigem T-Shirt. Die Hände waren hinter seinem Rücken gefesselt, die hypnotischen Augen blickten in das Objektiv einer Fernsehkamera. Er lächelte selig in das Blitzlichtgewitter, während er auf den Rücksitz eines Streifenwagens geschoben und davongefahren wurde.

32

Obwohl die Krankenschwester langsam fuhr und ihr kleines Auto vorsichtig über den holprigen Schotterweg steuerte, kam es Junior Cotton vor, als würde die Landschaft nur so an ihm vorbeirauschen. Die Jahre der Katatonie hatten sein räumliches Vorstellungsvermögen geschwächt, sodass er seekrank wurde und befürchtete, jeden Augenblick in seinen Schoß zu kotzen.

Er wischte sich den Schweiß von der Stirn und nahm einen Schluck aus der Pepsi-light-Dose, die im Getränkehalter des kunterbunten, an eine Jukebox erinnernden Armaturenbretts steckte. Die Cola war warm und schmeckte metallisch, und das süße Gebräu rutschte unangenehm träge über seine Zunge. Immerhin bewirkte die Kohlensäure, dass er einige Male zischend aufstoßen und so den Druck in seinem Magen verringern konnte.

»Wo bringen Sie mich hin?«, fragte die Frau.

»Fahr weiter«, antwortete er.

Er hatte kein besonderes Ziel – abgesehen davon, sich so weit wie möglich von der Klinik zu entfernen. Wie früher, als er mit seinen Eltern und später – wunderbare Jahre – mit seiner Mutter auf der Suche nach Abenteuern kreuz und quer durchs Land gereist war. Ohne Plan, ohne Karte, nur geleitet von einem unsichtbaren

GPS, das sie zu den Leichtgläubigen und Schwachen führte.

Verschwommene Farbflecken erregten Juniors Aufmerksamkeit. Wäsche, die auf einer durchhängenden Leine neben einem heruntergekommenen Haus im Schatten einer Windmühle baumelte.

»Halt«, sagte er.

Die Krankenschwester gehorchte und trat mit ihren lächerlichen hochhackigen Schuhen auf die Bremse. Die lackierten Zehen sahen aus wie Fritten mit Ketchup, und Junior überkam so großer Hunger, dass er am liebsten auf der Stelle in ihr Fleisch geschnitten hätte. Er riss sich zusammen, befahl der Frau, die Arme hinter den Fahrersitz zu legen, und fesselte ihre Hände mit einem weiteren Kabelbinder aus Alfonsos Vorrat.

Dann kramte er in dem Durcheinander aus Make-up-Artikeln und Lippenstiften im Handschuhfach herum, schob eine Schere mit neonfarbenem Griff und eine mit Haaren bedeckte Bürste zur Seite, bis er auf mehrere benutzte Papiertaschentücher stieß.

»Weit aufmachen«, sagte er und stach sie mit dem Skalpell, als sie seiner Bitte nicht sofort nachkam.

Ihr Mund klappte auf und entblößte einen Lattenzaun aus spitzen Zähnen. Er stopfte die Taschentücher hinein. Sie würgte und atmete durch die Nase. Als sie keuchend nieste, quoll eine Rotzblase aus einem ihrer Nasenlöcher.

Junior öffnete die Wagentür und stieg aus. Er trat die Flip-Flops von sich und spürte den rauen Schotter unter seinen weichen Fußsohlen. Dann sah er zum Haus hinüber. Niemand zu sehen. Er ging in die Hocke und robbte leopardengleich über das harte Gras, unter einem Stacheldrahtzaun hindurch und über die freie Fläche vor der Wäscheleine. Scharfe Kiesel bohrten sich in seine Ellbogen und in den Overall über seinen Knien.

Er verdrängte den Schmerz, den Blick starr auf die Wäsche gerichtet, die schlaff in der windstillen Luft hing. Sein Blick fiel auf ein blaues Hemd und eine kakifarbene Arbeitshose, die neben einem verwaschenen Kleid und einem geblümten Strampelanzug hingen.

Unmittelbar vor der Wäscheleine angekommen, hörte Junior das Heulen eines Motors. Er erstarrte, obwohl ihm gerade eine Fliege in die Nase kroch. Ein alter Pickup polterte zum Haus hinauf. Junior presste sich flach auf den Erdboden, als der Truck zum Stehen kam. Der Motor keuchte unregelmäßig im Leerlauf.

Eine Tür öffnete sich mit quietschenden Angeln. »May? May!«, rief eine Männerstimme.

Keine Antwort. Stiefel knirschten über den Schotter. Die Haustür flog auf, der Griff knallte gegen die Wand. Weitere unbeantwortete Rufe. Die Tür wurde wieder zugeschlagen, die Schritte näherten sich erneut dem Pickup. Fluchend legte der Mann den Gang ein und brauste aus der Einfahrt. Die Staubwolke, die der Lieferwagen aufwirbelte, legte sich auf Junior und ließ ihn blinzeln und husten.

Sobald das Motorengeräusch verschwunden war, richtete sich Junior auf, riss das Hemd und die Hose von den Wäscheklammern, öffnete den Reißverschluss seines Overalls und stopfte die Kleidungsstücke hinein. Als er das Auto der Krankenschwester wieder erreicht hatte, blutete er an Ellbogen und Knien.

Er befreite ihre Hände und zog die Taschentücher aus ihrem Mund. Sie hustete weinend.

»Was haben Sie mit mir vor?«

»Fahr los«, sagte er. Sie lenkte das kleine Auto tiefer in die große sandige Leere.

Sie fuhren an dem mit vertrockneter Haut überzogenen Skelett einer Kuh vorbei, das an einem Drahtzaun hing. Einige Meilen später passierten sie eine reifenlose Limousine mit Heckflossen, die verkehrt herum neben der Böschung lag. Der Motorenlärm des Kleinwagens schreckte eine Schar dunkler Vögel auf, die im zerfetzten Inneren des Wracks Zuflucht gesucht hatten. Der Kondensstreifen eines Flugzeugs erstreckte sich wie eine Kokainline über den indigofarbenen Himmel. Die Spur löste sich bereits in pelzige Wölkchen auf, als das entfernte Grummeln der Düsentriebwerke Junior erreichte.

Dann sah er das Haus. Eine Ruine in der Wüste. Die Dachbalken lagen offen, scheibenlose Fenster starrten ihn wie blinde Augen an. Das Gartentor war aus den Angeln gefallen. Zwei Reifenspuren, wie von einem Riesenfinger in den Staub gemalt, zogen sich von dort bis zur Eingangstür.

»Da rein«, sagte Junior.

Die Krankenschwester weigerte sich. Schluchzend hielt sie an, schüttelte den Kopf und klammerte sich ans Lenkrad, als wäre es ein Rettungsring.

»Kommt nicht infrage.«

Junior streckte den Arm aus und schnitt an der Stelle, an der sich die Rippen wellenförmig unter der Schwesternuniform abzeichneten, in den Stoff. Das Leinen öffnete sich wie ein Lippenpaar. Darunter kam ein Stück karamellfarbener Haut zum Vorschein, das sofort von einer Welle aus frischem, hellem Blut verdeckt wurde.

Die Frau schrie und hielt sich die Seite. »Sie haben mich geschnitten! O Gott.«

Sie plapperte etwas auf Spanisch vor sich hin. Junior hielt ihr die Skalpellspitze vors Auge. Eine falsche Wimper flatterte gegen die blutige Klinge wie eine Motte gegen eine Fensterscheibe.

»Fahr, oder ich schneid dir das Auge raus.«

Sie fuhr los. Rumpelnd näherte sich das Auto dem Haus. Er sah sich um. Die Straße war leer.

»Halt hinter dem Haus an«, sagte er.

Sie gehorchte und parkte vor den Überresten der Küche. Die Hintertür war schon vor langer Zeit zu Staub zerfallen.

Junior nahm die Schere aus dem Handschuhfach, steckte sie in die Tasche, stieg aus dem Wagen und lehnte sich gegen die Motorhaube. Das Metall unter seinen Händen war glühend heiß.

»Komm mit«, sagte er zu der Frau.

Sie starrte ihn durch die Windschutzscheibe hindurch an. Ihr Gesicht war von Tränen und Staub verschmiert. Sie schüttelte den Kopf, und er sah das Kind, das sie einmal gewesen war.

»Komm mit«, wiederholte er.

X-beinig stieg sie aus dem Wagen. Ihr Kleid war die stämmigen Oberschenkel hinaufgerutscht. Einen Augenblick lang schwankte sie auf ihren hohen Absätzen, und er hielt ihr die Hand hin. Sie ergriff sie so fügsam wie ein geprügelter Hund, und da wusste er, dass er sie in seiner Gewalt hatte.

Er legte einen Arm um ihre Schultern und stützte sich auf sie, als sie das Haus betraten. Die Küche stank nach Tierkot und Verwesung.

Junior ließ sich auf dem Linoleum nieder. Er kreuzte die Beine, wobei seine Füße eine Spur im Staub beschrieben. Dann hielt er der Krankenschwester die Schere mit dem Griff voraus hin.

»Du wirst mir jetzt die Haare und den Bart schneiden. Damit ich aussehe wie euer Jesus.«

Die Frau starrte die Schere einen Augenblick lang an. Er konnte ihre Gedanken so deutlich lesen, als stünden sie wie in einem Comicheft in einer Gedankenblase über ihrem Kopf geschrieben.

Seine Hand glitt unter ihren Rock. Die Spitze des Skalpells berührte die Stelle, an der ihr Höschen in das Fleisch ihrer Oberschenkel schnitt. Er spürte ihre Wärme an seinen Fingern.

»Mach schon«, sagte er. Sie kniete sich neben ihm hin und schnitt ihm unter wieherndem Seufzen das Haar. Mit der Masse an Locken, die zu Boden fielen, hätte man ein Kissen füllen können.

Als sein Haar locker seine Schultern berührte, nahm sie sich den Bart vor. Nach und nach löste sich der Pelz von ihm, und er spürte die kühle Luft an seiner Haut. Wenige Minuten später nickte sie und ließ die Schere fallen. Er fuhr mit der Hand über sein Gesicht. Seine Finger ertasteten weichen Flaum.

Junior stützte sich an ihrer Schulter ab, entwirrte die steifen Glieder und stand auf.

»Komm mit«, sagte er. »Ins Badezimmer.«

Sie durchquerten das baufällige Haus, umrundeten Löcher in den verrotteten Bodendielen. Schließlich erreichten sie einen Raum mit einem schwarzen Nachttopf darin. Daneben stand eine alte gusseiserne Badewanne auf Klauenfüßen, die mit einer rissigen Emailschicht überzogen war.

Junior setzte sich vorsichtig auf den wackligen Wannenrand.

»Zieh dich aus«, sagte er.

Sie starrte ihn an, biss sich auf die Lippen und schluchzte. »Bitte vergewaltigen Sie mich nicht.«

»Aber nicht doch«, sagte er.

Sie knöpfte das Kleid auf und zog es sich über den Kopf. Blut klebte an ihren Rippen. Sie trug einen weißen Spitzen-BH und ein rosafarbenes Höschen, das so dünn war, dass es fast von ihrem weichen Bauch verdeckt wurde.

»Alles«, sagte Junior und deutete mit dem Skalpell auf ihre Unterwäsche.

Sie griff hinter sich und öffnete den BH. Ihre schweren Brüste quollen heraus. Sie ließ den BH fallen, drehte sich um, stieg aus dem Höschen, legte die Arme um den Körper und sah ihn über ihre Schulter hinweg an.

»Steig in die Wanne«, sagte er.

»Bitte«, erwiderte sie jammernd.

»Hab keine Angst«, sagte er.

Sie hob ein Bein und stellte es in die Wanne. Als sie das Gleichgewicht wiedererlangt hatte, zog sie das andere Bein nach. Schließlich umklammerte sie den Rand der Wanne und ging in die Hocke, wobei sie die rostigen Armaturen anstarrte.

»Leg dich ausgestreckt hin«, sagte er. »Als ob du ein Bad nehmen würdest.«

»Aber die Wanne ist doch leer«, sagte sie.

»Egal.«

Ihr Hintern berührte das Email. Sie legte den Kopf auf den Wannenrand, streckte die Beine aus und bedeckte Brüste und Scham mit den Händen.

Junior nickte lächelnd. »Sehr gut«, sagte er, griff nach ihrem Höschen, knüllte es zusammen und stopfte es in das schwarze Loch des Abflusses.

Er stand auf und legte das Skalpell vorsichtig auf dem Rand der Badewanne ab. Das harte Licht, das durch das Fenster drang, fiel genau auf die Klinge. Dann öffnete er den Overall und zog ihn aus. Befreite sich aus den braunen Boxershorts, die faltig um seinen Bauch schlackerten.

Junior setzte seinen ausgemergelten Körper in die Wanne. Sein blauer, schlaffer Penis baumelte an ihm herab. Die runzlige Vorhaut strich über den nackten Oberschenkel der Frau.

Die Krankenschwester wandte sich ab und starrte auf eine Blase, die die Farbe an der Wand geworfen hatte.

»Sieh mich an.«

Sie ignorierte ihn.

»Bitte.«

Ihre großen feuchten Augen richteten sich auf ihn. Es war hell genug, um sein Zwillingsspiegelbild in ihren gesprenkelten Pupillen erkennen zu können. Er hob das Skalpell und ließ es von ihrer Kehle bis zu ihrer Scham hinuntergleiten. Er öffnete sie. Die glänzenden Organe quollen aus ihrem Leib.

Sie seufzte, zitterte und lag dann still da. Er entfaltete ihre Eingeweide, badete in ihrem Lebenssaft, der die Wanne füllte, und aalte sich in der Wärme ihrer Innereien, bevor er den Mund öffnete, um ihr Blut in sich aufzunehmen.

33

Gene saß am Steuer des Lincoln und fuhr aus der Stadt und in die Wüste. Der Kopf des Mannes im Anzug rollte wie eine Bowlingkugel im Kofferraum hin und her, als er den Wagen die Auffahrt in Richtung Interstate hinunter lenkte. Drum war auf dem Beifahrersitz zusammengesunken. Er blutete und atmete flach.

Vorhin im Haus hatte Gene Drum mit der Waffe bedroht. »Was hast du mit Timmy gemacht?«, hatte er gefragt, und seine Stimme war die eines Fremden gewesen.

»Nichts. Noch nicht. Wenn du mich heil nach Hause bringst, wird deinem Jungen oder Bobby und Sally Heck nichts geschehen.«

»Wenn du ihm auch nur ein Haar gekrümmt hast ...«

»Keine Angst, ihm ist nichts passiert. Darauf geb ich dir mein Wort.« Gene hatte in seine Schweinsäuglein gestarrt. »Ruf Mrs. Heck an, wenn du mir nicht glaubst.«

Ohne die Waffe von Drum wegzurichten, hatte Gene nach dem Handy gegriffen und die Schnellwahltaste gedrückt. Es hatte ein paarmal geklingelt, dann nahm Sally Heck ab. Gene bemühte sich, so ruhig wie möglich zu klingen, und fragte, ob Timmy sich ordentlich benahm.

»Oh, er ist ein richtiger Goldschatz«, sagte die Frau.

Gene hatte die Waffe sinken lassen und dem Riesen gestattet aufzustehen. Er wechselte noch ein paar Worte mit Sally, dann legte er auf.

Drum tigerte durch den Raum, stieg über die Leichen und hielt sich die verwundete Schulter. Zwischen seinen Fingern quoll es rot hervor. Er zog ein Taschentuch heraus und stopfte es unter das Hemd, um die Blutung zu stillen.

»Wir müssen die Bude abfackeln«, hatte Drum gesagt.

Gene nickte.

Drum stieß mit der Fußspitze gegen die Glock, die neben dem Toten lag. »Ist die auf deinen Namen gemeldet?«

»Ja.«

Der Riese schüttelte den Kopf. »Meine Güte, Junge, hast du nur Scheiße im Hirn? Ist das deine erste Schießerei? Wie wär's, wenn du die Kugeln und die Patronenhülsen einsammelst?«

Gene suchte die beiden Hülsen und steckte sie ein. Eine der Kugeln, die Drum in den Mann im Anzug gefeuert hatte, war aus dem Hinterkopf ausgetreten und steckte inmitten eines pointillistischen Gemäldes aus Blut und Hirnmasse in der Gipswand. Gene öffnete das kleine Taschenmesser an seinem Schlüsselbund, pulte die Kugel heraus und steckte sie zu den Patronenhülsen in die Tasche. Das andere Projektil war nirgendwo zu finden.

Also untersuchte Gene den Kopf des Toten. Er hatte genug Schusswunden gesehen, um zu wissen, dass Kugeln im menschlichen Schädel die seltsamsten Dinge anstellen konnten: Sie prallten von Knochen ab, hüpften wie Kunstradfahrer durch die Hirnschale und bohrten sich nicht selten in die Hirnlappen.

»Wir müssen seinen Kopf mitnehmen«, sagte Drum.

Gene sah zu ihm auf. »Was?«

»Nimm seinen Kopf mit. Wir dürfen nicht darauf vertrauen, dass das Feuer die ballistischen Beweise vernichten wird, und für eine Obduktion haben wir keine Zeit. Außerdem werden sofort die Kartelle in Verdacht geraten, wenn man hier eine geköpfte Leiche findet.«

Eine Logik, die Gene durchaus nachvollziehen konnte. Doch er bezweifelte, dass er die Nerven für so etwas hatte.

»Was ist los? Schwacher Magen?«, fragte der Sheriff, als hätte er seine Gedanken gelesen. »Mich hat's erwischt. Ich kann dir nicht helfen.«

Gene hob die Holzsäge vom Boden auf, an der immer noch Drums Blut klebte. Er trug sie zum Mann mit dem Anzug hinüber und legte sie neben die Leiche.

»Dreh ihn um«, sagte Drum, als hätte er Erfahrung in solchen Dingen.

Gene rollte den Mann auf den Bauch und hob die Säge. Er setzte sie am Kopfansatz an, wo zwei Rückenwirbel eine natürliche Einkerbung bildeten, schloss die Augen und spürte einen sauren Geschmack im Mund. Dann öffnete er sie wieder und begann zu sägen.

Das Sägeblatt war scharf – eine Minute später steckte es tief in Fleisch und Sehnen, wobei erstaunlich wenig Blut austrat. Als die Säge an einem Knochenstück stecken blieb, stieg Galle in Genes Kehle auf. Der Kopf stand in einem unnatürlichen Winkel ab, in der klaffenden Wunde am Hals waren Fett, Muskeln und Knorpel zu erkennen. Nur unter Aufbietung all seiner Willenskraft – der Gedanke an Timmy war wie ein energiespendendes Mantra – gelang es Gene weiter zu sägen.

Endlich stieß er auf Holz. Der Kopf des Mannes löste sich vom Torso und polterte auf die Dielen.

Gene stand auf, kämpfte einen Augenblick gegen die Übelkeit an, dann verließ er den Raum und ging in die Küche, die bis auf ein paar leere Bierflaschen auf der Arbeitsfläche blitzsauber war. Er trat auf den Öffner einer Mülltonne neben der Tür, nahm die Plastiktüte heraus, ging wieder zur Leiche zurück, warf den Kopf in den Sack und knotete ihn zu.

Die Tüte stellte er neben der Tür ab, die in die Garage mit dem Mercedes-SUV führte. Der Wagen war nicht abgeschlossen. Gene öffnete den Tankdeckel und schraubte den Stutzen auf.

Neben einer Werkbank hing ein Gartenschlauch an der Wand, daneben waren eine Reihe Werkzeuge der Größe nach aufgehängt. Eine Säge fehlte. Mit einer kleinen Metallsäge schnitt Gene ein etwa eineinhalb Meter großes Stück Schlauch ab, nahm einen leeren Farbeimer unter der Bank hervor und trug beides zum Mercedes hinüber. Er steckte den Schlauch in den Tank, sog an einem Ende, um Unterdruck zu erzeugen, und hängte das Schlauchende in den Eimer, der sich plätschernd füllte. Der Benzingeschmack ließ ihn husten. Dann trug er den Eimer ins Haus zurück, wobei er eine Benzinspur hinter sich herzog.

Drum war schweißbedeckt und aschfahl in einem Stuhl zusammengesunken und hielt sich die Schulter.

Gene goss Benzin über die Leichen, tränkte die Vorhänge und legte eine weitere Spur bis zur Tür, vor der die schwarze Mülltüte stand. Drum folgte ihm. Sie hielten inne und lauschten, hörten jedoch nichts außer dem Rattern eines Hubschraubers und dem weit entfernten Rauschen des Freeway.

Gene öffnete die Tür. Drum reichte ihm eine Streichholzschachtel. Gene ging in die Knie und zündete ein

Streichholz an. Das Benzin entzündete sich, und die violette Flamme raste auf das Haus zu.

Gene und Drum gingen zum Town Car. Die grelle Nachmittagssonne spiegelte sich in den Chromteilen wider. Gene öffnete den Kofferraum, verstaute den Kopf und fuhr in dem Augenblick los, in dem der Mercedes in der Garage explodierte. Er musste sich dazu zwingen, die Geschwindigkeitsbegrenzung einzuhalten und nicht Vollgas zu geben.

Jetzt hatten sie die Stadt hinter sich gelassen und waren auf dem Nachhauseweg. Der Asphalt, der sich schnurgerade vor ihnen durch das flache Land zog, flirrte in der Hitze.

Drum, der immer noch das Tuch auf die Wunde presste, setzte sich auf, als sich die Sonne in den Blechdächern der nächsten Ortschaft spiegelte. »Wir sollten den Kopf loswerden, bevor wir in das Kaff da kommen. Und dann musst du mir ein paar Sachen besorgen.«

Gene sah in den Rückspiegel. Die Straße war völlig verlassen. Er setzte den Blinker und hielt am Straßenrand an, stieg aus, streckte sich und holte den Kopf aus dem Kofferraum. Der Müllsack war an mehreren Stellen eingerissen. Schon hatten die ersten Fliegen die rosafarbene Haut darunter entdeckt.

Ein Lkw rollte vorbei. Gene lehnte sich gegen den Wagen und wartete, bis der Sattelschlepper in der Ferne verschwunden war. Mühelos stieg er über einen Stacheldrahtzaun am Straßenrand, der an verrottenden Holzpfosten befestigt war. Gene warf den Kopf in ein ausgetrocknetes Bachbett und legte ein paar Steine darauf, bis das Plastik nicht mehr zu sehen war. Dann schleuderte er die Patronenhülsen und die Kugel weit von sich und ging zum Auto zurück. Als er die Wagentür öffnete, schlug ihm Drums Gestank entgegen.

»Fahr in die Stadt«, sagte Drum. »Zum nächsten Drugstore.«

»Du brauchst einen Arzt.«

»Ich kenn da einen Quacksalber, der wird sich um mich kümmern, wenn ich wieder zu Hause bin. Bis dahin musst du mich eben notdürftig zusammenflicken.«

Der Drugstore befand sich an der traurigen Hauptstraße. Die meisten anderen Gebäude waren verbarrikadiert. Gene stellte den Lincoln in einem Block Entfernung ab und ging zur Apotheke hinüber. Als er eintrat, klimperte eine Türklingel. Der alte Mann hinter der Theke sah von seiner Zeitung auf und starrte ihn an.

»Sir?«

Drum hatte ihm erstaunlich detaillierte Anweisungen gegeben: Latexhandschuhe, eine Flasche Wasserstoffperoxid, eine Schere, Mullbinden, Verbandszeug und Klebeband.

Gene trug seine Bestellung vor. Der Alte nickte und schlurfte davon. Seine Pantoffeln waren an der Spitze abgeschnitten. Die Ballenzehen, die daraus hervorlugten, hatten die Größe von Kochäpfeln. Der Apotheker kramte in den staubigen Regalen und kehrte mit gefüllten Händen zurück.

»Ist jemand verletzt?«

»Mein Hund«, sagte Gene. »Ist in den Stacheldraht geraten.«

»Das kommt vor.«

Der alte Mann rechnete alles auf einem braunen Zettel zusammen und nannte Gene die Gesamtsumme. Gene bezahlte und ging zum Auto zurück. Wieder lag die Straße einsam und verlassen da.

Gene ließ den Motor an. »Und jetzt?«

»Auf der anderen Seite von dem Kaff hier ist ein Motel«, sagte Drum. »Ich hatte mal was mit 'ner netten Lady aus der Gegend.« Der Riese kicherte keuchend, woraufhin er einen Hustenanfall bekam.

Das Motel bestand aus einer Ansammlung von Bungalows um einen sonnenverbrannten Innenhof.

»Ich brauch Schnaps«, sagte Drum.

Gene ließ ihn im Auto sitzen und betrat die Rezeption. Ein vergilbtes, handgeschriebenes Schild mit der Aufschrift ZIMMER FREI klebte im Fenster.

Ein Mann unbestimmten Alters mit gelblicher Haut starrte in einen alten Schwarz-Weiß-Fernseher. Das unscharfe Bild flackerte so stark, dass es einen epileptischen Anfall hätte auslösen können. Der Mann sah zu Gene auf.

»Ich brauche für ein paar Stunden ein Zimmer«, sagte Gene.

»Ein paar Stunden kosten dasselbe wie die ganze Nacht. Dreißig Dollar.« Der Mann schob Gene ein zerfleddertes Gästebuch hin. »Sie müssen sich ausweisen.«

Gene legte einen Fünfziger auf das Buch. »Lassen wir die Formalitäten, okay?«

Der Mann zuckte mit den Schultern und ließ den Fünfziger verschwinden. Er reichte Gene einen Schlüssel, an dem mit braunem Gummiband ein fleckiger verknitterter Pappanhänger befestigt war.

»Nummer siebzehn«, sagte er.

»Haben Sie zufällig eine Flasche Whiskey da?«

»Ich hätte ein Fünftel Jack hier.«

»Das würde reichen.«

»Das macht dann noch mal dreißig.«

Gene bezahlte, nahm die Flasche und ging zum Auto zurück. Er gab Drum den Bourbon und fuhr zu dem Bungalow hinüber, dessen Fenster vom Highway abgewandt und auf eine Reihe schmutzig aussehender Hügel gerichtet waren.

Gene sperrte auf. Drum wuchtete sich aus dem Auto, taumelte über die Veranda und direkt ins Badezimmer.

»Kleiner, ich werd deine Hilfe brauchen.«

Gene wollte schon protestieren, doch dann dachte er an Timmy und folgte dem großen Mann in das enge, nach Schimmel stinkende Bad.

»Schneid mein Hemd auf«, sagte Drum und setzte sich auf den Rand der schmutzigen Badewanne.

Gene streifte ein Paar Latexhandschuhe über und machte sich an die Arbeit. Die Wunde in Drums Schulter blutete immer noch, doch der stetige Strom hatte sich in ein Rinnsal verwandelt. Drum öffnete den Whiskey, trank direkt aus der Flasche und murmelte weitere Anweisungen am Flaschenhals vorbei.

Der Sheriff wieherte wie ein kastriertes Pferd und kippte sich die Hälfte des Whiskeys auf einmal hinter die Binde, als Gene die Wunde mit Wasserstoffperoxid säuberte. Schnaps tropfte von Drums Kinn. Gene drückte die Mullbinde fest und fixierte sie mit dem Verband. Dann knotete er eine Schlinge für den linken Arm des Sheriffs. Nach getaner Arbeit wischte er das Blut weg und warf den Müll in eine Plastiktüte, die er ins andere Zimmer hinübertrug, wo Drum bereits auf dem Bett lag und am letzten Rest Whiskey nuckelte.

»Und jetzt?«, fragte Gene.

Drum schnappte sich die Fernbedienung und schaltete den Fernseher ein. »Ich muss mich ein bisschen ausruhen«, sagte er mit von Schmerz und Alkohol etwas undeutlicher Stimme. »Bei Sonnenuntergang fahren wir weiter.« Er schaltete durch die Programme, bis er den Pornokanal gefunden hatte, und seufzte. »Ich weiß nicht, wieso, aber nackige Mädels haben irgendwie eine beruhigende Wirkung auf mich.«

Gene setzte sich auf den einsamen Stuhl neben dem Fenster und blendete das Stöhnen und Grunzen aus dem Fernseher aus. Er rief Sally Heck an, um sich nach Timmy zu erkundigen. Ihr gutmütiges Geplapper beschwichtigte ihn ein wenig. Er steckte das Handy weg, starrte durch die Gardinen auf die weit entfernten Hügel und wartete auf die Dämmerung.

34

Tante Sally führte Timmy an der halb geöffneten Tür zum Zimmer des toten Babys vorbei. Er konnte gerade so einen Blick auf das Kind in der Wiege erhaschen. Die nackten Beinchen strampelten in der Luft. Es wedelte mit den Händen. Außerdem schrie es wie am Spieß.

Timmy blieb wie angewurzelt stehen und kniff die Augen zusammen. »Was ist?«, fragte Tante Sally.

»Nichts«, sagte er und ließ sich in die Küche ziehen. Jetzt würden sie was *richtig Tolles* machen, behauptete sie. Timmy spielte tapfer mit und setzte sich schnell mit dem Rücken zum Flur auf einen Stuhl. Er versuchte, die kalten Finger auf seiner Wirbelsäule nicht zu beachten und die Horrorshow zu verdrängen, indem er sich auf Tante Sally konzentrierte, die beim Keksebacken unaufhörlich vor sich hin quasselte.

Sie war natürlich nicht seine richtige Tante. Genau wie Onkel Bobby nicht sein richtiger Onkel war, sondern nur ein Mann, der für seinen Vater arbeitete. Doch immer, wenn Timmy sie traf, im Sheriffbüro zum Beispiel oder auf dem Volksfest (obwohl sein Daddy nicht gern aus dem Haus ging), waren sie sehr freundlich zu ihm. Tante Sally redete etwas zu laut und sagte ihm ständig, wie groß er geworden war und wie ähnlich er seinem Daddy sah.

Außerdem fasste sie ihn immer an, küsste ihn aufs Gesicht und drückte ihn. Unter dem Lavendelduft, von dem er niesen musste, roch sie nach altem Schweiß.

Er hatte gar nicht herkommen wollen – er war zum ersten Mal in diesem Haus –, aber sein Daddy musste etwas in der Stadt erledigen.

»Warum kann ich nicht bei Skye bleiben?«, hatte er gefragt.

»Skye ist beschäftigt.«

»Mit was?«

Da hatte sein Vater ernst geguckt und war ganz still geworden, und Timmy hatte lieber keine Fragen mehr gestellt. Daddy hatte ihn hier abgesetzt. Onkel Bobby war in Uniform auf der Veranda gestanden, hatte seine Hand geschüttelt und ihn dann zu Tante Sally ins Haus gebracht. Sie war in die Hocke gegangen und hatte ihm feuchte Küsse gegeben wie ein alter sabbernder Hund.

Onkel Bobby war im Streifenwagen davongefahren. Jetzt war er mit Tante Sally allein. Sie stellte ein großes Glas Limonade vor Timmy hin. Er war furchtbar durstig, aber er traute sich nicht, mehr als einen kleinen Schluck zu nehmen. Sonst musste er pinkeln, und die Toilette war auf demselben Flur wie das Zimmer mit dem toten Baby.

Lieber nicht.

Tante Sally gab ihm Kekse – sie waren trocken und bitter und blieben ihm im Hals stecken, sodass er sie mit Limonade runterspülen musste, obwohl er das gar nicht wollte.

Dann setzten sie sich an den Küchentisch, und Tante Sally plapperte drauflos. Timmy tat so, als hätte er eine

Fernsteuerung, mit der er sie stumm schalten konnte, sodass sich nur noch ihre Lippen bewegten. Er sah über ihren Kopf hinweg auf die weiße Uhr mit den schwarzen Zeigern, die sich so langsam bewegten, als würden sie in Sirup stecken. Trotzdem verging Stunde um Stunde.

Leider funktionierte die Fernbedienung nicht bei seiner Blase. Er spürte, wie sie anschwoll und gegen seine Jeans drückte. Er musste pinkeln.

Bald.

Das machte ihm richtig Angst. Da draußen wartete die Horrorshow auf ihn.

»Timmy? Alles in Ordnung?«, fragte Tante Sally und starrte ihn an.

»Ja. Ich muss mal wohin«, sagte er. Jetzt war es wirklich dringend. Ein paar Tropfen waren schon in seiner Unterhose gelandet.

»Geh einfach an Lauras Zimmer vorbei. Dahinter ist das Bad«, sagte Tante Sally, steckte sich einen Keks in den Mund und kaute darauf herum. Sie redete, als ob das Baby noch am Leben wäre.

Das war natürlich nicht der Fall, wie Timmy genau wusste. Erst vor Kurzem hatten sein Daddy und Skye darüber geredet, dass Onkel Bobby und Tante Sally nur ein Baby gehabt hatten, das vor zehn Jahren an etwas gestorben war, das plötzlicher Kindstod hieß. Danach hatte Tante Sally keine Kinder mehr bekommen können, sosehr sie es auch versucht hatten.

»Das hat sie fertiggemacht«, hatte sein Daddy gesagt. »Richtig fertig.«

Timmy glitt vom Stuhl und stand eine Ewigkeit lang im Flur. Die Sonne war fast untergegangen, und es war ziemlich düster, weil das Licht nicht eingeschaltet war. Seine Blase drückte so sehr, dass er in Richtung Badezimmer ging, wobei er versuchte, nicht in den Türspalt zu blicken. Trotzdem sah er eine Holzwiege und ein paar rosafarbene Spielsachen und Plüschtiere, die von der Decke hingen.

Als er näher kam, hörte er wieder das Weinen. Jetzt ging die Horrorshow los. Er konnte nicht dagegen ankämpfen, wie magnetisch zog es ihn zur Tür. Timmy drückte sie auf und betrat den Raum.

Die kleine Laura lag in der Wiege und heulte. Ihr Köpfchen war feuerrot, sie plärrte wie verrückt, holte tief Luft und schrie noch lauter. Ihre Augen waren zusammengekniffen. Tränen der Wut liefen über ihr zerknautschtes Babygesicht. Sie schüttelte die winzigen Fäuste.

Tante Sally kam herein. Eine jüngere Tante Sally ohne graue Haare.

»Pssst«, sagte sie, doch das Baby schrie weiter.

Tante Sally hob Laura aus der Wiege, hielt sie in den Armen und tätschelte ihren Rücken. Die kleinen Füße traten um sich, die Fäuste schlugen durch die Luft, und aus dem offenen Mund kamen immer lautere Schreie.

»Sei ruhig!«, sagte Tante Sally, hielt das Baby auf Armeslänge von sich und schüttelte es. »Um Himmels willen, sei ruhig!«

Es half nichts – im Gegenteil, Laura schrie noch lauter. Jetzt weinte auch Tante Sally, aber so leise, dass ihr Schluchzen gar nicht zu hören war.

Tante Sally legte Laura in die Wiege zurück. Das Baby trat und schlug und kreischte. Tante Sally ließ sich gegen die Wand sinken und fuhr mit der Hand durch die von ihrem Kopf abstehende schwarze Mähne.

»Herr im Himmel, jetzt gib doch endlich Ruhe«, sagte Tante Sally und wischte sich die Tränen aus dem Gesicht.

Das schien die Kleine verstanden zu haben. Laura holte ein paarmal tief Luft und hustete.

»Gott sei Dank«, seufzte Tante Sally.

Doch dann, als hätte man einen Schalter umgelegt, ging es wieder los. Noch lauter. Noch quengeliger. Noch fordernder.

Da nahm Tante Sally ein rosa Kissen aus der Wiege und drückte es auf den Kopf des Babys. Die kleinen Fäuste schlugen, die Beinchen traten um sich, doch es herrschte Stille. Und nach einer Weile bewegte sich das Baby überhaupt nicht mehr.

Tante Sally hob das Kissen und starrte Laura an. Sie legte einen Finger auf ihren Hals. Dann hob sie sie hoch und schüttelte sie, doch sie lag leblos wie eine Puppe in ihren Armen.

Jetzt fing Tante Sally an zu heulen.

Die sich ausbreitende warme Nässe holte Timmy wieder in das leere Kinderzimmer zurück. Er hatte sich in die Hose gemacht. Das Pipi lief seine Hosenbeine hinunter und in seine Turnschuhe. Es war zu spät. Er konnte nur zitternd und ängstlich dastehen, während sich seine Blase auf den Teppich entleerte.

Als er fertig war, entdeckte er ein staubiges Handtuch, das über einem Stuhl hing. Er wischte die Pfütze damit auf, faltete es zusammen, schob es unter die Wiege, ging wieder in den dunklen Flur und schlich sich in die Küche.

Tante Sally saß mit dem Rücken zu ihm am Tisch und sah fern. Oprah sagte erst etwas zu einer sehr dicken und dann zu einer sehr dünnen Frau. Timmy schlüpfte an ihr vorbei ins Wohnzimmer, öffnete vorsichtig die Haustür und trat in die Nacht. Als er die Straße erreichte, rannte er los.

Auf die Neonschilder von Earl's Diner zu, die über die Dächer hinweg blinkten.

Zu Skye.

35

Die weiße Linie erstreckte sich schnurgerade im Licht der Scheinwerfer des Lincoln und lotste Gene immer näher zum schwachen Schimmer am Horizont. Zu Timmy.

Drum schlief auf der Rückbank, auf die er seinen massigen Körper wie ein Schlangenmensch gezwängt hatte. Er atmete rasselnd, aber regelmäßig. Der Gestank nach geronnenem Blut, Schnaps und Schweiß stieg in Schwaden von ihm auf.

Genes Handy klingelte in seiner Tasche. Er holte es heraus. Bobby Hecks Name erschien auf dem Display.

»Ja?«, fragte er.

»Gene, dein Junge ...«

Gene setzte sich auf. Eine kalte Hand griff nach seinen Eingeweiden. »Was ist passiert?«

»Er ist weg.«

»Wie, weg?«

»In einem Augenblick war er noch bei Sally, im nächsten einfach verschwunden. Es tut ihr wirklich leid, Gene.«

»Bobby, du musst eine Großfahndung ausrufen.«

»Schon geschehen.«

»Ich bin gleich da. Ruf mich an, wenn du was Neues hörst.«

Gene legte auf und trat auf die Bremse. Quietschend fraßen sich die Reifen in den Asphalt, das Auto schlingerte und brach aus. Drum wurde gegen die Vordersitze geschleudert und fluchte. Der Lincoln kam quer auf der Straße zum Stehen. Noch bevor der Wagen zu schaukeln aufgehört hatte, zog Gene seine Waffe, steckte sie durch die Sitze hindurch und drückte sie gegen Drums Stirn.

»Wo ist er?«, fragte Gene.

»Wer?«

»Mein Junge.«

»Scheiße, woher soll ich das wissen?«

Genes Finger fuhr zum Abzug. »Drum, wenn du mir nicht sofort sagst, was deine Leute mit meinem Sohn gemacht haben, werd ich dich erschießen.«

»Verflucht, Martindale. Ich hab überhaupt keine Leute.«

»Was?«

»Gottverdammt, hast du noch nie Poker gespielt? Ich hab geblufft, Scheiße noch mal. Um meinen Arsch zu retten.«

»Du hast gewusst, dass er bei Bobby ist.«

»Weil du mit Heck telefoniert hast. Da braucht man kein Genie sein, um das rauszufinden.«

»Du lügst«, sagte Gene und presste den Lauf der Waffe brutal gegen Drums Schädel. Mit der freien Hand packte er die verwundete Schulter und drückte zu.

Drum verbiss sich den Schmerz und funkelte ihn über den Lauf hinweg an. Ein frischer Schweißfilm hatte sich auf seiner Stirn gebildet. »Dann schieß doch, Martindale. Wenn du den Mumm dazu hast.«

Gene ließ ihn los, drehte sich um und sah wieder Skyes Augen vor sich, als sie seinen Jungen vom Gehweg vor der Schule gehoben hatte.

Er wendete das Auto und jagte in Richtung Stadt davon. Hoffentlich kam er noch rechtzeitig.

Das Diner war verlassen. In der Küche hörte Earl Willie dabei zu, wie dieser sein gebrochenes Herz beklagte. Minty saß an einem Tisch und feilte sich die Nägel. Skye tigerte rastlos umher. Sie konnte nicht stillsitzen. Wo blieb Gene mit dem Geld? Dann konnte sie ins Exil verschwinden und alles hinter sich lassen, was sie liebte.

Ihre Verzweiflung war so tief, dass sich ein Seufzen ihrer Kehle entrang. Minty sah von der Nagelfeile auf. Skye tat so, als müsste sie husten.

»Alles klar, Schätzchen?«, fragte sie.

»Alles prima.«

Minty starrte sie an.

»Was?«, fragte Skye.

»Mädel, du wirst von Tag zu Tag reifer, Gott ist mein Zeuge.«

Skye machte eine wegwerfende Handbewegung, betrachtete sich aber dennoch in der Fensterscheibe: Ihre Brüste wirkten voller, die Nippel unter dem T-Shirt waren hart wie Fingerhüte. Ihr Bauch war irgendwie runder, ihre Hüften breiter. Die Jeans, die ihr immer locker am Körper gehangen hatte, saß durch diese neuen Kurven plötzlich ziemlich eng.

»Du brauchst noch was hiervon, dann gehst du ab wie ein Zäpfchen«, sagte Minty, schraubte einen Lippenstift auf und hielt ihn Skye hin. Mit der anderen Hand fischte sie ihren kleinen Make-up-Spiegel aus der Schürze. »Na komm, schwing deinen süßen Hintern hierher und spitz die Lippen.«

Skye schüttelte den Kopf.

»Bitte. Tu's für mich, Schätzchen. Für die arme, verbrauchte, zurückgewiesene Minty.«

Mintys Lachen war ansteckend. Achselzuckend setzte sich Skye ihr gegenüber und nahm den Lippenstift und den Spiegel entgegen. Der wachsartige Zylinder aus Fett und Öl fühlte sich warm und fleischig auf ihrem Mund an. Beim Anblick ihrer blutroten Lippen regte sich etwas tief in ihr. Skye klappte den Spiegel zu.

Die Türklingel klimperte. Skye drehte sich um. Timmy stürmte mit rotem Gesicht herein und rannte verstört auf sie zu. Sie stand auf und umarmte ihn.

»Timmy, was ist los?«

Der Junge sagte nichts, vergrub nur sein Gesicht in ihrem Bauch und drückte sie fest. Sanft löste sich Skye aus seinem Griff und ging in die Hocke. Der Ammoniakgestank von Urin stieg ihr in die Nase.

»Was ist passiert, Timmy? Wo ist dein Daddy?«

»In der Stadt.«

»War Maria bei dir?«

Timmy schüttelte den Kopf. »Nein. Ich war bei Tante Sally.«

»Weiß sie, dass du hier bist?«

Timmy schüttelte den Kopf.

»Warum bist du weggelaufen?«

Als Timmy wieder den Kopf schüttelte, nahm ihn Skye bei der Hand und führte ihn auf die Toilette. Achselzuckend sah sie sich nach Minty um, die die beiden beobachtete, die gezupften Augenbrauen fragend erhoben.

In der Damentoilette befeuchtete Skye ein Handtuch im Waschbecken und führte Timmy in eine Kabine. Sie zog ihm die durchnässte Jeans und die Unterhose aus und säuberte ihn mit dem Handtuch.

»Warte hier, okay?«, sagte sie. Er nickte.

Sie ging in die Personalumkleide, nahm eine der karierten Kochhosen, die Earl jede Woche zur Reinigung brachte, vom Stapel und kehrte auf die Toilette zurück.

Sie hielt die Hose auf, und Timmy stieg hinein. Obwohl Earl ziemlich schmächtig war, war die Hose Timmy viel zu groß. Skye zog an der Kordel, bis der Gummizug seine Hüfte berührte. Dann schlug sie die Beine so weit um, bis sie auf seinen Turnschuhen auflagen. Sie zog Timmys T-Shirt hinunter und nickte.

»Hey«, sagte sie. »Anscheinend hat Earl einen neuen Koch.«

Der Junge lächelte, woraufhin Skye ihn umarmte. Die weiche Haut auf seinem Hals streifte ihr Gesicht, der würzige, warme Duft seines Blutes stieg ihr in die Nase. In diesem Moment überwältigte sie der Andere. Sie umklammerte Timmy mit aller Kraft und riss den Mund auf. Ihre Zähne näherten sich seinem Fleisch, ihr Körper veränderte sich, Kraft und Gier überrollten sie.

36

Drum hatte den Kopf gegen die Hintertür des Lincoln gelegt und die Beine bis zum Kinn angezogen, sodass seine Knie das Wagendach berührten. Alkohol, Oxycontin und Adrenalin strömten durch seine Venen, und die magische Wirkung des Opiats ließ die Schmerzen in seiner Schulter zu einem dumpfen Pochen abebben. Martindale hatte ihm vorhin mehrere Minuten lang Höllenqualen bereitet, und sein fester Griff hatte die Wunde wieder geöffnet. Blut sickerte unter dem Verband hervor und bildete eine Pfütze auf seinem Schmerbauch.

Als das blöde Arschloch die Glock endlich weggesteckt hatte und mit Volldampf in die Nacht gebraust war, hätte Drum ihm am liebsten in den Hinterkopf geschossen und zugesehen, wie sich sein Gehirn wie ein überfahrenes Tier auf der Windschutzscheibe verteilte. Um ein Haar hätte er es wirklich getan, ungeachtet der Tatsache, dass er sich dann in einem führerlosen Wrack befunden hätte – mental hatte er sich schon darauf vorbereitet, wie ein Stuntman aus dem Wagen zu springen –, als ihn eine erneute Schmerzwelle wieder zur Vernunft kommen ließ.

Sein Bündnis mit Tincup war beendet. Die Fehleinschätzung des Priesters hätte ihn fast den Kopf gekostet. Jetzt brauchte er eine neue Strategie, um seine Macht zu festigen, und diese Strategie lautete Skye Martindale – beziehungsweise wer oder was auch immer sie war.

Drum erinnerte sich an eine verlauste Hippieschlampe, die er vor Jahren wegen einer Unze Hasch in ihrem Rucksack hochgenommen hatte. Sie war vom seltsamen Stamm jener langhaarigen Kreaturen gewesen, die damals durchs Land gezogen waren, um die verschneiten Vorstädte gegen das sengend heiße Grenzland einzutauschen, wo Rauschgift und freie Liebe im Überfluss lockten.

Am Ende hatten sie zusammen das Hasch geraucht, bevor er ihren dünnen Arsch in seinem großen alten Bett gevögelt hatte. Sie war einen Monat bei ihm geblieben, bevor sie sich, von Fernweh getrieben, wieder aus dem Staub gemacht hatte.

Obwohl Drum kein großer Leser war, liebte er gute Geschichten. Und die kleine Schlampe war im Geschichtenerzählen fast so gut wie auf der Matratze. Sie hatten nackt auf seinem Bett gelegen, und während ihr salziger Schweiß trocknete und sich das Sonnenlicht, das durch das Fenster schien, im Haschrauch brach, erzählte sie ihm von ihrer Reise auf dem sogenannten Pfad zur linken Hand. Sie glaubte, dass man durch eine okkulte Mischung aus Drogen, Sex und Magie – den »Klammerblues mit dem Teufel«, so hatte sie es genannt – die Pforte zu einer Macht aufstoßen konnte, die jede Vorstellungskraft sprengte.

Sie hatte eselsohrige Bücher aus ihrem Rucksack gezogen, die aussahen, als wären sie auf gebrauchtem Klopapier gedruckt. Auf den Abbildungen darin waren dürre Hindus zu sehen gewesen, die ihre Körper wie Brezeln verbogen und ihre Augen in den Schädel gerollt hatten; Medizinmänner aus dem Dschungel mit Topfschnitt und blutigen, selbst zugefügten Wunden. Sie behauptete, dass die Typen Menschenfleisch aßen, um in Ekstase zu geraten. Angeblich gab es auch jenseits der Grenze Leute, die diesen Praktiken nachgingen. Die den Weg zur grenzenlosen Macht kannten.

Drum hatte in seinem Leben schon so einiges ausprobiert – unter anderem einen flotten Dreier mit zwei Hermaphroditen, den Verzehr von Klapperschlangen, Schafshirnen und in Meskal gekochten Ziegenhoden und jede der Menschheit bekannte Droge, vom Gras bis hin zu selbst gepanschtem Heroin. Für das Fleisch seiner Mitmenschen hatte er sich allerdings nie besonders interessiert. Er verspürte einfach nicht das Bedürfnis danach, obwohl er diejenigen, die diese Neigung hatten, gut verstehen konnte. Wie die kleine Martindale zum Beispiel, die sich in der Wüste ein kleines All-you-can-eat-Buffet genehmigt hatte.

Es war das letzte Tabu, hatte die Hippieschlampe gesagt. Es zu brechen bedeutete, die Grenze zur totalen Freiheit zu überschreiten.

Die Lichter des Städtchens kamen näher. Wenn Drum das Ding, in das sich die kleine Martindale verwandelte, irgendwie zähmen konnte, wäre seine Macht grenzenlos, und seine Schreckensherrschaft würde sich über das gesamte Grenzland ausdehnen.

Gleichzeitig war er sich der Gefahr wohl bewusst. Die irre Schlampe war von etwas ganz und gar Unnatürlichem besessen. Der Schlüssel, um sie gefügig zu machen, lag in dem dürren Chief Deputy und seinem kleinen Sprössling.

Sein Revolver blieb also im Holster, und Drum ertrug alle Unannehmlichkeiten. Die kleinste Erschütterung jagte Schmerzwellen durch seine eiternde Wunde. Doch er hielt selbst dann noch die Klappe, als die grelle Neonbeleuchtung des Diners durch die Windschutzscheibe fiel und Gene Martindale vor der Tankstelle anhielt.

Der Lincoln war kaum zum Stehen gekommen, als sich Gene auch schon zu Drum umdrehte. »Wenn du den Wagen verlässt, erschieße ich dich.«

Ohne eine Antwort abzuwarten, stieg er aus und stürmte in das leere Diner. Nein, es war nicht ganz leer – Timmys wuscheliges Haar ragte über einer der hinteren Sitzbänke auf. Gene ging auf ihn zu. Skye saß dem Jungen gegenüber und hatte die Hände auf den Resopaltisch gelegt.

Timmy verdrückte gerade einen Eisbecher. Sein Gesicht war an denjenigen Stellen verschmiert, wo der Löffel sein Ziel verfehlt hatte.

»Timmy«, sagte Gene.

Der Junge, der sich gerade einen weiteren Löffel voller Eiscreme in den Mund schaufeln wollte, hielt inne und sah zu seinem Vater auf.

»Timmy, du hörst mir jetzt ganz genau zu, okay?«

»Jawohl, Sir«, sagte der Junge.

»Leg den Löffel weg.«

»Aber ich bin doch noch gar nicht fertig.«

»Leg ihn weg, Timmy.«

Timmy legte den Löffel auf den Unterteller. Metall klirrte gegen Porzellan.

»Jetzt steh auf und warte an der Tür auf mich. Geh nicht nach draußen, bleib einfach beim Eingang stehen.«

Der Junge sah Skye an. Sie nickte ihm zu, und er kletterte aus der Nische. Gene bemerkte die karierte Hose, die er beim Gehen mit einer Hand festhalten musste.

Gene glitt auf die Sitzbank. »Hab ich dir nicht gesagt, dass du ihn in Frieden lassen sollst?«

»Er kam vorhin hier reingestürmt, Gene«, sagte Skye. »Er war ziemlich aufgeregt.«

»Lüg mich nicht an.«

Gene streckte den Arm aus und packte Skye an der Schürze, um sie näher zu sich zu ziehen. Ihre Augen verdüsterten sich, und einen Augenblick lang konnte er sie nicht von der Stelle bewegen. Dann wandte sie den Blick ab, entspannte sich und beugte sich zu ihm vor.

»Ich schwöre es, Gene. Irgendwas bei Sally Heck hat ihn fürchterlich erschreckt.«

»Du lügst. Ich weiß nicht, wer oder was du bist, aber du lügst.«

Er sah ihr direkt ins Gesicht, zog fest an der Schürze und konnte sich nur mit Mühe davon abhalten, ihren Kopf auf die Tischplatte zu knallen.

»Jetzt mach aber mal halblang, Gene Martindale.«

Er sah auf. Minty kam gerade aus der Toilette. Sie wischte sich die Hände an der Schürze ab und ging schnurstracks auf ihn zu.

»Lass sie los.« Er rührte sich nicht. »Sofort!«

Gene öffnete die Hände. Skye sank in ihren Sitz zurück.

»Skye sagt die gottverdammte Wahrheit. Wir haben hier gesessen, da kam plötzlich dein Junge rein. Er hat ausgesehen, als wäre er dem Leibhaftigen persönlich über den Weg gelaufen.« Minty beugte sich vor. »Er hatte so große Angst, dass er sich in die Hose gemacht hat«, flüsterte sie, bevor sie wieder einen Schritt zurücktrat.

»Skye hat ihn sauber gemacht, ihm einen Eisbecher spendiert und ihn getröstet. Mehr nicht. Ich glaube, du schuldest deiner Schwester eine Entschuldigung.«

Gene stand auf. »Sie ist nicht meine Schwester.«

Er nahm einen Umschlag aus der Tasche und warf ihn vor Skye auf den Tisch.

»Hier ist das Geld. Du wirst gleich morgen früh in den Bus steigen, kapiert?«

Sie sah ihn durch ihre blonden Haarsträhnen hindurch an. Dann nickte sie.

»Solltest du dem Jungen noch mal zu nahe kommen, kannst du von Glück reden, wenn ich dich einfach nur einsperre.«

Er drehte sich um und ging zur Tür, von wo aus Timmy ihn beobachtete. Im fahlen Neonlicht wirkte er sehr blass.

»Daddy?«

»Sei ruhig, Timmy. Sei einfach still.« Gene öffnete die Tür, nahm Timmy bei der Hand und ging zum Lincoln hinüber. Drums riesige Gestalt auf der Rückbank war in den Schein der bunten Neonlampen getaucht.

Skye beobachtete, wie das große schwarze Auto mit Gene und Timmy auf den Vordersitzen und einer Silhouette, die nur Sheriff Dellbert Drum gehören konnte, davonbrauste.

Minty setzte sich in die Nische und nahm ihre Hand. »Herr im Himmel! Alles in Ordnung, Schätzchen?«

Skye nickte. »Alles bestens.«

»Dieses kleine Arschloch hätte wirklich mal eine Lektion verdient. Schade, dass der alte Lavender bald den Löffel abgibt.«

»Gene hat schon recht, Minty. Ich muss von hier weg.«

»Bullshit. Du bist doch wie eine Mutter für den Kleinen.«

Skye schloss die Augen, schüttelte den Kopf und sah plötzlich vor sich, wie sie Timmy auf der Toilette mit irrem Verlangen an sich drückte. »Skye! Skye, du tust mir weh!«, hatte Timmy geschrien und versucht, sich aus ihrer Umklammerung zu befreien. Der Andere hatte die Kontrolle übernommen, sie war seinem Hunger nach dem Fleisch und Blut des Kindes vollkommen ausgeliefert.

Bis sie schlagartig einen sengenden Schmerz in der Brust verspürt hatte. Herzanfall, dachte sie im ersten Moment, ließ Timmy los und zog das T-Shirt herunter. Darunter kam der Rosenkranz des Priesters, den sie sich umgehängt hatte, zum Vorschein. Als sie ihn in die Hand nahm, klebte geschmolzenes Silber an ihren Fingern. Der Umriss des Kreuzes hatte sich in die Haut zwischen ihren Brüsten gebrannt.

Skye drehte dem Jungen den Rücken zu, ließ sich am Waschbecken kaltes Wasser über die verbrannte Haut laufen und kühlte das Kruzifix. Sie hatte nicht gewagt, den Rosenkranz abzunehmen. Timmy starrte sie mit großen Augen an. Nach einer Weile hatte sie sich so weit in der Gewalt, dass sie eine Hand auf seine Schulter legen konnte.

»Ich hab dich lieb, Timmy.«

»Ich dich auch, Skye«, sagte er. Beim Anblick seiner großen unschuldigen Augen hätte sie beinahe losgeheult.

Sie wusch sich das Gesicht, verbarg die Tränen in den Wassertropfen, trocknete sich ab und maskierte ihren Schmerz mit einem künstlichen Lächeln, als sie Timmys

Hand nahm. »Komm mit. Jetzt kriegst du einen Eisbecher mit warmer Schokosoße und allem Drum und Dran.«

Gemeinsam hatten sie die Toilette verlassen. In diesem Augenblick wusste Skye, dass sie nie wieder mit ihm alleine sein durfte.

Niemals.

»Skye, Schätzchen, hörst du mich?«, fragte Minty und rüttelte an ihrer Hand.

Als Skye die Augen öffnete, sah sie nicht die Kellnerin, sondern Sheriff Dellbert Drum vor sich. Er hatte die ausgestreckten Arme auf die Rückenlehne gelegt und äffte dadurch die Pose des Samtjesus nach. In seinen kleinen Schweinsäuglein lag allerdings kein Schmerz, sondern nur dumpfe Bosheit.

»Skye? Skye!« Minty umklammerte ihren Arm.

Skye stand auf. »Minty, kann ich mir mal dein Auto ausleihen?«

Minty drückte Skye die Schlüssel in die Hand. »Auf in den Kampf, Kleines. Nimm dir, was dir zusteht.«

Skye verließ das Diner. Die Erinnerung an Dellbert Drums ranzigen Schweißgeruch stieg ihr in die Nase. Vor ihrem inneren Auge sah sie den unnatürlich großen Mann vor sich. Sah, dass seine gewaltigen Glieder vom Körper gerissen waren. Sah, wie sich seine meilenlangen Eingeweide in ihren Händen schlängelten.

Auf dem Weg zu Mintys Auto nahm sie den Rosenkranz vom Hals und warf ihn in eine Mülltonne.

37

Gene fuhr durch das weite Ödland, das seine und Drums Stadt voneinander trennte. Ein Heiligenschein aus Licht schimmerte über dem ausgedehnten Ghetto jenseits der Grenze. Timmy saß neben Gene. Die Anwesenheit des blutenden Riesen hatte ihn so sehr eingeschüchtert, dass er keinen Ton herausbrachte.

»Hey, Kleiner.«

Drum beugte sich vor und flüsterte heiser. Eine blutverkrustete Hand legte sich neben Timmys Kopf auf den Sitz. Der Junge wich davor zurück und kauerte sich vor der Beifahrertür zusammen.

»Wie heißt du, mein Junge?«

»Halt's Maul«, sagte Gene.

»Ich will doch nur ein paar Takte mit dem kleinen Mann reden, okay?«

Drum beugte sich noch weiter vor. »Er sieht dir überhaupt nicht ähnlich, Martindale. Der Junge kommt wohl ganz nach seiner toten Mutter.«

»Halt's Maul, hab ich gesagt.«

Als das Town Car über ein Schlagloch fuhr, verwandelte sich Drums verächtliches Lachen in ein Stöhnen, und er ließ sich wieder zurückfallen. Gene nahm eine Hand vom Lenkrad und legte sie auf Timmys Schulter. Der Junge zitterte, und in diesem Augenblick ließ die Sehnsucht nach seiner verstorbenen Frau Genes Herz schwer werden.

Marybeth war so lebhaft, so emotional gewesen, war ebenso schnell in Gelächter wie in Tränen ausgebrochen. Sie hatte Timmy abgöttisch geliebt, hatte ihn umarmt, ihm Lieder vorgesungen und sich mit ihm in einer Sprache unterhalten, die Gene nicht verstehen konnte, die bei Mutter und Kind jedoch regelmäßig Kicheranfälle hervorgerufen hatte.

Es hatte Gene nicht überrascht, dass er sich in eine Frau verliebt hatte, die so völlig anders war als er. Erstaunt hatte ihn dagegen die Tatsache, dass Marybeth seine Gefühle erwidert hatte, als könnte sie durch seine kühle, distanzierte Fassade hindurchsehen – in der Gewissheit, dass es nur Geduld brauchte, bis ihre Wärme ihn auftaute. Manchmal, während sie mit ihrem zweiten Kind schwanger gewesen war, hatte Gene mit seiner Hand auf ihrem prallen Bauch neben ihr auf dem Bett gelegen. Da hatte er ein inneres Tauwetter gespürt – als ob er tatsächlich wieder vertrauen und lachen und lieben könnte, so wie es auch seine wunderschöne Frau tat.

Das alles hatte in einem Blutbad am Straßenrand sein Ende gefunden. Gene hatte sich noch tiefer in sich selbst zurückgezogen, so wenig Gefühle wie möglich zugelassen. Er liebte seinen Jungen, musste sich jedoch fragen, ob dieser das auch wusste. Schließlich hatte er es Skye überlassen, seinem Jungen etwas von der Liebe zurückzugeben, die mit Marybeth gestorben war.

Und jetzt hatte Timmy auch noch Skye verloren.

Gene fuhr im Schneckentempo über die heruntergekommene Hauptstraße, die durch Drums Stadt führte. Vorbei an verfallenen Gebäuden, eingeworfenen Fensterscheiben und einer einsamen Ampel, die sie wie ein ewig rotes, blindes Auge anstarrte. Der Sheriff war der einzige Einwohner dieses Ortes. Das Ende der Stadt war ihm nicht ungelegen gekommen – ohne kommerzielles oder gesellschaftliches Leben hatte er alle Freiheiten, sein ärmliches County zu einem Anhängsel der gesetzlosen Slums zu machen, die jenseits der Grenze wucherten. Wo die Drogen regierten und die aufgetakelten Nutten den Fiebertraum vom Norden träumten.

Gene hielt an. Die Scheinwerfer beleuchteten Drums Haus, das älteste Steingebäude des Ortes. Das windschiefe Dach der Veranda wurde von vier pseudogriechischen Säulen gehalten, die Läden eines der beiden Fenster neben der Eingangstür waren heruntergefallen, und die Milchglasscheibe des Dachbodenfensters hatte Sprünge. Trotzdem war das Ziegelgemäuer um einiges stabiler als seine hölzernen Nachbarn, die langsam zu Staub zerfielen.

Gene schaltete den Motor aus, griff über Timmy hinweg und öffnete die Wagentür.

»Komm mit«, sagte er und führte den Jungen zu dem Jeep, der in der Einfahrt stand.

Er setzte Timmy auf den Beifahrersitz. »Ich bin gleich zurück. Du darfst niemandem aufmachen, verstanden?«

Der Junge nickte, und Gene schloss den Wagen ab. Als er sich dem Haus näherte, war Drum gerade dabei, über den unebenen Pflasterweg zu taumeln. Der große Mann musste sich einen Augenblick lang an der Wand abstützen und Kräfte sammeln, bevor er die Schlüssel herauskramen und die Tür öffnen konnte.

Gene folgte ihm in ein Durcheinander aus Staub und kaputten Möbeln im schwachen Licht einer nackten Glühbirne, die von der fleckigen Decke hing. Drum schnappte sich eine Flasche Wild Turkey vom Tisch, schraubte sie auf, nahm einen tiefen Schluck und wischte sich den Mund mit dem Handrücken ab, bevor er sich in einen abgewetzten Sessel fallen ließ. Eine Staubwolke stieg um ihn herum auf.

»Und jetzt?«, fragte Gene.

Drum zuckte mit den Schultern. »Jetzt muss ich die Situation neu überdenken. Wozu ich aber angesichts meiner Verwundung und meines Alkoholpegels momentan nicht in der Lage bin.«

»Diese Männer werden die Angelegenheit nicht auf sich beruhen lassen.«

Mit schmerzverzerrtem Gesicht rückte Drum den Arm in der Schlinge zurecht. »Ich hab da so eine Ahnung, dass sie das sehr wohl tun werden. Irgendjemand wird von unserer heutigen Aktion profitieren. Andere rücken nach, und schon bald ist die ganze Sache vergessen.« Er sah zu Gene auf. »Natürlich nur, wenn ich über unsere Beteiligung Stillschweigen bewahre.«

»Und das heißt?«

»Das heißt, dass ich noch viel mit dir vorhabe, Chief Deputy. Und mit deinem Jungen, wenn du nicht nach meiner gottverdammten Pfeife tanzt.«

Gene spürte das Gewicht der Glock an seiner Hüfte. Einen Moment lang wünschte er sich etwas völlig Unglaubliches – so zu sein wie sein Vater. Der hätte die Waffe gehoben und das Ganze ein für alle Mal beendet.

Vielleicht wäre es ihm noch möglich gewesen, Drum während der Schießerei in der Stadt im Kampfesrausch zu töten. Jetzt allerdings saß sein Sohn draußen in einem Jeep. Da konnte er unmöglich einen kaltblütigen Mord begehen.

Drum grinste ihn wie ein Totenschädel an. »Bring den kleinen Rotzlöffel nach Hause und leg dich hin. Ich werde in der Zwischenzeit die Dienste eines nicht zugelassenen Quacksalbers und einer willigen Nutte in Anspruch nehmen. Morgen früh sehen wir uns wieder.« Drum nahm einen weiteren Schluck und fuhr sich mit der Hand durchs Haar. »Träum nicht zu süß, mein Freund. Das hier ist noch lange nicht vorbei. Unsere kleine Zusammenarbeit fängt jetzt erst so richtig an, Chief Deputy.«

Gene drehte sich um und verließ das Haus. Drum legte den Riegel hinter ihm vor. Gene stand einen Augenblick auf der Veranda und beobachtete mehrere Blitze, die am Horizont zuckten. Es würde nicht regnen. Die Wolken würden sich nach Westen verziehen, und die Dürre würde weiterhin das Grenzland heimsuchen.

Timmys bleiches Gesicht starrte ihn vom Jeep aus an. Als er zu ihm hinüberging, hörte er das leise Schlagen einer Autotür. Gene zog die Glock und wirbelte herum. Doch es waren nicht die Meuchelmörder der Kartelle – es war Skye, die aus Mintys japanischer Schrottkarre stieg und auf ihn zukam.

Eine völlig andere Skye, deren Kraft und Eleganz seiner Adoptivschwester gänzlich fremd gewesen waren. Obwohl er die Waffe in der Hand hielt, trat er einen Schritt zurück, als sie sich ihm näherte.

»Nicht schießen, Gene«, sagte sie leise. Ihre Stimme war tiefer und voller geworden. »Ich bin wegen ihm hier.« Sie deutete auf Drums Haus.

Er sah sie an, nickte und ging zum Jeep hinüber. Sie würde das tun, wofür er zu feige war.

»Gene«, sagte sie.

Er drehte sich um. »Was?«

»Klopf bei ihm an. Sag ihm, du hast was vergessen. Das macht es mir leichter.«

»Erst bringe ich Timmy von hier weg. Er soll da nicht mit hineingezogen werden.«

»Wird er auch nicht. Tu, was ich sage, dann kannst du fahren.« Er starrte sie an. »Und wenn es vorbei ist, werde ich verschwinden. Ihr werdet mich nie wieder sehen. Das schwöre ich.«

Gene nickte, ging zur Tür und hämmerte dagegen.

»Ja?«, fragte Drum mit gedämpfter, lallender Stimme.

»Ich bin's«, sagte Gene. »Ich muss dich was fragen.«

Er hörte schwere Schritte, dann wurde die Tür geöffnet.

»Gottverdammt, Martindale«, meckerte Drum. »Kannst du nicht irgendwann mal Ruhe geben?«

Gene hörte Skye überhaupt nicht. Er spürte nur einen Windstoß über seiner rechten Schulter. Drum konnte noch aufsehen, bevor etwas gegen ihn prallte, ihn vom Boden hob und in das Chaos seines Wohnzimmers schleuderte.

Skye ging an Gene vorbei und baute sich über dem Hünen auf, dessen Gewicht einen aus einem alten Wagenrad gefertigten Tisch glatt zu Kleinholz verarbeitet hatte. Drum war außer Atem. Stöhnend versuchte er, sich aufzurichten. Skye hielt ihn mit einem Tritt in den Bauch davon ab.

»Bleib doch noch einen Augenblick, Gene.«

»Dafür hab ich nicht die Nerven.«

»Keine Angst, ich werde ihn nicht gleich fressen. Aber ich muss dir was mitgeben.«

Sie stand reglos da, machte erst mit den Augen und dann mit ihrem Kopf winzige, kalkulierte Bewegungen. Plötzlich ging sie zu einem Sekretär hinüber und öffnete die mittlere Schublade. Sie nahm einen Stapel Pornomagazine heraus und warf sie auf den Boden. Als sie sich umdrehte, hielt sie einen Gefrierbeutel in der Hand.

Sie hielt Gene ihre zerbrochene, blutverschmierte Brille hin. »Da.«

»Woher hast du gewusst, wo sie ist?«

»Ich wusste es eben. Nimm sie.«

Er nahm den Beutel entgegen, ließ ihn in die Brusttasche gleiten und ging zur Tür. Irgendetwas zwang ihn dazu, sich noch einmal umzusehen. Skye zog sich aus und legte ihre Kleidung fein säuberlich gefaltet über eine Sofalehne.

Ihr Körper veränderte sich. Muskelstränge bildeten sich auf ihrem Rücken, ihr Hals schien in den Schultern zu verschwinden. Mit dicken, kräftigen Armen packte sie Drum beim Kragen, hob ihn so mühelos hoch wie ein kleines Kind und warf ihn auf einen alten Blumenteppich.

Die Kreatur, die sich über Drum beugte, hatte keine Ähnlichkeit mehr mit dem Mädchen, das Gene kannte, seit er sie in einer Pappschachtel am Straßenrand gefunden hatte. Er hatte noch nicht einmal einen Begriff für das Ding, in das sie sich verwandelt hatte. Sie packte Drums Kopf mit einer Hand und drückte mit der anderen so fest auf die Wunde an der Schulter, dass der Riese die Augen aufriss und wie ein Baby winselte.

Gene schloss die Tür hinter sich, ging zum Jeep und stieg ein.

»War das gerade Skye?«, fragte Timmy.

»Nein, mein Junge. Das war nicht Skye«, sagte Gene, ließ den Motor an und fuhr in die Nacht. Der einsame Stern des Milky-Way-Motels flackerte in der Entfernung wie ein gebrochenes Versprechen.

38

Dieses Mal war es anders. Skye hatte keine Angst wie noch vor einigen Tagen, als sie die Männer in dem alten Auto verfolgt hatten. Sie musste auch keinen inneren Konflikt ausfechten wie in jener Nacht, in der sie das Blutbad jenseits der Grenze veranstaltet hatte. Das waren die Taten des verhassten Eindringlings gewesen, der in ihr hauste. Taten, die sich unter keinen Umständen wiederholen durften.

Taten, die man am besten schnell wieder vergaß.

Diesmal jedoch spürte sie, dass das, was ihr bisher als Skye bekannt war, nahtlos mit dem Anderen verschmolz. Sie war wie neugeboren, keine widerwillige Zuschauerin, sondern aktive Teilnehmerin. Sie verband ihre Empfindungen und Gefühle mit der brutalen Kraft des Raubtiers, um das, was gleich folgen würde, in aller Ruhe und bis zum Letzten auskosten zu können.

Sie betrachtete ihren Arm. Er gehörte ihr, obgleich er viel stärker war. Die Haut spannte sich über stahlharten Muskeln. Ihre Finger waren dicker, die Nägel lang und spitz. Skye sah an sich herab. Die weichen Brüste waren in den Brustmuskeln versunken, die Nippel standen dunkel hervor. Der Bauch darunter war flach und strotzte ebenfalls vor Kraft.

Drum stöhnte. Blinzelnd öffnete er die Augen. »Herr im Himmel«, sagte er.

Skye sah, wie er die Hand zur Faust ballte und nach ihr schlug, noch bevor sich sein Arm überhaupt bewegte. Sie packte seinen Ellbogen und drehte ihn herum. Das Gelenk zersplitterte mit einem spröden Knacken. Drum kreischte wie ein Mädchen, sein Arm baumelte nutzlos an ihm herab.

Einer der Schweißtropfen, die ihm auf der Stirn standen, lief über sein rechtes Auge und blieb wie eine Träne in seinen langen, fast weiblich wirkenden Wimpern hängen, bevor er zu Boden fiel. Skye konnte den Aufschlag der Flüssigkeit auf den staubigen Dielen klar und deutlich hören.

Sie roch die Furcht, die ihn wie ein Mantel umgab, sah die Luft um ihn herum durch seine Körperwärme flirren wie Asphalt in der Sonne. Einen Augenblick lang staunte sie über diese neu gewonnene Fähigkeit, dann akzeptierte sie sie als Teil der Kreatur, zu der sie geworden war.

Sie zerrte Drums Arm aus der Schlinge und riss ihm das Hemd vom Leib. Darunter kam ein gewaltiger, behaarter Oberkörper zum Vorschein. Der schwarze Pelz war mit dem Blut aus der Wunde an seiner Schulter verklebt. Erneut versuchte Drum, sich aufzurichten. Sie schlug mit der Handkante gerade so fest gegen seine Kehle, dass er würgend auf dem Teppich zusammenbrach.

Skye nahm einen Lederstiefel in jede Hand und zog sie von den strumpflosen stinkenden Füßen mit den langen, gekrümmten gelben Nägeln. Sie packte die lächerliche Hufeisengürtelschnalle und brach sie mühelos entzwei. Die Speckrollen seines blassen Bauchs hingen über der Hose, die sie ihm mit einem Ruck vom Körper zerrte und beiseite warf. Die pissfleckigen Boxershorts, die Drum darunter trug, konnte sie mit einem kleinen Zucken des Zeigefingers entfernen.

Trotz seiner Todesangst war Drums Penis dick wie eine Keule. Sie wusste, dass es ihm Vergnügen bereitete, anderen damit Schmerzen zuzufügen.

Was man sät, wird man ernten, dachte sie und suchte sich die Dinge zusammen, die sie für ihr Arrangement benötigen würde. Sie riss das Hemd in Streifen und band ihm damit die Arme an den Ellenbogen ab. Der Stoff schnitt in sein Fleisch, und er stöhnte auf. Dann wiederholte sie dasselbe mit der Hose, deren Fetzen sie als Aderpresse für die Beine oberhalb des Knies benutzte.

Skye nahm die Schnapsflasche vom Tisch, schraubte sie auf und schüttete etwas Whiskey über Drums Gesicht. Er blinzelte.

»Leck mich, Schlampe«, stotterte er.

Sie nahm den zerquetschten Arm in die linke Hand und legte die rechte auf seinen Bizeps. Mühelos riss sie ihm den Unterarm vom Leib. Knochensplitter, Venen und Arterien baumelten daran herab. Aufgrund der Aderpresse trat nur wenig Blut aus.

Als Drum den Mund zu einem Schrei öffnete, stopfte sie die Boxershorts hinein, sodass nur noch ein dumpfes Jammern zu hören war. Tränen und Schweiß liefen über sein Gesicht und sammelten sich in der Kuhle unter seinem Adamsapfel. Er schloss die Augen und winselte.

Skye schlug ihm mit der Hand des abgerissenen Unterarms ins Gesicht. Als er sie wieder ansah, begriff sie die Tiefe seiner Furcht. Die Streichholzschachtel neben dem zerbrochenen Tisch brachte sie auf eine Idee. Sie legte den Arm beiseite, nahm zwei Streichhölzer und klemmte sie in seine Augenhöhlen, sodass er die Lider nicht mehr schließen konnte.

Er sollte das alles mit ansehen.

Bis zum bitteren Ende.

Sie legte den Arm auf seine Brust, streckte die Hand aus und riss ihm auch den anderen Arm aus, was sie so viel Kraft kostete, wie ein Papiertuch von einer Küchenrolle zu rupfen. In der grausamen Nachahmung einer demütigen Geste legte sie den ersten Arm auf den zweiten.

Mit prüfendem Blick betrachtete sie ihr Werk und schob einen Arm etwas zur Seite. Das war besser. Ihre kleine Hommage würde perfekt werden.

Nachdem sie Drums gewaltiges Bein unter dem Knie gepackt hatte, überkamen sie zum ersten Mal Zweifel, die sich jedoch schnell wieder verflüchtigten. Sie konnte es schaffen. Und sie schaffte es: Mit einem scharfen Knall und einem feuchten Reißen wurden Knochen und Fleisch durchtrennt. Sie hob das Bein, um es ihm zu zeigen. Seine Augen quollen vor Schmerzen fast aus den Höhlen. Er wurde ohnmächtig, und es bedurfte mehrerer Ohrfeigen und Whiskeyduschen, um ihn wieder zu Bewusstsein zu bringen. Gerade noch rechtzeitig – schließlich sollte er nicht verpassen, wie sie ihm auch das andere Bein nahm.

Sie arrangierte die abgetrennten Gliedmaßen so unter den Stümpfen, dass es aussah, als würde er ein kleines Tänzchen wagen. Das gefiel ihr so gut, dass sie vor Vergnügen grunzte.

Schließlich griff sie sich den dicken Penis, der in einem Wirrwarr aus ergrauenden Schamhaaren hing, schlug damit spielerisch gegen seinen Bauch und schnippte mit einem langen Fingernagel gegen die Hoden.

Die Augen hinter den Streichhölzern weiteten sich vor Schrecken. Verzweifelt versuchte Drum, den Blick abzuwenden.

Skye senkte den Kopf, kämpfte gegen einen letzten Rest fast vergessener Schüchternheit an, nahm das Ding schließlich in den Mund und schloss die Kiefer. Mit einem kurzen Schütteln des Kopfes riss sie ihm den Penis vom Körper. Als sie sich aufsetzte, baumelte er wie ein Aal zwischen ihren Zähnen. Ein dicker Blutgeysir spritzte aus dem Loch zwischen seinen Beinen in die Höhe.

Sie spuckte den blutigen Schlauch in ihre Hand, zwang Drums Mund auf, nahm die Boxershorts heraus, stopfte den Penis hinein und drückte die Kiefer wieder zusammen. Er würgte, röchelte und verlor schließlich das Bewusstsein. Diesmal verzichtete Skye darauf, ihn zu wecken.

Sie wollte ungestört fressen.

39

Gene stand am Totenbett seines Onkels, starrte in das Gesicht eines Fremden und bereute, überhaupt hergekommen zu sein. Seit seinem letzten Besuch war Milt Lavender der Schwelle des Todes ein gutes Stück näher gekommen. Der eingefallene Mund stand offen, sodass die letzten gelben Backenzähne zu erkennen waren. Sein Gebiss stand in einem Glas neben seinem Bett. Das Wasser darin verzerrte das rosa Plastikzahnfleisch und die nikotinfleckigen Emailzähne zu comichaften Proportionen.

Statt seiner endlosen Monologe war nur das rasselnde Atmen der müden Lunge zu hören.

Lavenders Augen waren geöffnet, doch Gene, der in der egoistischen Hoffnung gekommen war, hier so etwas wie Trost zu finden, erkannten sie nicht. Hätte er doch lieber seinen Sohn nach Hause gefahren, ihn getröstet und ihm die Lügengeschichten erzählt, die er gebraucht hätte, um sanft einschlafen zu können. Stattdessen wälzte sich Timmy auf einem Sofa im Wohnzimmer und hatte Albträume. Gene konnte seine gedämpften Schreie durch die Wand hören.

Die schwarz gekleidete Krankenschwester stand stumm in der Tür. Ihr Blick forderte Gene zum Gehen auf. Als er sich umdrehte, vibrierte das Handy in seiner Tasche. Am liebsten wäre er gar nicht rangegangen, fürchtete, einen mit panischer Stimme vorgetragenen, unzusammenhängenden Bericht über das Gemetzel in Drums Haus zu hören. Die Frau gab einen tiefen verächtlichen Laut von sich, während er an ihr vorbei in den Flur ging und den Anruf entgegennahm.

»Martindale.«

»Chief Deputy, hier spricht Detective Vern Winslow von der State Police.«

»Ja?«

»Stimmt es, dass Sie vor ungefähr fünf Jahren ein paar Probleme mit einem gewissen Junior Cotton hatten?«

»Ein paar Probleme, ja«, sagte Gene, den eine unbestimmte Furcht überkam.

»Cotton ist aus der Klinik entkommen, in der er zur Sicherheitsverwahrung einsaß. Bis jetzt wurde er noch nicht wieder gefasst.«

Gene stand in der Tür zum Wohnzimmer und starrte Timmy an, der auf dem Sofa unter einer Lampe mit einem orangefarbenen Pergamentschirm lag.

»Chief Deputy?«

»Ich bin noch dran«, sagte Gene und zwang sich dazu, die nächstliegenden Fragen zu stellen.

Er erfuhr von dem Mord an einem Pfleger und der Entführung einer Krankenschwester. Der Cop äußerte die Vermutung, dass Cotton nach Norden in Richtung Bundesstaatsgrenze unterwegs war. Eine Vermutung, die allerdings durch keinerlei Beweise erhärtet wurde.

Gene bedankte sich bei dem Detective, steckte das Handy weg, hob Timmy vom Sofa, trug ihn zum Jeep und versuchte dabei, die dumpfe Ahnung zu verdrängen, dass Junior Cotton nicht nach Norden unterwegs war. Sondern in genau der entgegengesetzten Richtung.

Auf dem Weg zu ihnen.

40

Junior Cotton wachte orientierungslos auf. Ohne Erinnerung an die Zahl der verlorenen Jahre, Monate, Tage, Minuten und Sekunden. Es dauerte beunruhigend lange, bis ihm wieder einfiel, wo er überhaupt war.

Ein pissgelbes Rechteck aus grellem Sonnenlicht drang durch ein zerbrochenes Fenster, beschien eine brüchige Wand und wärmte die Zehen seines linken Fußes auf dem Rand einer farblosen Badewanne, von der das Email blätterte.

Er lag auf dem Rücken. Ein Beinpaar – Frauenbeine, wie er anhand der lackierten Fußnägel schloss – war mit seinen eigenen verschränkt. Bis auf das Blut hätte es eine romantische Badeszene aus den bescheuerten Liebeskomödien sein können, die er so gerne mit seiner Mama nach einem langen Tag des Mordens im Motelzimmer geguckt hatte. Gemeinsam hatten sie über diese absurden Paarungsrituale gelacht, die ihnen nach ihren gemeinsamen Erfahrungen so unglaublich konventionell und langweilig vorgekommen waren.

Erst als sich Junior umdrehte – die Eingeweide unter ihm schlingerten hin und her wie ein Wasserbett – und in das blutleere Gesicht der Krankenschwester starrte, brach die Erinnerung an den vergangenen Tag wie eine hektische Montage über ihn herein: wie er Alfonso die

Kehle durchschnitt, die Frau entführte und umbrachte, in ihrem Blut und ihren Innereien badete.

Beim Aufsetzen gaben die Organe feuchte Kussgeräusche von sich. Langsam stieg er aus der Wanne und registrierte zufrieden, dass sein Körper allmählich zur alten Stärke zurückkehrte. Die Kleidung, die er gestern von der Wäscheleine gestohlen hatte, lag im Staub. Allerdings konnte er sich unmöglich einfach anziehen und davonfahren – er hätte wie jemand ausgesehen, der gerade aus einem Schlachthaus geflohen war.

Wider besseres Wissen drehte er einen Wasserhahn auf. Die Rohre ächzten und rasselten, der Hahn blieb jedoch trocken.

Junior ging nackt in die Küche, wobei er sich an den rauen Wänden abstützte. Er trat in den türlosen Rahmen des Hinterausgangs und ließ den Blick über das kleine Auto hinweg ins flache braune Nichts schweifen. Irgendetwas funkelte im Staub – die kaputten Flügel einer Windmühle. Die Wände des Zementdamms hinter der Mühle waren vor langer Zeit zusammengefallen. Statt Wasser gab es hier nur noch Gestrüpp und Sand.

Eine Durchsuchung der verfallenen staubigen Schränke förderte eine aufgeblähte Konservendose mit Pfirsichen, eine mit Schimmel überzogene Brotscheibe und eine tote, von der Dürre mumifizierte Ratte zutage. Hinter einer Tüte mit leeren Schnapsflaschen fand Junior einen rostigen, verbeulten Benzinkanister. Ein kurzes Schütteln zeigte ihm, dass noch Flüssigkeit darin war. Als er den Verschluss endlich aus seiner rostigen Umklammerung befreit hatte, keuchte er vor Anstrengung. Er holte Atem, schnupperte am Inhalt des Kanisters und riss schnell den Kopf zurück. Abgestandenes Wasser mit durchdringendem Sumpfgestank.

Unter dem Spülbecken lag ein roter Plastikeimer ohne Griff. Er füllte den Eimer mit dem Wasser aus dem Kanister, auf dessen Oberfläche ein Teppich aus Schleim trieb.

Junior ging wieder zur Hintertür, kratzte etwas Erde vom Boden und türmte sie in der Küche zu einer kleinen Pyramide auf. Er tauchte die Hände in den Eimer und scheuerte sich mit dem feuchten Sand das Blut von der Haut. Der reinigende Schmerz vertrieb den Nebel aus seinem Gehirn. Er schrubbte sich Gesicht, Bart und Haare, und das Wasser im Eimer färbte sich immer röter.

Nachdem er den blutigen Inhalt vor die Tür geschüttet hatte, füllte Junior den Eimer ein zweites Mal. Diesmal wusch er sich ohne Sand, und Minuten später war seine Haut rosa und so sauber, wie sie es unter den gegebenen Umständen nur sein konnte. Dafür stank er, als hätte er mit Alligatoren gerungen, aber dagegen konnte er momentan nichts tun.

Sobald sich sein klopfendes Herz wieder etwas beruhigt hatte, zog er sich an und ging zum Auto. Die Schlüssel steckten noch im Zündschloss, die Handtasche der Krankenschwester lag auf dem Rücksitz. Er kramte darin herum und fand ein paar Zehndollarscheine und etwas Kleingeld. Junior steckte das Geld ein und warf die Tasche fort. Als er sich ins Auto setzte, war er erneut erschöpft. Mit zitterndem Fuß tastete er nach dem Gaspedal.

Du schaffst es, Junior. Du schaffst es.

Er ließ den Motor an und gab zu viel Gas. Der Wagen soff ab. Mit aller Kraft zwang er seinen Fuß zum Gehorsam. Langsam setzte sich das Auto in Richtung des eingefallenen Gartentors in Bewegung. Junior suchte die Umgebung nach den verräterischen Staubwolken anderer Fahrzeuge ab, konnte jedoch nichts entdecken. Auf der Schotterstraße, die direkt in die Stadt führte, war keine Menschenseele.

41

Skye legte den Kopf gegen die Fensterscheibe des Busses. Die Vibration lullte sie in einen schlafähnlichen Zustand. Sand und Felsen zogen als unbestimmte Farbschmierer an ihr vorbei.

Bei ihrer Ankunft an der Bushaltestelle heute Morgen hatte Genes Streifenwagen bereits auf der gegenüberliegenden Straßenseite gestanden. Die Morgensonne spiegelte sich in der Sonnenbrille des reglos am Steuer sitzenden Gene, während er ihr dabei zusah, wie sie den einzelnen Koffer in den Laderaum des Busses wuchtete.

Dann bemerkte sie eine winkende Hand. Timmy war auch im Streifenwagen. Hatte ihr Bruder ein Einsehen gehabt und Timmy mitgenommen, damit sie sich von ihm verabschieden konnte? Nein, Gene ließ den Motor an und fuhr davon, als der Busfahrer die Passagiere zum Einsteigen aufforderte. Skye hatte dem Polizeiauto hinterhergewinkt und dabei gegen die Tränen angekämpft.

Genau wie jetzt auf der holprigen Fahrt in die Stadt. Der Andere war nicht mehr da, um sie zu schützen. Dennoch durfte sie sich keine Tränen erlauben. Sie musste stark sein. Also schloss sie die Augen, faltete die Hände über dem mit Dellbert Drums Fleisch gefüllten Bauch und versuchte, ihren Geist an einen Ort der vollkommenen Leere zu transportieren.

Doch so vollkommen war diese Leere nicht.

Vorsichtig erlaubte sie einer sehr alten Erinnerung, in ihrem Bewusstsein aufzutauchen wie eine Luftblase, die aus einem dunklen stillen Tümpel aufsteigt. Eine Erinnerung, scharf wie zerbrochenes Glas: der Augenblick, in dem sie jenen Mann getötet hatte, den sie für ihren Vater gehalten hatte. Ihre Nägel und Zähne rissen seinen Kopf von den Schultern. Erneut durchlebte sie das Gefühl, ein Mischwesen aus einem zweijährigen Mädchen und einer Kreatur zu sein, deren Alter ihr Vorstellungsvermögen bei Weitem überstieg.

Nachdem die schreckliche Kraft wieder aus ihr gewichen war, hatte das kleine Mädchen jegliche Erinnerung an diese Nacht aus ihrem Gedächtnis getilgt. Hatte Genes Geschichte von den bösen Männern, die aus der Dunkelheit gekommen waren, immer und immer wiederholt, bis sie sich schließlich als Wahrheit in ihr Gedächtnis eingebrannt hatte.

Nur im Schlaf regten sich die tief in ihr vergrabenen Erinnerungen und trieben in der Gestalt fiebriger Träume von Körperteilen und Blut durch ihr Unterbewusstsein. Träume, die so schrecklich waren, dass sie manchmal betete, der Tod möge sie von ihnen erlösen.

Bis sie im Alter von dreizehn Jahren Leonard kennenlernte, jenen Mann, der ihr ein Buch gab, das ihre Träume Wirklichkeit werden ließ und ihr erlaubte, aus dem Mosaik ihrer albtraumhaften Visionen ein – wenn auch unzusammenhängendes – Gerüst zu erstellen.

Wie von Zauberhand war der enge kleine Buchladen eines Tages in einer Seitenstraße aufgetaucht. Der Besitzer, ein dürrer Mann unbestimmten Alters mit ungewöhnlich blasser Haut, hatte sie teilnahmslos von hinter der Theke angestarrt, als sie in den Laden geschlurft war. Seine Finger trommelten im Rhythmus unhörbarer, jammernder Elektromusik.

Später erfuhr sie, dass Leonard aus der großen Stadt in seinen Geburtsort zurückgekehrt war, um seine im Sterben liegende Mutter in ihren letzten Lebensmonaten zu begleiten. Er ignorierte Skye jedes Mal, wenn sie, fasziniert von den Büchern über das Okkulte, Aleister Crowley und die Freimaurer, in den Laden kam. Sie kaufte nichts, stand nur vor den Regalen und blätterte auf der Suche nach etwas, das sie nicht fand, durch die staubigen Seiten.

Eines Tages griff Leonard unter die Theke und holte einen großformatigen Bildband hervor.

»Das könnte dir gefallen«, sagte er mit nahezu unverständlichem Akzent. »Aber zeig's ja nicht deinen Eltern.«

Skye warf einen Blick auf das Preisschild – fünfzehn Dollar – und wollte es zurückgeben. »Das ist ein Geschenk, meine Kleine. Und jetzt ab mit dir.«

Sie steckte das Buch in ihren Rucksack und lief nach Hause. Gene war in der Arbeit und Timmy in der Schule, also war sie ungestört. Skye legte sich aufs Bett, schlug das Buch mit den vielen Fotografien auf und holte tief Luft. Klappte das Buch wieder zu. Schloss die Augen. Spürte, wie sich etwas in ihr regte, so tief, dass es kaum fühlbar war.

Dann öffnete sie die Augen und riskierte einen weiteren Blick auf die schönen Schwarz-Weiß-Fotos. Etwas Ähnliches hatte sie bisher nur in ihren Träumen gesehen. Verstümmelte Körper waren mit ihren Gliedmaßen sowie Früchten und Blumen zu bizarren Kompositionen arrangiert. Zerrissenes Fleisch. Abgetrennte Genitalien.

Grinsende Köpfe, die nicht zu den Körpern darunter passten. Bei der Obduktion geöffnete Leichname, aus denen die Organe quollen.

Für Skye stellte dieses Buch das Tor zu einer anderen Welt dar. Einer Welt, die sie erschreckte und gleichzeitig tröstete. Auf gewisse Weise strahlten diese blutigen, grausamen Bilder eine gewisse Ordnung und Schönheit aus.

Eines Tages kam sie aus der Schule, als Gene bereits im Wohnzimmer auf sie wartete. Er sah sie mit ernster Miene an. Das Buch lag auf dem Beistelltisch.

»Wo hast du das her?«, fragte er und tippte auf den Einband.

»Gefunden.«

»Wo gefunden?«

»Auf einem Sitz im Bus.«

Der Instinkt des Gesetzeshüters durchschaute die Lüge sofort. »Das hier ist Pornografie«, sagte er.

»Es ist Kunst«, sagte sie.

»Es ist pervers. Ich muss mir jeden Tag solche Sachen ansehen. Autounfälle. Morde. Selbstmorde. Ich bin dafür zuständig, dass man die Toten mit Respekt und Würde behandelt und nicht ausstellt wie im Gruselkabinett. Wusstest du, dass dieser Mann die Beamten jenseits der Grenze bestochen hat, damit er seine kranken Bilder machen konnte?«

Sie nickte. Das hatte sie im Vorwort gelesen.

»Das hier hat in meinem Haus nichts verloren. Hab ich mich klar ausgedrückt?«

»Ja«, sagte sie.

Er nahm das Buch und fuhr mit dem Streifenwagen davon. Ein paar Tage später kam sie an Leonards Buchladen vorbei. Er war geschlossen und die Schaufenster verbarrikadiert. Leonard sah sie nie wieder, und irgendwann eröffnete dort ein Hundesalon.

Natürlich hatte sie die Fotos aus dem Buch und noch viele andere später im Internet gefunden. Sie surfte nachts, wenn Gene auf Streife war oder schlief, wobei sie sich nicht traute, die Bilder auf der Festplatte abzuspeichern. Ihr Bruder könnte ihr schließlich auf die Schliche kommen. Zur manisch-depressiven Musik von Joy Division, die aus ihren Kopfhörern dröhnte, verschlang sie förmlich die Bilder auf dem flackernden Monitor. Versuchte verzweifelt, etwas zu verstehen, was sich bisher ihrem Verständnis entzogen hatte.

Deshalb überraschte es Skye auch nicht, dass sie gestern Nacht beschlossen hatte, Drums Tod wie eine Performance zu gestalten. Jener Teil von ihr, der selbst im Anderen noch intakt geblieben war, brauchte die Distanz des Künstlichen, um gegenwärtig zu sein, um teilzunehmen und – ja – um zu genießen, was sie da tat.

Und genossen hatte sie es zweifellos. Zufrieden und ohne Gewissensbisse döste sie im sanft schaukelnden Bus ein. Drum hatte es verdient.

Timmys Schreie rissen sie aus dem Schlaf. Noch bevor sie die Augen öffnete, war sie schon auf den Beinen und spürte die Kraft, mit der sich der Andere in ihr erhob. Ihre Hände packten den Sitz vor ihr und strichen gegen die vor Haarlack strotzende schwarze Turmfrisur der Dame, die darauf saß.

Skye sah sich im Bus um, starrte die faltigen Senioren, die fetten Frauen mit ihren Bälgern und die milchgesichtigen Soldaten mit den kurz geschorenen Haaren an.

Es war nur ein Traum, Skye. Nur ein Traum.

Sie wollte sich gerade wieder hinsetzen und die Hitze des Anderen aus ihrem Blut scheuchen, als sie ein Bild mit solcher Klarheit vor Augen hatte, dass sie den Gang hinunterrannte und den Fahrer anschrie, er müsse sofort anhalten.

Sie sah einen gefesselten und geknebelten Timmy. Der Samtjesus stand mit einem Skalpell in der Hand über ihm. Sein lockiges Haar strich über die nackte Haut des Jungen, während sich die Klinge seiner Kehle näherte.

42

Junior Cotton fuhr das kleine grüne Auto mit der Konzentration eines Zen-Mönchs. Er hielt sich auf den staubigen Nebenstraßen, die um die Stadt herumführten, deren Skyline wie eine Fata Morgana aus der Wüste ragte. An Juniors Körper klebte nicht ein Tropfen Schweiß, obwohl das Auto keine Klimaanlage hatte. Er war völlig dehydriert, und ein stechender Schmerz in seinem Magen signalisierte ihm, dass er dringend etwas essen musste.

Letzte Nacht hatte er zwar das Blut der Krankenschwester getrunken, doch nachdem er jahrelang nur halb flüssige Pampe zu sich genommen hatte, konnte er nicht mehr wie früher herzhaft ins Fleisch beißen und auf den Knorpeln, dem Fett und den Adern herumkauen, wie es ihm seine Mama beigebracht hatte.

»Heute dinieren wir mit *Stil*, Junior«, hatte sie immer gesagt und ihn dabei mit rot verschmierten Zähnen angesehen, während sie ihre Portion eines der unzähligen Opfer vertilgt hatte.

Nach der Mahlzeit erlaubte sie sich immer einen kleinen damenhaften Rülpser – wobei sie sich eine perfekt manikürte Hand vor den Mund hielt –, säuberte ihr Gesicht mit einem parfümierten Frischetuch und zog den Lippenstift nach.

Junior spürte die Nässe einer einzelnen Träne, die aus seinem linken Auge quoll und seine Wange hinunterlief.

Bevor sich der Tropfen im Bart verlief, fing er ihn mit dem Zeigefinger auf, steckte ihn in den Mund und spürte den scharfen Salzgeschmack auf der Zunge.

Er war völlig ausgedörrt und kurz davor, aus Erschöpfung und Hunger ohnmächtig zu werden.

Die Stadt verschwand aus dem Rückspiegel, und Junior bemerkte eine Asphaltstraße, die parallel zu dem Schotterweg verlief, auf dem er unterwegs war. Entlang des alten Highways, der nach Norden zur Staatsgrenze führte, waren kleine Ortschaften wie Perlen auf einem Armband aufgereiht. Durch die neu gebaute Interstate waren sie alle dem Untergang anheimgefallen.

Junior erreichte eine Kreuzung, sah sich zu beiden Seiten um und bog auf die Teerstraße, die durch ihre vielen Schlaglöcher und Risse an eine Mondlandschaft erinnerte. Kurze Zeit später bemerkte er ein unauffälliges beiges Auto im Schatten der staubigen Pappeln am Straßenrand. Beide Türen standen sperrangelweit offen – ein weiterer armer Teufel ohne Klimaanlage –, und Junior konnte eine menschliche Gestalt auf dem zurückgeklappten Beifahrersitz erkennen.

Instinktiv wurde Junior langsamer und hielt kurz vor dem beigen Wagen an. Er saß eine Weile da und beobachtete das Auto im Rückspiegel. Die Silhouette auf dem Beifahrersitz bewegte sich nicht.

Junior schaltete den Motor aus. Selbst das Öffnen der Autotür stellte eine gewaltige Anstrengung dar. Keuchend versuchte er auszusteigen. Mit letzter Kraft hielt er sich am glühend heißen Wagendach fest, bis seine Handflächen so sehr schmerzten, dass er loslassen musste.

Schwankend machte er einen Schritt auf den beigen Wagen zu. Dann noch einen. Er biss die Zähne zusammen und schaffte es, zum anderen Auto zu gelangen und den Kühlergrill der Limousine – ein Chevrolet, wie er bemerkte – zu packen. Da der Schatten der Bäume auf das Chrom fiel, konnte er sich daran anlehnen und Atem holen, ohne sich die Hände zu verbrennen.

»Unfall?«

Die Stimme kam aus dem Chevrolet. Junior wandte den Kopf. Ein Mann spähte über das Armaturenbrett hinweg und klappte den Sitz in die aufrechte Position zurück.

»Verzeihung?«, fragte er höflich – schließlich hatte ihm seine Mutter Manieren beigebracht. Das Skalpell drückte gegen sein Handgelenk.

»Na ja, für 'nen Herzinfarkt sind Sie noch zu jung, also dachte ich, Sie hätten 'nen Unfall gehabt oder so.«

Junior nickte. »Auf dem Highway westlich von hier sind zwanzig Autos ineinandergerauscht. War wohl ein Buschfeuer. Man hat auf einmal nichts mehr gesehen. Ich hatte noch Glück.«

»Und Sie haben sich gleich wieder in den Sattel geschwungen. Respekt, mein Freund. Das war mutig.«

Der Mann, der sich nun aus dem Auto wuchtete, war um die sechzig, hatte sprödes graues Haar und ein gerötetes Gesicht. Das bügelfreie kurzärmlige Hemd spannte über seinem beachtlichen Bauch. Er trug einen dunklen Schlips und eine Anzughose. Junior bemerkte ein Jackett, das an einem Kleiderbügel im Heck des Wagens hing. Offenbar ein Vertreter – wenn auch kein besonders erfolgreicher.

»Wo wollen Sie denn hin, Kumpel?«

»New Jericho«, sagte Junior, obwohl er nicht einmal wusste, ob so ein Ort überhaupt existierte.

»Hab ich noch nie gehört, tut mir leid.«

»Schade. Da habe ich mich wohl verfahren. Ich hatte gehofft, Sie könnten mir helfen.«

»Hat Ihre kleine Konservenbüchse denn kein Navi?« Der Mann deutete auf das grüne Auto. Junior brauchte einen Augenblick, bis er kapierte.

»Das Ding ist futschikato«, sagte Junior. Diesen altertümlichen Ausdruck hatte seine Mutter immer gerne benutzt.

»Ist das zu glauben? Genau wie meine vermaledeite Klimaanlage.«

»Sir, glauben Sie, ich dürfte ...«, fing Junior an.

Der Mann unterbrach ihn, indem er eine rosa Handfläche hob. »Weed heiße ich, Kumpel. Hoagland Weed.«

»Mr. Weed, ob ich Sie wohl um einen Schluck Wasser bitten dürfte?«

»Wasser habe ich nicht im Angebot, aber wie wär's mit einer Pepsi?«

»Sie sind ein Engel.«

Weed lachte, öffnete den Kofferraum und kramte in einer Kühlbox. Junior hörte ein Plätschern und Eiswürfel, die gegen die Stahlwände klirrten. Der Mann reichte ihm eine tropfende Coladose.

Junior riss sie auf und schüttete sich das sprudelnde, ekelhaft süße Getränk in die Kehle. Dann hielt er sich die Hand vor den Mund, rülpste leise und nahm einen etwas manierlicheren Schluck.

»Vielen Dank, Mr. Weed.«

»Nichts zu danken, Kumpel.«

»Oh, Verzeihung«, sagte Junior. »Eugene Martindale.« Er schüttelte die klamme Hand des Mannes, die so schlaff wie Rindertalg war.

»Mit einem gewissen Boyd Martindale hab ich mal im Schützengraben gesessen.« Weeds Miene verdüsterte sich. Er blinzelte, sah kurz weg und zwang sich anschließend zu einem Lächeln. »Weshalb fahren Sie denn nach, äh, New Jericho?«

»Ich betreibe dort geologische Forschungen. Und Sie, Mr. Weed? Was machen Sie so?«

»Ich verkaufe das Wort des Herrn, Kumpel. Das mache ich schon länger, als Sie auf der Welt sind.«

Er beugte sich in den Chevrolet und holte einen Bildband heraus. TESTAMENT 2 stand in einer Videospielschrift auf dem quietschbunten Einband.

»Für die Teenager, wissen Sie?«

Er reichte Junior das Buch. Dieser musste sich zusammenreißen, um nicht laut loszulachen. DAS GRÖSSTE ACTION-ABENTEUER ALLER ZEITEN!

»Wenn ich's mir recht überlege«, sagte der Vertreter, »dann haben Sie ziemlich große Ähnlichkeit mit dem Helden dieser spannenden Geschichte.«

Jetzt musste Junior tatsächlich lachen. Er gab Weed die lächerliche Bibel zurück, ließ das Skalpell aus dem Ärmel gleiten, stürzte sich auf ihn und rammte die Klinge tief in das linke Auge des Mannes. Sie gingen gemeinsam zu Boden, und mit einem letzten Zucken hauchte der arme Kerl sein Leben aus. In Sekunden war alles vorbei.

Junior stand auf, klopfte sich den Staub ab, griff in den Wagen und schnappte sich das Jackett. Ein Portemonnaie beulte die Innentasche aus. Zweiundvierzig Dollar in bar, ein Führerschein, zwei Kreditkarten, ein Blutspendeausweis und ein blasses, zerknittertes Foto, auf dem ein viel jüngerer Weed den Arm um eine dürre Rothaarige legte und ein dickes Baby auf dem Knie balancierte.

Junior nahm das Geld heraus und warf die Brieftasche zwischen die Bäume. Weed lag direkt neben einem Graben. Junior stützte sich mit dem Rücken am Chevrolet ab und rollte ihn mit den Füßen in den trockenen Riss im Boden. So würde Junior längst über alle Berge sein, bevor ein zufällig vorbeikommender Samariter die Leiche entdeckte.

Er setzte sich ans Steuer des Chevrolets, passte den Sitz seiner Größe an, wendete und fuhr in die Nachmittagssonne, bis er die Interstate vor sich sah und leise den Verkehr auf dem Asphalt entlangrauschen hörte.

Über eine Rampe gelangte Junior auf die glatte, frisch geteerte Fahrbahn. Nachdem er den ganzen Tag auf irgendwelchen Schotterpisten unterwegs gewesen war, kam es ihm jetzt vor, als würde er auf Samt dahingleiten.

Nach einer halben Stunde tauchte ein senffarbenes Schild in der Wüste auf, das eine Tankstelle samt Schnellrestaurant an der nächsten Ausfahrt versprach.

Er setzte den Blinker, verließ die Interstate und hielt vor dem Drive-in-Schalter an. Ein pickliger Junge mit Papiermütze und einer gepunkteten Krawatte saß hinter einer Glasscheibe. Mit verzerrter Stimme erkundigte er sich über einen Lautsprecher nach Juniors Bestellung.

Junior nahm eine Hühnersuppe und einen Fruchteisbecher. Nicht gerade eine appetitliche Kombination, doch etwas anderes würde sein Magen nicht verarbeiten können.

Der Junge quäkte eine Antwort. Junior fuhr zum Fenster der nächsten Kabine, in der eine junge Frau wohnte. Im Rückspiegel waren keine anderen Autos zu sehen.

Junior legte einen Zehndollarschein auf ein Tablett, das in der Kabine verschwand und mit seiner Bestellung darauf wieder herausgeschoben wurde. Eine wundersame Fast-Food-Transsubstantiation.

Beim Anblick des Essens lief Junior das Wasser im Mund zusammen. Eilig fuhr er auf den nächsten Parkplatz und hielt mitten auf einer weißen Trennlinie, deren Farbe Blasen warf und an den Reifen des Chevrolets kleben blieb. Er öffnete die Suppenschüssel und nahm einen tiefen Schluck. Prompt verbrannte er sich den Mund. Zur Linderung der Schmerzen schaufelte er das nach Chemie schmeckende Eis in sich hinein und spürte, wie sein Zuckerspiegel rasant anstieg.

Abwechselnd nahm er einen Schluck Suppe und einen Löffel Eiscreme zu sich und machte dabei Geräusche wie ein Schwein am Futtertrog. Geräusche, bei denen ihn seine Mutter garantiert vorwurfsvoll angesehen hätte. Selbst Kannibalen hatten keinen Grund, auf Tischmanieren zu verzichten. Junior stopfte sich so gierig voll, dass er den Schatten, der durch das geöffnete Fahrerfenster des Chevrolets fiel, zu spät bemerkte.

Plötzlich blickte er in ein mit vielen funkelnden Metallpiercings übersätes Gesicht. »Du bist's, oder?«, sagte eine Frauenstimme. »Der Typ, der ausgebüxt ist?«

43

Gene fuhr mit dem Streifenwagen durch die Stadt, ohne die von den Häuserwänden abblätternde Farbe, die eingeworfenen Fenster oder die Autowracks in den von der Dürre ausgetrockneten Vorgärten weiter zu beachten – seine Augen hielten einzig und allein nach jenem Mann Ausschau, dessen engelhafte Gesichtszüge seine wahre Natur Lügen straften.

Er bog auf die Hauptstraße und fuhr, bis der Asphalt in Schotter überging und sich nur noch der Sand des Ödlands zwischen ihm und der Grenze erstreckte. Sand und die Geister seiner toten Frau und seines Babys.

Geister, die von Strafe und Vergeltung und einer Rache flüsterten, die noch ihrer Erfüllung harrte.

Seit dem Tod seiner Eltern hatte Gene mit einer Lüge gelebt. Er hatte niemandem erzählt, was in jener Nacht geschehen war. Jedes Mal, wenn Skye mit ihm über einen Erinnerungsfetzen sprechen wollte, der sie im Traum heimgesucht hatte, hatte er schnell abgewiegelt und mit mantraartiger Bestimmtheit die Geschichte von den Landstreichern wiederholt. Er war der einzige Hüter der Wahrheit, einer Wahrheit, die seine Seele vergiftet und ihn trotz aller Bemühungen seiner Frau emotional verkrüppelt hatte.

Tatsächlich hatte er Angst, zu sehr zu lieben. Oder – besser gesagt – die tiefe Liebe, die er für seine Familie empfand, auch zuzulassen. Sonst, so befürchtete er, würde ihm eine dunkle Macht seine Liebsten nehmen, aus Strafe für die Lüge, mit der er lebte, um seine Adoptivschwester zu beschützen.

Vor fünf Jahren waren dann plötzlich Junior Cotton und eine Frau namens Annie-Lynn Peyton aufgetaucht, als hätte sie Genes schlechtes Gewissen höchstpersönlich aus dem Nichts heraufbeschworen. Sie waren beide Mitglieder des Kultes gewesen, der in Drums County Zuflucht gefunden hatte. Annie-Lynn hatte Marybeth angehalten, die – genau hier, auf dieser Straße – mit den Einkäufen auf dem Beifahrersitz auf dem Rückweg vom Supermarkt gewesen war. Genes flehentliche Bitte, doch zu Hause zu bleiben und die Füße hochzulegen, hatte die hochschwangere Marybeth einfach ignoriert.

Sie hatte den Kombi an exakt derselben Stelle abgestellt, an der Gene und seine Mutter vor vielen Jahren Skye in einer Schachtel gefunden hatten. Junior Cotton und Annie-Lynn Peyton zerrten Marybeth aus dem Auto und in die Wüste, wo sie sie schändeten, ihr das Baby aus dem Leib schnitten, sie erst einen langsamen Tod sterben und dann einfach im Schmutz liegen ließen. Sie schnitten die Nabelschnur durch und verschwanden mit dem Baby in der Wüste.

Bobby Heck hatte Marybeth gefunden. Er war gerade auf Streife gewesen, als er den Kombi mit den offen stehenden Türen bemerkte, das Polizeiauto abstellte und drei verschiedenen Fußspuren bis zu der Stelle folgte, an der sie lag. Feuerameisen, die sich an ihrem Fleisch gütlich taten, bedeckten sie wie ein roter Teppich. Bobby schaffte es gerade noch, zum Streifenwagen zurückzutaumeln und einen Notruf abzusetzen, bevor er wegen des grässlichen Anblicks, der sich ihm dargeboten hatte, das Bewusstsein verlor.

Als Gene ankam – es war sein freier Tag, und er war in Zivilkleidung im alten Jeep seines Vaters zum Tatort gefahren, der bereits von Lavender und seinen Deputys abgeschirmt wurde –, wollten ihn die Männer zurückhalten. Er riss sich los, und als er über seiner Frau kniete, starb etwas in ihm. Ein Sanitätswagen stieß hinzu. Gene bestand darauf, den Reißverschluss des Leichensacks persönlich zu schließen. Marybeths Gesicht verschwand für immer hinter dem schwarzen Plastik.

Er ging zu seinem Jeep zurück, schob Patronen in die Remington-Pumpgun und brach in die Wüste auf. Kurze Zeit später entdeckte er einige verkohlte Mesquiteholzscheite im Sand – die Überreste eines Lagerfeuers. Im Zentrum eines in den Staub gezeichneten Pentagramms, dessen Umrisse vom Wind bereits verweht wurden, lag der schwarze Leichnam seines ungeborenen Kindes.

Gene sank auf die Knie und scharrte wie ein Tier im Sand. Er riss sich das Hemd vom Leib, wickelte das Baby darin ein und wiegte es, als wollte er es trösten. Der Geruch des verbrannten Fleisches ließ tiefe Seufzer aus seinem Innersten aufsteigen.

Ein kräftiger Windstoß, der die Fußspuren, die zum Horizont führten, langsam verwischte, brachte ihn wieder zur Besinnung. Er legte das Baby auf den Beifahrersitz des Jeeps und fuhr den beiden Fußspuren hinterher. Ein Mann und eine Frau. Der Mann war schneller gegangen und hatte seine Begleiterin abgehängt.

Als Erstes stieß er auf die Frau. Sie lag wie ein Lumpenhaufen im Sand und schrie so laut, dass er sie zunächst für ein weiteres Opfer hielt. Sobald er neben ihr in die Hocke ging – die Schrotflinte baumelte locker an seiner Seite –, sprang sie auf und brachte ihm mit einem Messer einen tiefen Schnitt zwischen den Rippen bei. Vor ihrem nächsten Angriff hob er die Flinte und schoss sie in zwei Hälften.

Er ließ sie einfach liegen, folgte dem Mann und sah schließlich seine dunkle Silhouette auf einer Anhöhe stehen. Erst dachte er, der Mann wollte sich ergeben. Als er näher kam, bemerkte er das lange Haar, den Bart und die Arme, die er wie Christus am Kreuz ausstreckt hatte. Es war keine Pose der Unterwürfigkeit.

Gene hob die Waffe und richtete sie auf dieses engelsgleiche, kranke Gesicht. Der Mann lächelte wie der barmherzige Jesus persönlich. Gene brachte es nicht über sich. Ein kaltblütiger Mord lag nicht in seiner Natur. Junior Cotton lachte ihn aus und starrte ihm direkt in die Augen.

Nachdem er Cotton mit dem Flintenschaft bewusstlos geschlagen hatte, zerrte er ihn in den Jeep und fesselte ihn mit seinen Handschellen an den Überrollbügel. Auf dem Rückweg machte er Halt, um die halbierte Frau aufzuladen. Junior lächelte die Zuschauer an, die sich bei ihrer Ankunft in der Stadt versammelten. Der Wind fuhr durch seinen weichen Bart, und er hob die Arme zum Himmel, als könnte er weiße Tauben aus den Händen aufsteigen lassen, an denen noch das Blut von Genes Frau und seinem ungeborenen Kind klebte.

Gene hielt vor dem Sheriffbüro an und trug das Baby an seinen vor Entsetzen stummen Kollegen vorbei in den Verhörraum. Er schloss die Tür hinter sich, legte den verkohlten Körper auf den Tisch und saß eine lange Zeit einsam davor. Irgendwann betrat Lavender in Begleitung von Doc Farnsworth und seiner betagten Assistentin den Raum. Die Krankenschwester nahm das Baby und verließ zusammen mit dem Sheriff das Zimmer.

Farnsworth säuberte und verband Genes Rippen, legte einen Augenblick lang eine Hand auf seine Schulter und verschwand ebenfalls.

Lavender kehrte zurück und stellte eine Flasche Jim Beam und zwei Gläser auf den Tisch. Obwohl die beiden Männer keine großen Trinker waren, leerten sie die Gläser, bevor auch nur das erste Wort gesprochen wurde.

»Wo sind Timmy und Skye?«, fragte Gene.

»Zu Hause. Ihre Tante ist bei ihnen. Wir haben ihnen noch nichts gesagt, und sie passt auf, dass sie nicht ans Telefon gehen oder den Fernseher einschalten.«

Gene nickte. »Was ist mit dem Mann? Wo ist er?«

»Er hat noch kein einziges Wort gesagt. Die State Police hat ihn in die Stadt mitgenommen. Wir müssten jeden Augenblick von ihnen hören.« Lavender nahm einen Schluck. »Was war mit dieser Frau?«

Gene erzählte es ihm. Lavender schenkte nach. »Du wolltest ihn auch töten, oder?«

»Ja.«

»Aber du konntest nicht.«

»Nein. Ich hatte nicht den Mumm dazu.« Gene leerte sein Glas. »Was hättest du an meiner Stelle getan?«

»Das Gleiche, schätze ich. Das unterscheidet uns von ihnen, oder?« Er füllte erneut die Gläser. »Keine Sorge. Der Staat wird das für uns erledigen.«

Doch da hatte sich Lavender geirrt. Junior Cotton – man fand seinen Namen durch einen Abgleich seiner Fingerabdrücke mit der Datenbank heraus – verfiel in einen katatonischen Zustand, ohne auch nur ein Wort zu seiner Verteidigung zu sagen oder eine Erklärung dafür abzugeben, warum er und die Frau diese Tat begangen hatten. Man brachte ihn in eine Klinik für geisteskranke Straftäter.

Seither war nicht ein Tag vergangen, an dem Gene nicht an jenen Augenblick zurückdachte, an dem er mit der Schrotflinte in der Hand dagestanden hatte und sich wünschte, er hätte es getan. Sich wünschte, dass er seinem Vater ähnlicher wäre und das Zeug dazu gehabt hätte, den Abzug zu drücken.

Auf dem Rückweg in die Stadt erwachte das Funkgerät knisternd zum Leben. Darlene aus der Funkzentrale gab den drei Deputys in knapper, lakonischer Polizeisprache Anweisungen – Haikus, die das Leben in einer sterbenden Stadt besangen.

»Ein 10-10 im Silver Dollar.« Schlägerei unter Alkoholeinfluss.

»Auf dem Weg zu einem 10-16 auf der Double Heart Ranch.« Der alte Pruitt verprügelte mal wieder seine Frau.

»10-45 Ecke Mason und Ford.« Ein totes Tier auf der Fahrbahn.

»10-56 auf der Hauptstraße.« Betrunkener Fußgänger auf der Flucht. Offenbar hatte sich die Kneipenschlägerei aufgelöst.

Gene fand diese banalen Gesprächsfetzen irgendwie tröstlich. Keine ausgeweideten Leichen. Keine Blutspuren. Noch nicht.

Auf dem Weg zu Timmys Schule kam er an dem Friedhof vorbei, auf dem seine Frau und sein Kind lagen. Das Rauschen des Funkgeräts durchbrach die nachmittägliche Stille. Zum zehnten Mal an diesem Tag fuhr er im Schritttempo am Schulgebäude vorüber. Wie bei den neun Malen zuvor winkte ihm Dolly Marples, Timmys Lehrerin, durchs Klassenzimmerfenster zu und signalisierte ihm dadurch, dass sein Sohn in Sicherheit war.

Gene trat wieder aufs Gas. Sollte er Timmy ins Sheriffbüro bringen und mit geladener Schrotflinte vor der Tür Wache halten? Nein, der Junge hatte in den letzten Tagen schon genug durchgemacht. Wahrscheinlich war er bei seinen Freunden in der Schule besser aufgehoben. Gene hatte die Lehrer vor Junior Cotton gewarnt und ihnen ein Foto von ihm gezeigt. Sie würden ihn anrufen, wenn irgendetwas oder irgendjemand Verdacht erregte.

In der Nähe der Interstate klingelte sein Handy.

»Martindale.«

»Chief Deputy, hier spricht Detective Winslow von der State Police.«

»Ja?«

»Das Auto der Krankenschwester und die Leiche eines nicht identifizierten älteren Mannes wurden fünfzig Meilen nördlich der Stadt auf der alten 103 gefunden. Wahrscheinlich hat Cotton den Mann getötet, sein Auto an sich genommen und inzwischen die Bundesgrenze überquert. Wie es aussieht, bleiben sie diesmal von Junior verschont.«

»Vielen Dank. Wenn Sie etwas Neues erfahren ...«

»Ich halte Sie auf dem Laufenden.«

Gene warf das Handy auf den Beifahrersitz. Mit einem Mal war er sehr müde. Skye war verschwunden. Junior Cotton trieb sein Unwesen in einem anderen Teil des Landes. Vielleicht war das Blutvergießen nun tatsächlich beendet, und er konnte seine Rachegedanken für später aufsparen, wenn er Blumen auf jene staubigen Gräber legte.

Jetzt brauchte er eine Tasse Kaffee. Er hielt vor Earl's an. Bis auf Minty, die in einer Nische ihre Nägel feilte, war das Diner verlassen. Gene hatte wenig Lust, sich ausgerechnet jetzt von ihr ins Kreuzverhör nehmen zu lassen. Er fuhr in den Schatten, schloss einen Moment lang die Augen und wurde von einer Hand geweckt, die ihm auf die Schulter tippte. Er sah auf. Minty hielt ihm einen Styroporbecher hin.

»Schwarz, zwei Stück Zucker. Um Himmels willen, Gene«, sagte sie, als er zögerte. »Nimm. Da ist schon kein Gift drin.«

Er nahm den Becher und trank. Minty beugte sich vor. Ihr Parfüm vermischte sich mit dem Kaffeearoma.

»Was zum Teufel ist zwischen dir und Skye vorgefallen?«

»Das ist eine Familienangelegenheit.«

»Du hast dem armen Ding das Herz gebrochen. Sie einfach so rauszuschmeißen. Du weißt doch, wie sehr sie dich und Timmy liebt.«

»Sie hat sich verändert, Minty. Lass es gut sein, ja?«

»Klar hat sie sich verändert. Sie ist jetzt eine Frau. Weißt du noch, was das ist?«

Zur Verdeutlichung richtete sie sich auf und hielt ihre Brüste und Hüften ins Fenster. Einen kurzen Augenblick überkam Gene eine Begierde, die Sehnsucht, sich in ihrem duftenden Fleisch zu verlieren.

Gene drückte ihr den Becher in die Hand. »Ich muss los.«

»Du bist ein Feigling, Gene Martindale«, rief sie ihm hinterher, als er zu den bröckelnden Gewissheiten der sterbenden Stadt zurückfuhr.

Dem konnte er nicht widersprechen.

44

Es war eine unglaubliche Verwandlung. Der abgerissene Gruftie – verfilzte rabenschwarze Locken, ein leichenblasses, mit Ringen, Nieten und Steckern übersätes Gesicht, ein schwarzes Taftkleid über Strumpfhosen und Dr.-Martens-Stiefel –, der in die Toilette der Tankstelle geschlurft war, tauchte zehn Minuten später als Kleinstadtschulmädchen wieder auf: Blonde Locken umrahmten ein fast hübsches Gesicht, blaue Augen blitzten hinter einer Hornbrille hervor, die Haut leuchtete sauber und frisch, ein winziger Hauch von pfirsichfarbenem Lippenstift umspielte die Lippen. Sie trug Turnschuhe, blaue, neutral geschnittene Jeans und eine weiße Bluse, die ihre Brüste verbarg.

Das Mädchen warf ihren Rucksack in den Kofferraum und setzte sich hinter das Steuer des Chevrolets.

»Bist du blond oder brünett?«, fragte Junior.

»Nix davon. Sind alles Perücken.« Sie packte Juniors Kopf und drehte ihn herum. »Jetzt du«, sagte sie. Er hörte das Gummiband schnalzen, mit dem sie sein Haar zu einem Pferdeschwanz zusammenband.

Dann drückte sie ihm ein Käppi mit CATERPILLAR-Logo auf den Kopf, sodass sein Haarschopf nicht mehr zu sehen war, und hielt ihm eine große Pilotensonnenbrille hin. »Aufsetzen.«

Junior gehorchte. Sie klappte die Sonnenblende herunter, und aus dem kleinen Kosmetikspiegel starrte ihm ein ganz gewöhnlicher Redneck entgegen.

»Schleppst du diese Verkleidungen immer mit dir rum?«

»Klaro. Spuren verwischen und so.« Sie ließ den Motor an und fuhr in Richtung Auffahrt.

Obwohl es nicht Juniors Wesen entsprach, Zuneigung gegenüber seinen Mitmenschen zu empfinden, verspürte er so etwas wie Sympathie für dieses Mädchen. Natürlich würde ihn das nicht davon abhalten, sie zu töten, wenn die Zeit reif war. Die Tatsache, dass sie sich dessen bewusst war (und diesen Augenblick sogar herbeisehnte), nahm ihn nur noch mehr für sie ein.

Vorhin, als sie ihn beim Essen überrascht hatte, hatte sie jedenfalls ganz genau gewusst, wie sie ihn wieder besänftigen konnte.

»Kein Stress, Mann. Ich bin ’n Fan von dir«, hatte sie gesagt und war unaufgefordert auf den Beifahrersitz gehüpft. »Wär mir ’ne Ehre, dein Opfer zu sein.«

Er hatte sie angestarrt, die heiße Suppe in der einen, den kalten Eisbecher in der anderen Hand.

»Du willst, dass ich dich umbringe?«

»Schon, wenn’s so weit ist. Aber vorher helf ich dir noch.«

»Womit?«

»Mit dem, wofür du ausgebüxt bist.«

»Woher willst du wissen, dass ich nicht einfach aus Spaß an der Freude geflohen bin?« Er hatte nicht vor, sich von ihrer saloppen Ausdrucksweise anstecken zu lassen.

Sie schüttelte die verfilzte Mähne. Das Silber in ihrem Gesicht funkelte in der Sonne, sodass kleine Lichter wie von einer Discokugel durch den Wagen tanzten. »Ich hab geträumt, dass ich dich genau hier treffen würd.« Junior starrte sie an. »Jaha, gestern Nacht in so 'nem Motelzimmer. Ich hab den Hotelchef gefickt und dann gekillt.« Sie zuckte mit den Schultern. »Ich hab schon haufenweise Leute um die Ecke gebracht. Aber nich' so viele wie du, möcht ich wetten.«

Als aufmerksamer Sohn seiner Mutter besaß Junior eine seit dem Säuglingsalter stets verfeinerte Menschenkenntnis. Er konnte keine Spur von Unaufrichtigkeit an ihr entdecken.

»Kannst du fahren?«

»Klaro.«

»Dann fahr.«

Das Mädchen warf den Rucksack auf die Rückbank und umrundete den Wagen, während er auf den Beifahrersitz rutschte. Sie wendete den Chevrolet und fuhr auf die Interstate, wo sie sich vorsichtig in den spärlichen Verkehr einfädelte.

»Wie heißt du?«

»Della.«

»Was war das für ein Traum?«

»Er hat mit mir geredet. Ganz konkret.«

»Er?«

Sie warf ihm einen vielsagenden Blick zu. »Na er. Der Teufel. Hat gesagt, er hätt 'nen Job für mich. Dass ich dir bei deiner Mission helfen soll und so.«

»Was für eine Mission?«

»Die mit dem Jungen.«

Junior starrte auf ihr ausdrucksloses Profil. Sie kaute Kaugummi. Eine rosafarbene Blase quoll aus ihrem Mund. Einen Augenblick später ließ sie sie mit einem Knall zerplatzen.

»Erzähl weiter.«

»Weiter weiß ich nix. Außer dass du so 'ne Art Opfer veranstalten willst oder was.«

»Spricht er oft mit dir?«

»Der Teufel?«

»Ja.«

Sie zuckte mit den Achseln. »Wir palavern, seit ich klein bin. Seit ich meinen Stiefdaddy allegemacht hab.« Jetzt sah sie ihn an. »Ich helf dir mit dem Jungen.«

»Ich brauche keine Hilfe.«

»Du bist 'n Krüppel, Mann.«

»Das wird schon wieder.«

»Wenn du meinst.«

Eine Minute lang betrachtete er das Ödland. Dann verstand er, dass sie ihm *gesandt* worden war.

»Okay«, sagte er. »Du darfst mir helfen.«

»Aber du musst mir was dafür versprechen.«

»Nämlich?«

»Wenn du mich um die Ecke bringst, dann mit 'ner richtigen Zeremonie und so. Auf dass ich gewisslich die andere Seite erreiche.«

Diese formelle Ausdrucksweise klang beinahe rührend. Er sah sie vor sich, wie sie in einem Internetcafé über einem Computer gebeugt dasaß, mit einer Haarsträhne spielte, Kaugummi kaute und laut die Geheimnisse okkulter Webseiten vorlas: 666.com, beelzebub.com, gotothedevil.com.

Er musste sich eingestehen, dass diese Della ungeachtet ihrer Herkunft eine würdige Mitstreiterin war. Während ihrer Fahrt auf dem Freeway sinnierte Junior über den seltsamen Lauf der Welt. Das blonde Mädchen hätte fast die Doppelgängerin der Tante des Jungen sein können. Der Schwester des Deputy.

Skye.

Der Junge war natürlich nur ein Köder. Skye Martindale war das Licht, das Junior unwiderstehlich nach Süden zog.

45

Es war das perfekte Klischee, Thema unzähliger Schundromane und B-Movies: junge blonde Anhalterin auf einer Wüstenstraße, großer tätowierter Trucker mit viel Zahnfleisch, wenig Zähnen und einer Fantasie so schmutzig wie ein Plumpsklo.

Ein Klischee, sicher. Und dass dieser spezielle Trucker weiblich war, machte es für Skye auch nicht besser.

»Wo soll's denn hingehen, Prinzessin?«, brüllte die Kampflesbe über Steven Tylers Gekreische hinweg, trat auf die Zweischeibenkupplung und schaltete einen Gang runter.

»Hab ich doch schon gesagt.«

»Na ja. Wartet dort denn wenigstens 'n junger strammer Hengst auf dich?«

Die Truckerin löste ihre nikotingelben Augen von der Straße und zog Skye mit ihren Blicken aus. Skye bekam es einen Augenblick lang mit der Angst zu tun. Bis sie sich daran erinnerte, wer sie und wozu sie fähig war.

»Nein«, sagte sie.

»Was denn, stehst du nicht auf Männer? Scheiße, das ist völlig okay. Ich kann auch nichts mit ihnen anfangen.«

»Ich mag Männer. Ich bin nur gerade Single.«

»Single und für jeeeeeeeden Spaß zu haben«, rief die Frau in der schlechten Imitation eines Gameshow-Moderators.

Skye starrte wieder in die Wüste hinaus und versuchte abzuschätzen, wie weit sie noch von zu Hause entfernt war.

Die Lesbe legte ihre rechte Hand auf Skyes Bein und umklammerte ihr Knie. An jedem der rotbraunen Finger mit den abgeknabberten dreckigen Nägeln steckte ein Ring: Totenköpfe, Hakenkreuze, Pokerwürfel.

Skye hätte der Schlampe am liebsten die Hand abgerissen und ihr damit ein paar Ohrfeigen verpasst. Stattdessen zwang sie sich zu einem Lächeln. »So unwiderstehlich du auch bist – ich hab mit Frauen nichts am Hut.«

»Sag das nicht, bevor du's nicht versucht hast.«

Die Finger wanderten Skyes Bein hinauf. Irgendwann waren sie bedenklich nahe am Reißverschluss ihrer Hose. Skye packte die Hand und klatschte sie auf den Schaltknüppel zurück.

»Wow, du hast ja ganz schön Kraft. Das gefällt mir.« Die Truckerin lachte, schien aber sonst unbeeindruckt. Sie trat auf die Bremse und schaltete sich durch eine scheinbar endlose Reihe von Gängen. Der Lastwagen wurde rumpelnd und zischend langsamer.

»Was soll das denn werden?«

»Wirst du gleich sehen, Prinzessin. Wirst du gleich sehen.«

Der Sattelschlepper kam knirschend am Straßenrand zum Stehen. Die Truckerin drehte sich um und ging auf Skye los. Der Hafengestank ihrer Lust hing schwer in der Luft.

Skye versuchte, den Anderen nach Möglichkeit im Zaum zu halten. Sie stieß die Frau mit gerade so viel Kraft von sich, dass sie nach hinten geschleudert wurde.

Die Schlampe kicherte und ließ blitzschnell die Faust vorschnellen. Bevor sie noch recht wusste, wie ihr geschah, erhielt Skye einen Schlag gegen den Kiefer.

Kurzzeitig war sie benommen, spürte Hände auf ihrem Gürtel, schwitzige Finger, die in ihre Hose fuhren.

Der Andere übernahm die Kontrolle. Skye erwachte aus ihrer Betäubung und schlug zurück. Der Hieb zertrümmerte sämtliche Knochen im Schädel der Frau. Sie war sofort tot.

»Ach du Scheiße«, sagte Skye mit Blick auf die komplizierte Gangschaltung und die Pedale des Trucks.

Himmel, sie konnte ja kaum mit der Automatikschaltung in Mintys Kleinwagen umgehen.

Skye öffnete die Tür und sprang vom Lkw. Knirschend landeten ihre Turnschuhe im Schotter. Die Straße war zu beiden Richtungen völlig verlassen.

Sie machte sich auf den Weg nach Hause und lauschte dabei nach den Geräuschen eines näher kommenden Wagens. Doch außer dem Schrei eines Bussards, der auf einem warmen Luftstrom dahinsegelte, war nichts zu hören.

46

»Er war ein guter Mensch«, sagte Doc Farnsworth, der neben Gene vor Milt Lavenders Bett stand.

»Das war er.«

Vergeblich suchte Gene nach bedeutungsvolleren Worten. Aus dem Teenager, der T. S. Eliot und Marlowe zitiert hatte und dem man deshalb riet, in der Stadt Literatur zu studieren, war ein Mann geworden, der sich freiwillig in seinen Möglichkeiten beschnitten, seinen Ehrgeiz gezügelt und die Sprache der Kleinstadt angenommen hatte, in der er sein Leben verbrachte.

Um seinen emotionalen Autismus zu verbergen, griff er nach der Hand seines Onkels. Da er keine transzendente Offenbarung erwartet hatte, wurde er auch nicht enttäuscht. Es war lediglich die Hand eines toten alten Mannes, der dem Krebs erlegen war. Jetzt, wo ihn der letzte Lebensfunke verlassen hatte, kühlte die Haut langsam ab.

»Wo ist die Krankenschwester?«, fragte er.

»Die rudert jetzt wahrscheinlich irgendeine andere Seele über den Styx. Ich kann dir sagen, die kam mir vor wie die persönliche Assistentin des Todes.«

Farnsworth war groß und ziemlich stämmig. Er hatte ein gerötetes Gesicht und einen weißen Haarschopf. Kichernd klopfte er Gene auf den Rücken. Dann drehte er sich um und nahm die abgewetzte Arzttasche von einem Stuhl neben dem Bett.

»Gene, ich lass dir noch einen Augenblick Zeit. Danach würde ich gerne mit dir reden.«

Gene nickte. Der Doktor verließ keuchend das Zimmer, schloss die Tür und zündete sich im Flur eine Zigarette an.

Gene setzte sich und strich die Falten seiner Uniformhose glatt. »Onkel, als ich zwölf oder dreizehn war, hast du mir mal einen Rat gegeben. Erinnerst du dich noch?« Der Tote gab keine Antwort. »›Gene, tritt niemals an einem heißen Tag in einen Scheißhaufen‹, hast du gesagt. Na ja, wie's aussieht, hab ich mir einen Riesenhaufen direkt auf die Stiefel geschissen.«

Er sank tiefer in den Stuhl. Sein Kopf ruhte auf seiner Brust, seine Augen fixierten das furchtbare Blumenvasenstillleben, das schief an der Wand hing. Das Ticken der Standuhr drang durch die Wand zum Wohnzimmer. Gene saß noch eine Weile da, dann stand er auf und verließ den Raum, ohne sich noch einmal umzudrehen.

Farnsworth saß mit einem Whiskeyglas und einer Zigarette an einem Tisch. Der Doktor hob das Glas.

»Lavender wird schon nichts dagegen haben, wenn ich seinen Schnaps trinke. Willst du auch einen?« Gene schüttelte den Kopf. »Okay. Ich spreche jetzt nicht als Arzt, sondern als Bürgermeister dieser jämmerlichen Stadt. Betrachte dich als stellvertretenden Sheriff.«

Gene schüttelte den Kopf. »Tut mir leid, aber das kann ich nicht machen.«

»Schwachsinn, Gene. Bei der nächsten Wahl wird's dann offiziell, das ist eine sichere Sache.«

»Ich werde nicht antreten.«

»Was ist denn das für ein Unsinn?«

»Bürgermeister, ich kündige.«

»Du schmeißt dein Amt hin?«

»Und ich gehe weg. Ich und mein Junge. Sobald ich das Auto aufgetankt und neue Reifen aufgezogen habe, geht's los.«

»Ist deine Trauer so groß?« Farnsworth wuchtete sich mühsam aus dem Stuhl.

»Nein, Sir. Ich bin nur der Meinung, es ist höchste Zeit weiterzuziehen«, sagte Gene. »Soll Bobby Heck doch Sheriff werden.«

»Bobby Heck ist ein gottverdammter Schwachkopf.«

»Aber ein ehrlicher Polizist.«

Farnsworths intelligente Augen funkelten Gene an. »Hast du etwas auf dem Herzen, Gene?«

»Nein, Sir.«

»Na dann«, sagte der alte Mann kopfschüttelnd. Trotzdem schüttelte er die Hand, die Gene ihm hinstreckte.

Gene holte seinen Hut, setzte ihn auf und starrte erneut in sein gequältes Gesicht, das sich im Glas des vergilbten Familienfotos spiegelte. Er verließ das Haus und ging zum Streifenwagen, um seinen Jungen abzuholen und nach Norden zu fahren, bis die Straße zu Ende war.

47

Reverend Jimmy Tincup wachte auf, als ihn etwas an seiner schrumpeligen, auf dem dicken Bauch liegenden Männlichkeit kitzelte. Er öffnete ein Auge – was eine ziemliche Anstrengung bedeutete, da seine Lider mit Eiter verklebt waren – und sah eine Fliege, die an dem getrockneten Samen auf seiner Vorhaut knabberte.

Es war ihm unmöglich, den rechten Arm zu heben und die Fliege zu verscheuchen. Offenbar hatte der Cocktail aus Alkohol und Aphrodisiaka, von dem er sich die vergangenen Tage mehr oder weniger ernährt hatte, ein Blutgerinnsel in seinem Hirn verursacht. Panisch riss er den linken Arm hoch und schlug nach der Fliege, die sich unbeeindruckt in die Luft schwang und durch die geöffnete Tür ins grelle Tageslicht brummte.

Seinen anderen Arm konnte Tincup immer noch nicht bewegen. Er war mit einem Kopftuch an das Bettgestell gefesselt. Kleine Erinnerungsfetzen der letzten Nacht detonierten wie Bomben in seinem überforderten Gehirn. Ein wahres Füllhorn an Nutten. Meskal. Und sogar – er dachte mit Scham daran zurück – das Brennen seines eigenen Produkts in den Lungen, hergestellt hier im Milky Way. Damit hatte er sein Gebot, niemals die eigene Ware zu konsumieren, gebrochen.

Tincup setzte sich auf und hustete. Ein Schleimklumpen landete auf seinem bleichen Oberschenkel.

»Marisol!«

Obwohl er einen Schrei beabsichtigt hatte, brachte er nur ein Flüstern heraus. Er versuchte es noch mal. Wieder nur ein Krächzen. Der Alkohol und die Drogen hatten ihn seiner Stimme beraubt.

Tincup löste das Kopftuch von seinem Handgelenk und stand auf. Als der Schwindelanfall etwas nachgelassen hatte, ging er ins Badezimmer, wo er so laut und ausgiebig kotzte, dass ihm der Schweiß hinunterlief. Ein Bart aus Erbrochenem baumelte von seinem Kinn.

Er wischte sich an einem mit Make-up verschmierten Handtuch ab und bedeckte seine Blöße mit einem auf dem Boden herumliegenden Morgenmantel. Anschließend durchsuchte er das Zimmer nach seinem Handy. Er fand es in einem Nest aus milchigen Kondomen und Viagrapackungen.

Mit zusammengekniffenen Augen starrte er das Telefon an. Keine Nachrichten. Wieso hatte sich Drum nicht gemeldet? Er musste doch schon längst wieder zurück sein.

Konzentriert fingerte er auf dem Handy herum, bis er durch seinen verschwommenen Blick Drums Namen entziffern konnte. Er drückte auf den grünen Knopf. Das Summen in seinem Ohr war so schmerzhaft, dass er den Hörer vom Kopf weghielt, bis er Drums Bariton vernahm.

»Sheriff, wieso rufst du nicht an, verdammte Scheiße?«, fragte er mit heiserer Stimme. Es dauerte eine Weile, bis ihm auffiel, dass er sich mit Drums Anrufbeantworterspruch unterhielt. Er wartete auf den Piepton – der ihn zusammenzucken ließ – und befahl dem Hünen, ihn zurückzurufen. Und zwar sofort.

Tincup ließ das Handy fallen und schlurfte zur Tür. Aus einem der Bungalows, die um den leeren Swimmingpool gruppiert waren, drangen laute Männer- und Frauenstimmen.

Im Türrahmen blieb er stehen. Das Sonnenlicht blendete ihn wie ein Laserstrahl. Tincup hörte Flüche auf Spanisch und Englisch, das Knallen mehrerer Autotüren und das wütende Aufheulen von Motoren.

Er hielt sich eine zitternde Hand über die Augen. Ein silberner Audi und zwei Pick-ups preschten in Richtung Straße davon. Eine splitternackte Marisol stand in der Tür des gegenüberliegenden Bungalows. Mit bebenden Brüsten schimpfte sie dem Konvoi hinterher und zeigte ihm den Finger. Langsam versammelte sich eine kleine Menge aus Huren und Methkochern um sie.

»Marisol!« Tincups Stimme hatte beinahe zu alter Lautstärke zurückgefunden. Marisol drehte sich zu ihm um und stemmte die Hände in die breiten Hüften. »Was ist hier los?«

Marisol verschwand im Bungalow. Als sie zurückkam, trug sie ein Paar Plüschpantoffeln. Sonst nichts. Sie hielt die kleine Hure an der Hand. Das nackte Kind blutete aus der Nase.

Die Frau und das Mädchen kamen zu Tincup hinüber. »Diese Männer wollten widerliche Sachen mit ihr anstellen«, sagte Marisol.

Einen kurzen Augenblick lang war Tincup neugierig: Was in Gottes Namen konnte eine Hure aus dem Grenzland noch widerlich finden? Dann kehrte sein Geschäftssinn zurück.

»Haben sie bezahlt?«

»Nein.«

Er packte sie an der Kehle. »Was für eine Hure bist du eigentlich?«

Sie schlug seine Hand beiseite. »Nicht mehr deine. Nicht mehr. Und die Kleine auch nicht.«

Tincup schüttelte den Kopf. »Vielleicht solltest du noch mal drüber nachdenken.«

»Denk über deinen winzigen Schwanz nach, Motherfucker.« Tincup trat einen Schritt zurück, als das heiße, muskulöse Fleisch der großen nackten Frau näher auf ihn zukam. Trotz seines ausdrücklichen Verbots hielt sie ein Handy in der Hand, das sie ihm nun vors Gesicht hielt. »Sieh dir das an.«

Er sah eine ganze Reihe Fotos, die seine verstorbene Frau Holly tot in einem der Bungalows, neben einem flachen Grab in der Wüste und schließlich verscharrt und von einem Steinhaufen bedeckt zeigten.

Tincup sah der Hure ins Gesicht. »Was zum Teufel geht hier vor?«

»Du wirst bezahlen, du Bastard. Und zwar ordentlich, sonst werd ich deinen beschissenen Arsch in die Todeszelle twittern.«

Damit drehte sie sich um, nahm das Mädchen wieder an der Hand und stolzierte mit wiegenden Hüften davon. Neben ihr wirkte das Kind wie ein Strich in der Landschaft.

Tincup wurde schwindelig. Er ließ sich auf einen Stuhl auf der Veranda fallen, saß eine Weile lang nur da und betrachtete das verblasste, heruntergekommene Milky-Way-Schild. Dann ging er in den Bungalow, hob das Telefon auf, versuchte es noch einmal bei Drum und erreichte wieder nur den Anrufbeantworter.

Nachdem er seine Sachen zusammengesucht hatte, schaffte es Tincup irgendwie, in seinen schwarzen Anzug und ein verknittertes weißes Hemd zu schlüpfen. Er fuhr sich durchs Haar, holte die Autoschlüssel und ging zu dem alten Eldorado – der ehemals rote Lack war rostbraun, die schimmeligen Sitzpolster zerrissen –, der im spärlichen Schatten des Motelschilds stand.

Tincup ließ den Motor an. In einer Staub- und Abgaswolke raste er in Richtung Straße.

Gott sei Dank war es nur eine kurze Fahrt. In zehn Minuten war er bereits an den windschiefen Gebäuden und dem allgemeinen Verfall vorbeigeprescht und hielt vor Drums Haus. Der Streifenwagen des Sheriffs stand in der Einfahrt – ein gutes Zeichen.

Tincup sprang aus dem Wagen und rannte den Gehweg hinauf. »Drum! Verflucht, Drum, wo steckst du?«

Als er gegen die Tür klopfte, öffnete sie sich knarrend.

Tincup trat in den vollgestellten Flur. Seine Augen brauchten einen Augenblick, bis sie sich an die Dunkelheit gewöhnten. Was er dann sah, hätte ihn beinahe ohnmächtig werden lassen. Meterlange Eingeweideschlingen waren auf den Möbeln drapiert, dickflüssiges Blut klebte auf dem Boden. Drums Kopf steckte auf einem Hutständer. Augen und Zunge fehlten. Im Schädel klaffte ein Loch, das den Blick auf das halb gefressene Gehirn freigab. An den gelatineartigen Frontlappen waren eindeutig Bissspuren zu erkennen.

Schon lange hielt Tincup Gott für eine überkommene Vorstellung und den Teufel für ein brauchbares Instrument, um aufsässige Jünger wieder zur Räson zu bringen. Beim Anblick dieses Schlachtfests allerdings erfuhr er neuen Glauben. Wenn es tatsächlich einen

Kampf zwischen Gott und dem Teufel gab, so hatte Tincup keinen Zweifel daran, wer letzten Endes gewinnen würde. Genau wie für Moses wurde es auch für ihn höchste Zeit, so schnell wie möglich aus der Wüste zu verschwinden.

48

Die verlassene Tankstelle lag noch genauso da, wie Junior Cotton sie in Erinnerung hatte. Drei verrostete Zapfsäulen wachten über einen mit Gestrüpp überwucherten Asphaltvorplatz. Die Fenster der niedrigen Werkstatt waren schon lange eingeworfen. Auf der Veranda des geplünderten Tankstellenshops stand ein von der Sonne ausgebleichter Getränkeautomat.

Vorsichtig stieg Junior aus dem Chevrolet. Von der mehrstündigen Fahrt hatte er Krämpfe bekommen. Während er sich streckte, ließ er den Blick über die ausgedörrte Landschaft schweifen, dann zog er den Schirm seines Käppis tiefer ins Gesicht, um sich gegen die Sonne zu schützen. Da bemerkte er das Milky-Way-Schild, das in nicht einmal einer Meile Entfernung aus dem steinigen Sand ragte. Ob Tincup immer noch dort hauste? Wie viele von seiner alten Gemeinde wohl noch übrig waren?

Das Kratzen eines Feuersteins ließ ihn herumfahren. Das Mädchen stand neben ihm und zündete sich mit ihrem Zippo eine Zigarette an. Er hatte ihr nicht gestattet, im Auto zu rauchen.

»Soll'n wir ihn hier irgendwo einsperren? Den Jungen?«, fragte sie und atmete Rauch aus.

Junior nickte.

»Besonders stabil sieht's hier aber nicht aus.«

»Komm mit«, sagte er und ging unsicher auf die Zapfsäulen zu.

Della trottete neben ihm her, hängte sich bei ihm ein und stützte ihn. Einem zufälligen Betrachter wären sie wohl wie ein Liebespaar vorgekommen, das eine seltsame Faszination für die heruntergekommenen Relikte des vergangenen Jahrhunderts hegte.

Junior blieb vor einer der ausgeschlachteten Zapfsäulen stehen. Das Zählwerk war bis in alle Ewigkeit auf sieben Dollar und dreiundfünfzig Cent eingefroren.

»Da drüben, siehst du?« Er deutete auf eine eiserne Falltür, die in den Asphalt eingelassen war. Sie nickte. »Heb sie mal hoch.«

Della ging in die Hocke, klemmte sich die Zigarette in den Mundwinkel, kniff die Augen gegen den Rauch zusammen und packte den Griff, der auf die Metallplatte geschweißt war. Trotz aller Anstrengung konnte sie ihn keinen Millimeter bewegen. Schließlich nahm sie einen tiefen Zug und hustete Rauch.

Dann richtete sie sich wieder auf. »Wart mal.«

Er beobachtete, wie sie in die Werkstatt ging und eine Minute später mit einem etwa eineinhalb Meter langen Rohr zurückkehrte. Sie schob das eine Ende des Rohrs in den Griff und verlagerte ihr gesamtes Gewicht auf das andere.

Die Falltür hob sich. Sie wuchtete sie auf den Asphalt, spähte in das Loch und ließ das Rohr hineinfallen. Eine Sekunde später hörte man es scheppernd durch einen leeren Benzintank hallen.

»Jetzt kapier ich. Aber wird er da drin nicht ersticken?«

»Wir müssen die Falltür einen Spalt weit offen lassen. Andererseits soll er ja auch nicht ewig leben, oder?«

Sie nickte, nahm einen letzten Zug und schnippte die Kippe von sich.

»Wann schnappen wir uns den kleinen Pisser?«

Beim Geräusch eines Autos, das über die unebene Straße donnerte, versteckte sich Junior hinter einer Zapfsäule. Durch das löchrige Metall beobachtete er, wie sich ein alter Eldorado näherte. Als er die silberne Filmstarfrisur bemerkte, musste er lachen.

Junior Cotton lebte für den Moment – er begriff, dass es im gewaltigen Potenzial der Gegenwart keinen Raum für Zufälle gab. Alles war vorherbestimmt, Teil eines großen, unbegreiflichen Ziels.

»Schätzchen, *planen* kann jeder Trottel. Aber improvisieren – dazu braucht es ein Genie«, hatte seine Mama immer gesagt.

Daher wandte sich Junior an Della, als Tincup mit verkniffener Miene an ihnen vorbei auf das Milky Way zuraste: »Du bringst doch gerne Leute um, oder?«

»Ja, kann man schon sagen.«

»Dann wollen wir jetzt mal jemanden umbringen.«

Er ließ sich von ihr zum Chevy zurückhelfen und lotste sie zum Milky Way hinüber.

Wie überaus elegant sich alles entwickelte. Bevor Junior den Sohn des Gesetzeshüters entführen würde, der ihn einst bezwungen hatte, bevor er sich mit dem Ding anlegte, das der Junge seine Tante nannte, konnte er Della auf die Probe stellen. Mal sehen, ob sie von echtem Schrot und Korn war – ein weiterer Spruch seiner Mutter. Bei dem sirupdicken Bauernakzent, mit dem sie ihn vorgetragen hatte, hatte er immer gelacht und gelacht und gelacht.

Mit zitternden Händen warf Tincup Kleidung in eine Tasche. Er nahm das Gemälde mit der Geburt Christi von der Wand, öffnete den Safe dahinter und entnahm ihm ein dünnes Geldscheinbündel. Kein Vermögen, aber immerhin genug, um sich eine Zeit lang im verkommenen Sumpf des südlichen Nachbarlandes über Wasser zu halten.

Wenn Skye Martindale – oder was immer sie war – den gewaltigen Goliath namens Drum hatte bezwingen können, würde Tincup auf keinen Fall so lange abwarten, bis er als Nächster auf ihrer Speisekarte landete.

»Wo willst du hin?«, fragte Marisol. Sie stand in einem rosafarbenen Bademantel im Türrahmen.

Ohne zu antworten, zog er den Reißverschluss der Tasche zu, drängte sich an ihr vorbei und ging auf den Eldorado zu, der neben dem leeren Pool stand.

»Hey, Motherfucker!« Sie rannte ihm hinterher und packte ihn am Ellbogen.

Beim Umdrehen holte Tincup aus und landete eine schöne Linke – genau so, wie sie es ihm damals in der Jugendstrafanstalt im Boxunterricht beigebracht hatten, lange bevor er im Zelt eines Wanderpredigers zu Gott gefunden hatte. Eine Linke, die die dicke Hure genau auf das Kinn traf und ihren Hintern auf die Bretter schickte.

Er verstaute die Tasche im Kofferraum und wollte gerade die Wagentür öffnen, als ein Chevrolet herangebraust kam, unter dem Milky-Way-Schild stehen blieb und ihm den Weg versperrte. Eine blonde Frau war am Steuer, neben ihr saß ein junger Mann mit Käppi und Sonnenbrille.

»Wir haben geschlossen«, sagte Tincup und wartete darauf, dass der Chevy zurückstieß.

Was er nicht tat. Der Mann stieg aus dem Auto und ging mit so vorsichtigen Schritten auf ihn zu, als hätte er soeben einen Autounfall überlebt.

»Reverend, erkennst du einen alten Freund nicht mehr?«

Der Mann nahm das Käppi ab, warf es ins Auto zurück, löste den Pferdeschwanz und schüttelte das Haar, bis es ihm über die Schultern fiel. Dann setzte er die Sonnenbrille ab und richtete diese unvergesslichen Augen auf den Priester.

Tincup, der gerade die Hand am Türgriff des Eldorado hatte, dachte sofort, dass ihm bei dem schrecklichen Anblick in Drums Haus einige Sicherungen durchgebrannt waren, denn – Gott stehe ihm bei – der Mann, der vor ihm Gestalt annahm, hätte doch für alle Ewigkeit in einer festungsartigen Klinik für kriminelle Geisteskranke weggesperrt sein sollen.

»Junior?«, sagte Tincup.

»Wie er leibt und lebt.«

Junior Cotton kam mit unsicheren Schritten auf ihn zu. Ein Lächeln zeichnete sich auf seinem bärtigen Gesicht ab. Tincup wich zum Wagen zurück und hob unterwürfig die Hände.

»Ich hatte damit nichts zu tun, Junior. Das ist alles Martindales Schuld.«

»Das Gegenteil habe ich auch keineswegs behauptet, Reverend.« Junior wandte sich dem blonden Mädchen zu. »Tu es, Della. Jetzt.«

»Cool«, sagte das Mädchen und trat auf Tincup zu. Ihr Arm hob sich, etwas blitzte in der Sonne, dann spürte Tincup, wie sich eine Klinge unterhalb der Kehle in sein Fleisch bohrte und nach unten wanderte, bis sie gegen die Gürtelschnalle stieß.

Tincups weißes Hemd färbte sich rot und platzte auf. Seine Eingeweide, die nun nicht mehr von Haut und Fleisch zurückgehalten wurden, quollen heraus. Verzweifelt versuchte er, die Organe in seinen Körper zurückzuschieben. Er drehte sich um und wollte nach Marisol rufen, doch etwas Warmes und Salziges füllte seinen Mund.

Er taumelte vom Cadillac weg. Seltsamerweise sah er alles mit ungewohnter Schärfe, erkannte jede Spalte im rissigen Asphalt um den leeren Swimmingpool. Dann gaben seine Beine unter ihm nach. Er fiel über den Beckenrand und landete zwischen Müll, zerbrochenen Flaschen, einem alten Liegestuhl und zwei Autoreifen.

Langsam raffte er sich auf die Knie. Die heißen Eingeweide glitschten zwischen seinen Fingern hindurch. Er grunzte gerade ein Gebet, als ihn das erste Geschoss traf. Tincup sah auf. Marisol und die anderen Huren hatten den Pool umringt. Ihre Silhouetten zeichneten sich schwarz vor dem grellen Himmel ab, während sie ihn unaufhörlich mit losen Asphaltbrocken bewarfen.

Tincup kroch zur Treppe des Swimmingpools, wobei er eine Eingeweideschlinge wie einen Schwanz hinter sich herzog. Ein weiteres Geschoss ließ ihn zu Boden gehen. Das Letzte, was er in diesem Leben sah, war ein grinsender Hundeschädel.

49

Timmy sah dem Streifenwagen hinterher. Er spürte ein Rumoren in seinem Bauch, genauso wie im Flur von Tante Sally. Plötzlich waren der Gehweg und das helle Sonnenlicht verschwunden, und die Horrorshow ging los. Ein Mann mit einem Lächeln auf seinem gruseligen Gesicht trat mit einem kleinen silbernen Messer aus der Dunkelheit.

Timmy konnte sich gerade noch einen Schrei verkneifen. Fast wäre er dem Auto nachgerannt und hätte nach seinem Daddy gerufen, doch dann wäre er vor seinen Freunden, die gerade einem Fußball über das Spielfeld nachjagten und ihn zum Mitspielen aufforderten, wie ein großer Feigling dagestanden.

Deshalb sah er nur stumm zu, wie der Streifenwagen um die Ecke bog und verschwand. Miss Marples rief sie mit einem schrillen lauten Pfiff zusammen und teilte sie in Mannschaften ein.

Sein Vater war gekommen, um ihn von der Schule abzuholen, aber Timmy wollte das Fußballtraining nicht verpassen. Sein Daddy hatte eine Weile überlegt und dabei noch viel ernster geguckt als sonst. Schließlich hatte er genickt und gesagt, dass er in einer Stunde wieder da wäre.

Miss Marples blies erneut in ihre Pfeife, und das Übungsspiel war eröffnet. Timmy wurde angespielt, doch seine

Gedanken waren ganz woanders – bei den toten Augen des Mannes –, und er verfehlte den Ball, woraufhin ihn sein Freund Billy anschrie und ihn einen Clown nannte. Timmy lief dem Ball hinterher und nahm ihn einem Jungen ab, der zwar größer, aber so langsam wie ein altes Pferd war. Dann übernahmen Timmys Füße und Beine das Kommando. Jetzt konnte ihn niemand mehr aufhalten. Timmy dribbelte über das Feld, spielte vier, fünf, sechs Gegner aus und versenkte den Ball am dicken Torwart vorbei im Netz.

Vor Freude war sein Gesicht ganz rot, und seine Handflächen schmerzten vom vielen Abklatschen. Timmy begab sich wieder in das eigene Feld und stellte sich ganz rechts neben die Bäume, da er bereits ahnte, dass der Torwart – der sich jetzt bestimmt ziemlich dämlich vorkam – mit voller Wucht auf den Ball eindreschen würde.

Und so war es auch. Der Ball flog über Timmys Kopf hinweg und landete in den Pappeln.

Timmy rannte los, um ihn zu holen. Schon bald waren die anderen Kinder in ihren bunten Pullovern und Miss Marples mit ihrer lauten Pfeife außer Sichtweite.

Als Timmy eine Gestalt zwischen den Bäumen erkannte, blieb er stehen. Irgendjemand hob den Ball auf und verschwand damit in den Schatten. Durch die Blätter fiel gerade genug Sonnenlicht, dass er blondes Haar und blaue Jeans erkennen konnte. Skye. Sie war zurück.

Er rief ihren Namen, rannte hinter ihr her, während sie immer tiefer in das Wäldchen ging. Sie wollte ihn offenbar ärgern.

»Skye!«, rief er und rannte auf die Stelle zu, an der er sie zuletzt gesehen hatte.

Hinter dem Wäldchen wuchs kein Gras mehr, und mit einem Mal stand er auf steinigem Sandboden. Ein Auto parkte neben einem Feldweg, der ins Nichts führte. Timmy hörte Schritte auf dem Schotter und drehte sich um. Skye.

Nein, das war nicht Skye, sondern jemand anderes.

Timmy wollte gerade weglaufen, als sie ihm den Ball zuwarf. »Fang, kleiner Mann.«

Er fing den Ball, und da war sie schon neben ihm. Sie hatte etwas in der Hand, ein Taschentuch, und er dachte erst, sie wollte sich die Nase putzen, doch dann war es seine Nase, gegen die sie das Tuch ganz fest drückte, und Timmy ließ den Ball fallen und wollte sich wehren, aber sie war viel zu stark, und etwas Scharfes stieg ihm in die Nase, sodass er weinen musste, und alles verschwamm um ihn herum und wurde dunkel, und die Horrorshow ging so richtig los, und Timmy sah viele tote Menschen um das Mädchen herum.

Zu viele, um sie zu zählen.

Gene saß im Schlafzimmer seines Hauses. Eine düstere Vorahnung zerrte an den Rändern seines Bewusstseins, und er konnte es kaum erwarten, die Stadt im Rückspiegel des Jeeps verschwinden zu sehen. Er zog die Uniform aus und legte den Pistolengürtel und seinen Sheriffstern auf das Bett. Wenn er und Timmy auf dem Weg zur Interstate am Büro vorbeikamen, würde er beides dort abgeben.

Er schlüpfte in Levi's, ein T-Shirt und ein sauberes Paar Nikes. Dann packte er den Inhalt seines Kleiderschranks in einen Rucksack. Als er das gerahmte Foto der schwangeren Marybeth vom Nachttisch nahm, überkam ihn eine so große Leere, dass er sich am liebsten aufs Bett gelegt und genug Tränen für einen Countrysong geweint hätte.

Stattdessen hielt er seine Gefühle im Zaum, drängte sie mit aller Macht zurück. Damit das Glas nicht zerbrach, steckte er das Foto zwischen die Klamotten in den Rucksack und zog den Reißverschluss zu. Das Rattern der kleinen Zähne erinnerte ihn an den Leichensack, den er an jenem Tag in der Wüste über seiner toten Frau geschlossen hatte.

Im Wandschrank hing das letzte Kleidungsstück, das er von seiner Marybeth behalten hatte: ein Nachthemd, das er ihr zum Geburtstag in der großen Stadt gekauft hatte. Er hielt sich die Seide vors Gesicht, spürte den weichen Stoff auf seiner Haut und glaubte, noch immer den Duft seiner Frau darauf riechen zu können. Er musste alle Kraft aufbieten, um das Nachthemd auf den Bügel zurückzuhängen, das Schlafzimmer zu verlassen und den Rucksack im Flur abzustellen.

Er ging in Timmys Zimmer und stopfte Kindersachen in einen Spiderman-Rucksack. Das Fußballtraining war ihm gerade recht gekommen: So hatte er genug Zeit, alles zusammenzupacken, ohne den Jungen unnötig nervös zu machen. Wenn er ihn später mit hierhernahm, damit sich der Junge ein paar Spielsachen und andere Dinge, die ihm wichtig waren, aussuchen konnte, würde er sich so oder so einem Bombardement nicht zu beantwortender Fragen stellen müssen: zum Beispiel, wo sie hinfuhren und warum.

Noch hatte Gene kein konkretes Ziel. Nach Norden, so viel war sicher. Er malte sich eine menschenleere, verschneite Landschaft aus, wo die weiße Kälte die Macht besaß, alle finsteren, schmerzvollen Erinnerungen zu verdecken.

Bei ihrer Heirat hatte Marybeth darauf bestanden, dass sie beide eine Lebensversicherung abschlossen. Nach ihrem Tod war Gene über die Höhe der ausgezahlten Prämie regelrecht schockiert. Bis heute hatte er das Geld nicht angerührt. Er hatte beschlossen, es in Timmys Ausbildung zu investieren und bis dahin einem alten Schulfreund anvertraut, der als Investmentbanker in der Stadt arbeitete. Trotz der Schwankungen auf den internationalen Märkten, von denen im Fernsehen immer so viel zu hören war und die Gene nicht im Ansatz verstand, wuchs sein Vermögen beständig weiter.

Er war zwar nicht reich, würde sich in der nächsten Zeit jedoch nicht um einen neuen Job kümmern müssen. Die Hausschlüssel konnte er einfach bei dem letzten noch verbliebenen Immobilienmakler des Orts abgeben – ein Mann, der sein schwindendes Einkommen durch Nachtschichten hinter einem Bartresen kompensierte. Der Makler würde die Schlüssel in Verwahrung nehmen und so tun, als ob er einen Käufer suchte. Höchstwahrscheinlich würde das Haus jedoch wie so viele andere im Grenzland einsam und verlassen Wind und Wetter ausgesetzt sein.

Allerdings würde er nicht mehr hier sein, um das mitzuerleben.

Sein Handy klingelte. »Martindale.«

»Äh, Gene? Hier spricht Dolly Marples.«

»Was gibt's, Dolly?«

»Timmy war gerade noch hier beim Fußballtraining. Er ist in den Wald neben dem Spielfeld gelaufen, um den Ball zu holen, und, also ... er ist verschwunden, Gene.«

Die düstere Vorahnung verwandelte sich in blanke Angst.

»Dolly, haben Sie jemanden gesehen?«, fragte Gene und rannte währenddessen ins Schlafzimmer, wo er den Pistolengürtel vom Bett nahm.

»Ich nicht, aber einer von den Jungs sagt, dass er Skye im Wäldchen gesehen hat.«

Gene hastete die Treppe hinunter, beendete dabei den Anruf, wählte die Auskunft und erkundigte sich nach der Nummer des Busunternehmens. Sobald er mit der Firma verbunden war, gab er sich als Polizist zu erkennen und fragte, ob es während der Fahrt in die Stadt heute Morgen irgendwelche besonderen Vorkommnisse gegeben hatte.

»Also, der Fahrer sagte, dass ein Fahrgast darauf bestand, einen außerplanmäßigen Halt einzulegen, damit sie aussteigen konnte.«

»Haben Sie zufällig den Namen dieses Fahrgasts?«

»Allerdings. Darf ich annehmen, dass Sie mit ihr verwandt sind?«

»Skye Martindale?«

»Ganz genau, Sir. Das ist korrekt.«

»Wie weit war der Bus von der Stadt entfernt?«

»Er hat ungefähr auf halber Strecke angehalten.«

Als Gene auflegte, saß er bereits im Streifenwagen und raste in die Stadt. Per Funkgerät nahm er Verbindung zu Darlene in der Zentrale auf.

»Mein Sohn Timmy wurde vom Sportplatz der Schule entführt. Die Verdächtige ist gefährlich. Alle Einheiten in höchste Alarmbereitschaft.«

»10-4. Der Name der Verdächtigen?«

»Skye Martindale.«

»10-9, Einheit zwei.« Das bedeutete, dass er es noch einmal wiederholen sollte.

»Du hast mich schon verstanden.«

Ein Rauschen. »Ähem, ist das nicht deine Schwester, Gene?« In ihrer Verwirrung vergaß Darlene alle Funkdisziplin.

»Gottverdammt, Darlene. Ja, das ist meine Schwester. Und jetzt komm in die Gänge.«

Gene hielt neben dem Fußballplatz an, nahm die Remington aus der Halterung unter dem Armaturenbrett und rannte auf die Lehrerin und die Schüler zu, die sich um sie gedrängt hatten und ihn neugierig anstarrten.

50

Der kleine Scheißer lag bewusstlos im Kofferraum des Chevrolets. Junior Cotton hatte sich den Schirm des Käppis über die Augen gezogen, den Kopf gegen das Seitenfenster gelehnt und tat so, als würde er schlafen. Della fuhr in das Zwielicht. Der Himmel hatte die Farbe eines verblassenden Blutergusses.

Das war nicht gerade Junior Cottons Lieblingstageszeit. In der Dämmerung wurde er regelmäßig von alten Erinnerungen heimgesucht.

Die blaue Stunde, so hatte seine Mutter die Zeit zwischen Sonnenuntergang und Einbruch der Nacht genannt. Wenn sie in einem Motel abstiegen, war sie regelmäßig zu dieser Stunde auf den Balkon getreten. Waren sie im Auto unterwegs, hatte sie angehalten und war ausgestiegen, um ungestört zu beobachten, wie sich die Welt in einen Mantel aus Dunkelheit hüllte.

Junior sah deutlich vor sich, wie sie an ihrem letzten gemeinsamen Abend mit dem Rücken zu ihm neben einem Maisfeld gestanden hatte. Er hatte aus dem Auto heraus beobachtet, wie sie sich mit um den Körper geschlungenen Armen sanft hin und her gewiegt hatte, als würde sie tanzen. Über dem Flüstern der Maispflanzen in der leichten Brise und dem Zirpen der nächtlichen Fauna hatte er sie leise summen gehört.

Dann hatte sie sich zu ihm umgedreht und gewinkt, und obwohl ihr Gesicht im Schatten lag, wusste er, dass sie lächelte. Sie öffnete die Wagentür, und ihre strahlend weißen Zähne glänzten im Licht der Innenbeleuchtung, während sie auf den Fahrersitz glitt und das Kleid unter sich glatt strich. Sie streckte die Arme aus, umarmte ihn und gab ihm einen Kuss auf die Wange.

Kichernd legte sie eine Hand auf die Lippen. »Junior, dein Bart kratzt ja wie ein Käsehobel. Oh, wo ist nur mein kleiner Junge hin?«

Junior lachte ebenfalls. Er wurde bald vierzehn, war bereits im Stimmbruch, und sein Körper erlebte einen Wachstumsschub nach dem anderen – seine Hemdsärmel reichten nicht einmal mehr über seine dünnen Handgelenke, und seine Fußknöchel lugten unter der gebügelten Jeans hervor.

Mama schloss die Wagentür, und das Licht ging aus. Sie zündete sich eine Zigarette an. Der vertraute Geruch ihrer Virginia Slims erfüllte das Auto. Seit seiner Kindheit waren Aschenbecher voller Kippen, an deren Filter Lippenstift klebte, ein vertrauter Anblick.

Sie ließ den Motor an und fuhr wieder auf die kleine Nebenstraße, die zwei unbedeutende Käffer miteinander verband. Die gelben Scheinwerfer leuchteten in die leere Nacht.

Mit reiner, voller Stimme, die von einem Päckchen Zigaretten pro Tag nur leicht angeraut war, sang sie den alten Sinatra-Song »In The Blue of Evening«. Sie hatte die Stimme einer Nachtclubsängerin.

Junior döste und wachte erst in allerletzter Sekunde, direkt vor dem Aufprall, wieder auf. Er hörte den heulenden Motor des Pick-ups, der ohne Licht aus einem Schotterweg geschossen kam und in einer Explosion aus Glas und kreischendem Metall frontal mit Mamas Tür kollidierte. Das Auto überschlug sich. Mama, die nie einen Sicherheitsgurt anlegte – diese Dinger haben *Männer* erfunden, die keine Ahnung von der *weiblichen* Anatomie haben –, wurde durch die Windschutzscheibe geschleudert. Die Wucht des Aufpralls zog ihr buchstäblich die Schuhe aus.

Junior war benommen, aber noch bei Bewusstsein. Er hing kopfüber in seinem Sicherheitsgurt. Außer dem Tropfen von Flüssigkeit auf Metall war nichts zu hören.

»Mama?«, fragte er. Als er keine Antwort erhielt, öffnete er den Gurt, fiel auf das Dach des Wagens und kletterte durch die zerbrochene Windschutzscheibe.

Das verbeulte Wrack des Pick-up stand rauchend vor ihm. Im Licht des verbliebenen Autoscheinwerfers erkannte er den Fahrer – er war allein im Fahrzeug – zusammengesunken über dem Lenkrad. Zu diesem Zeitpunkt hatte Junior genug Leichen gesehen, um zu wissen, dass dieser versoffene Redneck das Zeitliche gesegnet hatte.

Dann bemerkte er am Rand des Lichtkegels, der bereits eine kleine Versammlung von Motten und Mücken anzog, einen Haufen aus Fleisch und gebrochenen Knochen. Das war seine Mama. Er ging zu ihr und sank in ihrem Blut auf die Knie. Als sie aus dem Wagen geschleudert worden war, hatte eine scharfe Metallkante mit der Präzision eines Pathologen ihren Leib vom Hals bis zum Brustbein aufgeschlitzt. Die Organe aus der oberen Hälfte der Bauchhöhle (Speiseröhre, Luftröhre, Lunge und Herz) lagen auf dem Asphalt.

Wenn sie diese glänzenden Organe dem Leib eines ermordeten Fremden entnahmen, lief ihm regelmäßig das Wasser im Mund zusammen. Jetzt jedoch musste er würgen und gab vor Trauer kleine hohe Schluchzer von sich.

Junior musste sich zusammenreißen. Er hatte mit seiner Mama einen Pakt geschlossen, und dieser Pakt musste erfüllt werden. Er holte eine Taschenlampe aus dem Handschuhfach des verunglückten Wagens. Nach kurzer Suche entdeckte er die Tupperwaredose, in der sie ihre Hühnersandwiches aufbewahrt hatten, und klopfte die letzten Krumen heraus.

Dann stellte er die Dose neben Mama und öffnete das Schweizer Taschenmesser, das er vor drei Jahren einem Bauernjungen in einem Hinterwäldlerkaff abgenommen hatte und seither ständig mit sich herumtrug. Mit der längsten Klinge durchtrennte er die Arterien und Venen, die das Herz mit dem Körper seiner Mutter verbanden, hob das wabbelige Organ auf, legte es vorsichtig in die Plastikdose und schloss den Deckel.

Behutsam stellte er die Dose auf dem Asphalt neben dem Auto ab, kroch wieder in das Wrack und holte seine Reisetasche heraus, die direkt neben der Deckenleuchte lag. Er zog dreckige Unterwäsche und Socken daraus hervor, schob die Dose mit dem Herzen seiner Mama hinein und schloss die Tasche wieder.

Junior marschierte quer über die Äcker davon und wanderte so lange, bis er sich bei Tagesanbruch in einer kleinen Stadt wiederfand. In der Toilette einer Tankstelle machte er sich sauber und vergewisserte sich, dass der prall gefüllte Geldbeutel noch in seiner Tasche steckte. Seine Mama war immer sehr großzügig gewesen, obwohl er keine Ahnung hatte, wie sie an so viel Geld gekommen war.

Er nahm sich ein Zimmer in einem kleinen Hotel – für ein paar Extradollar verzichtete der Rezeptionist auf die Formalitäten – und schlief mit der Reisetasche in den Armen auf dem Bett ein.

Das rote Blinken einer Neonlampe weckte ihn auf. Er schloss die Vorhänge und schaltete den Fernseher ein – der Applaus aus der Konserve, der während einer albernen Gameshow abgespielt wurde, würde die Kulisse zu seinem Vorhaben bilden.

Er öffnete die Tasche, atmete tief durch und nahm die Tupperwaredose heraus. Betrachtete das Herz seiner Mutter. Weinte. Trocknete seine Tränen. Trug die Plastikdose ins Badezimmer, holte das Herz heraus und legte es vorsichtig in die Badewanne. Er zog sich nackt aus und gesellte sich mit seinem Schweizer Messer dazu.

Ohne sein Zutun stiegen die Stimmen in ihm auf. Ihre Worte waren ihm so vertraut wie seine Muttersprache und verliehen ihm die nötige Kraft und Willensstärke, um das Organ aufzuschneiden. Die Klinge glitt durch die Herzwände, sodass die vier hohlen Kammern und Vorhöfe zum Vorschein kamen.

Das verbliebene Blut reichte aus, um damit ein umgedrehtes Pentagramm auf das Email zwischen seinen Beinen zu malen. Seine Hoden zogen sich zusammen, sein junger Penis erhob sich aus dem Flaum der Schamhaare. In Windeseile hatte er einen klebrigen Samenstrahl auf das blutige Symbol gespritzt.

Stück für Stück aß er das Herz seiner Mutter, kaute das gummiartige Fleisch. Er schmatzte und riss und biss und schluckte, ohne ein einziges Mal zu würgen.

Der letzte Bissen rutschte seine Kehle hinunter. Er sah seine Mama in einem feinen Restaurant vor sich, in dem sie vor ein paar Jahren bei einem ihrer wenigen Besuche in der Großstadt gewesen waren. »Junior, du musst mir etwas versprechen.«

»Was denn, Mama?«

»Wenn ich vor dir sterbe, musst du mein Herz essen, damit ich für immer in dir weiterlebe.«

»Das schwöre ich«, hatte er gesagt und sie verliebt durch die Kerzenflamme angestarrt. »Und wenn ich zuerst sterbe?«

»Oh, dann werde ich dasselbe für dich tun, mein kleiner Schatz«, hatte sie gesagt, eine Auster mit französischem Champagner hinuntergespült und ihn mit funkelnden Augen angesehen.

Eine ganze Weile lang lag er in der Wanne und spürte, wie die Kraft seiner Mutter ihn durchströmte. Schließlich wischte er das Pentagramm ab, füllte die Wanne mit warmem Wasser, wusch sich und polierte die Messerklinge auf Hochglanz.

In der Kleidung vom Vortag verließ er das Hotel und nahm den ersten Bus.

Das war der Anfang von Juniors einsamer Pilgerreise. Seine Jugend hatte ihn gut auf die Arbeit vorbereitet, die vor ihm lag. Ein paar Jahre später – als er es für angebracht hielt, eine Weile unterzutauchen – schloss er sich Tincup und seiner Gemeinde an, floh mit dem Hochstapler Gottes von County zu County nach Süden, bis er ganz unten, am Bodensatz der Gesellschaft angekommen war.

Juniors Reise hatte unter einem flackernden Stern ihr Ende gefunden. Diesen Stern sah er nun vor sich, als er sich im Chevrolet aufsetzte, den Schirm des Käppis aus dem Gesicht schob und die Sonnenbrille abnahm.

Das Mädchen bog von der Straße ab und holperte durch den Vorplatz der alten Tankstelle. Die Reifen trommelten über die Risse im Asphalt.

»Da wären wir.«

Zentimeter für Zentimeter streckte Junior seinen schmerzenden Körper und ging zum Kofferraum. Della öffnete ihn und richtete die Taschenlampe auf den wie ein Wurm zusammengekrümmten Jungen.

»Kannst du ihn tragen?«, fragte Junior.

»Klaro«, sagte sie. »Da hatt ich schon Schwerere auf dem Buckel.«

Wie um ihren Worten Nachdruck zu verleihen, griff sie in den Kofferraum, hob das bewusstlose Kind heraus und trug es zu den Zapfsäulen, während ihr Junior mit der Taschenlampe den Weg leuchtete. Sie legte den Jungen neben der Falltür auf den Betonboden.

»Moment«, sagte sie und eilte mit der Taschenlampe in die Tankstelle.

Della kehrte mit einer Holzleiter zurück, die sie in den Tank hinabließ, bis die Füße gegen Metall stießen. Sie rüttelte an der Leiter, um ihre Stabilität zu überprüfen, und stellte dann vorsichtig einen Fuß auf die oberste Sprosse. Sie trug ihr Gewicht. Langsam verschwand sie im Loch wie ein Matrose in einem U-Boot.

»Ganz nett hier unten.« Ihre Stimme hallte metallisch.

Sie tauchte wieder auf, legte sich den Jungen über die Schulter und stieg erneut in den Tank. Junior klemmte sich die Taschenlampe zwischen die Zähne und folgte ihr langsam und vorsichtig.

Der Raum war zylinderförmig und abgerundet, sodass er die Knie beugen und die Füße gegen die gewölbte Metallwand stemmen musste. Obwohl der Tank leer war, stank er immer noch nach Benzin. Juniors Augen brannten. Er musste niesen, was ein explosionsartiges Echo hervorrief.

»Schau einer an«, sagte Della.

Der auf dem Boden liegende Junge wimmerte. Seine Finger zuckten, sein Fuß bewegte sich.

»Daddy«, sagte er und starrte Junior mit großen Augen an.

»Oh, Daddy kommt bald, mein kleiner Schatz«, sagte Junior, ging in die Hocke und fuhr mit der Hand durch die strohblonden Locken. »Da mach dir mal keine Sorgen.«

Dann war plötzlich das Skalpell in seiner Hand. Er hielt es an den Adamsapfel des Jungen und stach nur so fest zu, um den Schmerz in den blauen Augen erkennen zu können. Fast hätte er der Versuchung nachgegeben und dem Jungen die Kehle durchgeschnitten. Es war nur allzu verführerisch. Noch viel, viel besser war es aber, ihn schön langsam zu töten.

Er richtete sich wieder auf. »Fessle ihn«, sagte er und kletterte umständlich die Leiter hinauf.

51

Skye war mit Handschellen an einen Stuhl im Verhörraum gefesselt und lieferte sich ihren bisher heftigsten Kampf mit dem Anderen. Gene war bei ihr. Die brummende Neonröhre an der Decke ließen die Falten auf seiner Stirn und um seinen Mund fast schwarz hervortreten. Es waren die verbissenen Gesichtszüge eines Fanatikers.

»Wo ist er, Skye? Wo ist Timmy?«

Seit einer halben Stunde stellte er ununterbrochen dieselbe Frage. Mithilfe seiner Deputys hatte er sie umzingelt und mit gezogener Waffe (wobei Bobby Heck den Kopf geschüttelt und den traurigen Blick eines Bluthundes aufgesetzt hatte) die Hauptstraße hinuntergetrieben. Direkt hierher ins Sheriffbüro – zum Verhör.

Ihre Antwort war ebenfalls immer dieselbe. »Ich weiß es nicht, Gene. Ich weiß es wirklich nicht.«

Er wandte sich ab. Sein Hemd war völlig verschwitzt, was jedoch nicht an der Hitze, sondern an seiner Angst lag. Er fuhr sich mit der Hand durchs Haar, und als er sich wieder umdrehte, verpasste er ihr einen Kinnhaken. Skye fiel mit dem Stuhl hintenüber, knallte mit dem Kopf gegen den Betonboden und war einen Augenblick lang benommen.

Mehr Zeit brauchte der Andere nicht. Sie spürte, wie er in ihr aufstieg, und bevor sie ihn zurückdrängen konnte, hatte er die Kette der Handschellen zerrissen, mit der ihre Hände an der Stuhllehne gefesselt waren. Nur mit Mühe konnte sie verhindern, dass er auch noch die Manschetten um ihre Fußknöchel sprengte.

Seit der Vision im Bus hatte sie Timmy nicht mehr vor ihrem inneren Auge sehen können, sosehr sie sich auch bemühte. Auf dem Rückweg nach Hause hatte irgendwann ein Pick-up angehalten, und sie war auf die Ladefläche geklettert, wo sie so getan hatte, als würde sie schlafen. Tatsächlich hatte sie versucht, tief in ihr Innerstes zu tauchen, die unsichtbare Grenze zwischen Skye und Nicht-Skye zu überschreiten. Doch mehr als undeutliche Spuren der Dinge, die sie dank der unheimlichen Gabe des Anderen erspüren konnte, hatte sie nicht erhaschen können – wie Nachbilder der Sonne, wenn man die Lider schloss.

Jetzt schwebte sie im Niemandsland zwischen sich selbst und ihrem Zwilling. Wie leicht es doch gewesen wäre, der Versuchung nachzugeben und die Verwandlung und die damit einhergehende Kraft zuzulassen.

Nur die Angst hielt sie davon ab. Noch hatte sie nicht genug Erfahrung mit dem Anderen. Wer garantierte ihr, dass sie nach der Verwandlung noch auf der Suche nach Timmy sein und nicht einfach ihrem Blutdurst nachgeben würde?

Während sie darüber nachdachte, streckte sich ihre rechte Hand, die von der Stuhllehne verdeckt wurde, nach Genes Stiefel aus. Er stand direkt vor ihr. Wenn sie ihn zu fassen bekam, würde sie ihm das Bein ausreißen und ihn auffressen.

Es klopfte. Gene drehte sich um, durchquerte den Raum, öffnete die Tür, ging hinaus und schloss hinter sich ab.

Murmelnde Stimmen waren zu hören, Schritte entfernten sich. Skye gewann die Fassung zurück, schmeckte Blut auf den Lippen, packte den Stuhl, stellte ihn vor die Wand, setzte sich und verschränkte die Finger, sodass es aussah, als wäre sie nach wie vor gefesselt.

Der Schmerz in ihrem Mund war nichts im Vergleich zu den Höllenqualen in ihren Muskeln, Sehnen, Knochen und Nerven – in jeder Zelle –, während sie den Anderen niederrang. Durch schweißnasse Haarsträhnen hindurch sah sie, wie Gene in den Raum zurückkehrte.

Er hatte einen Schlagstock in der rechten und ein feuchtes Handtuch in der linken Hand. Sie beobachtete, wie er das Handtuch um den Stock wickelte. Als er zu ihr aufblickte, begriff sie, dass auch er eine Grenze überschritten hatte.

»Das wird kein gutes Ende nehmen, Skye.«

»Tu's nicht, Gene. Bitte.«

»Dann rede. Sag mir, was du mit meinem Jungen gemacht hast.«

»Nichts, Gene. Ich schwör's. Junior Cotton steckt dahinter, ganz bestimmt.«

Er lachte. »Hast du irgendwo die Nachrichten gesehen und willst ihn mir jetzt als Sündenbock verkaufen? Anscheinend hast du nicht mitbekommen, dass er nach Norden unterwegs ist.«

»Gene, wenn ich Timmy tatsächlich entführt hätte – warum sollte ich hierher zurückkehren?«

»Keine Ahnung, Skye. Sag du's mir.«

Er holte mit dem Schlagstock aus und schlug ihr unmittelbar unterhalb der Brüste auf die Rippen. Sie war immer noch Skye genug, um den Schmerz zu spüren, mit dem eine Rippe brach, und verbiss sich mit letzter

Kraft einen Schrei. Schlagartig verschwand der Schmerz. Ihr Körper zitterte auf dem Stuhl, als der Andere sie überwältigte. Ihre Schultern wurden breiter und sprengten die Achselnähte ihres T-Shirts. Die Kette an ihren Füßen war bis zum Zerreißen gespannt.

Es wurde heller, und sie sah alles ganz deutlich, blickte tief in Gene hinein, durch seine Augen auf seine Verzweiflung und seine Furcht. Er hatte keine Angst vor dem, was sie ihm antun konnte, sondern vor dem, was seinem Jungen angetan worden war.

Die Liebe zu seinem Sohn rettete ihm das Leben. Sie sorgte dafür, dass Skye wieder die Oberhand gewann, dass sie die unmenschliche Kraft zurückdrängen konnte, bis sie zitternd und schwitzend und weinend zurückblieb.

»Hör auf, Gene. Du darfst mich nicht mehr schlagen. Noch mal kann ich es nicht zurückhalten.«

Mit zusammengebissenen Zähnen starrte er erst Skye, dann den mit dem Handtuch umwickelten Schlagstock und dann wieder Skye an. Seine Augen waren wie schwarze Murmeln. Sie spürte, wie ein Impuls in seinem Gehirn darauf wartete, in seinen Arm zu fahren. Wenn er sie noch mal schlug, würde sie den Anderen nicht länger in Schach halten können.

Das Handy auf dem Tisch piepte ein einzelnes hohes Piepen. Gene ließ den Schlagstock fallen, schnappte sich das Telefon und drückte darauf herum, bis das Display sein Gesicht beleuchtete. Seine Miene entgleiste, als sie Timmys Stimme hörten, die verzerrt und blechern aus dem Telefon gellte. »Daddy, hilf mir. Daddy …«

Dann plötzlich Stille.

Der Gene, der sie jetzt ansah, war wieder ihr Bruder.

»Lass mich sehen, Gene«, sagte sie und hob die Hände mit den klirrenden Kettenteilen daran.

Er reichte ihr das Handy, und sie startete das kurze Video. Der gefesselte Timmy lag in scheinbar undurchdringlicher und unendlicher Dunkelheit. Sein Oberkörper wurde vom zitternden Strahl einer Taschenlampe beleuchtet. Er flehte um Hilfe, dann schwenkte die Kamera nach links auf das Gesicht, das sie in ihrem Traum gesehen hatte. Das wie ein Halloweenkürbis grinsende Antlitz des Samtjesus.

Irgendetwas traf sie zwischen die Augen und blendete sie eine Sekunde lang. Als sie wieder sehen konnte, war sie nicht mehr im Verhörraum, sondern in der nächtlichen Wüste. Sie roch Beifuß und Mesquite, erblickte durch scharfe Adleraugen das unstetige Flackern eines Neonsterns. Sie wandte sich um und entdeckte die alte Tankstelle.

Sie ging auf die Zapfsäulen zu und richtete die Augen auf den rissigen Asphalt. Tief darunter, zwischen den Sprüngen im Beton hindurch, konnte sie den dunklen Tank erkennen, in dem Timmy mutterseelenallein lag.

»Skye? Skye?«

Gene rüttelte an ihrer Schulter. Die gewaltige Kraft in ihren Beinen riss sie aus dem Stuhl. Die Seitennähte ihrer Jeans platzten auf, als die Quadrizepsmuskeln anschwollen. Die Fußmanschetten sprangen entzwei.

»Bring mich hier raus, Gene«, sagte sie mit einer Stimme, die nicht ihr gehörte. »Ich weiß, wo Timmy ist.«

52

Junior Cotton lag in der Finsternis auf der Rückbank des Chevrolets und spürte eine winzige Veränderung in den Molekülen, die ihn umgaben, so zart und unmerklich wie das weit entfernte Flügelschlagen einer Motte.

Da wusste er: Sie hatten den Köder geschluckt.

Junior setzte sich auf und schaltete die automatische Innenbeleuchtung aus, bevor er die Wagentür öffnete. Einen Augenblick lang saß er nur da, ließ die ruhige Nachtluft über sein Gesicht streichen und atmete den Geruch der Wüste.

»Della?«, sagte er mit leiser Stimme.

Sie hatte mit dem Rücken an der Wand vor der Tankstelle gesessen. Junior hörte das Rascheln ihrer Kleidung, als sie sich aufrichtete.

»Hier«, sagte sie.

»Es ist so weit.«

»Okay.«

Sie ging zu ihm hinüber. Ihre Turnschuhe knirschten über Glasscherben.

»Was jetzt?«, fragte sie ohne die geringste Spur von Furcht in ihrer Stimme.

»Knie dich hin«, sagte er, stand seinerseits auf und stützte sich an der Wand ab. Der bröckelige Putz war noch immer warm.

Sie ging vor ihm auf die Knie. Er hatte keine andere Wahl, als die Taschenlampe einzuschalten, damit er eine einigermaßen gleichmäßige Stelle auf der Wand finden konnte. Dann gab er ihr die Lampe.

»Leuchte auf dein linkes Handgelenk.«

Sie tat wie befohlen. Er nahm das Skalpell aus der Tasche und öffnete damit ihre Pulsader. Rhythmisch spritzte das Blut daraus hervor.

»Richte die Lampe auf die Wand«, sagte er. Wieder gehorchte sie.

Er tauchte einen Finger in die warme Flüssigkeit und zeichnete damit das Symbol an die Wand. Alter Putz klebte wie Leim an seiner Fingerspitze. Die grobe, krakelige Kritzelei war eindeutig als umgekehrtes Pentagramm zu erkennen.

»Dreh dich um und drück dein Gesicht an die Wand.« Ihre Stirn berührte den Putz in der Mitte des Pentagramms. Er nahm ihr die Lampe ab, schaltete sie aus und schloss die Augen, bis sie sich an die Dunkelheit gewöhnt hatten.

Stimmen stiegen in ihm auf und sprachen in fremden Zungen. Männerstimmen, Frauenstimmen, die Stimmen von Kindern und Greisen. Wortfetzen und Fragmente verschmolzen zu einem babylonischen Gewirr, das bis in die Urzeit zurückreichte – bis in jene Epoche, in der sich das Leben aus einer alchemistischen Suppe aus Schlamm und Blut und Pisse und Scheiße und Sperma gebildet hatte.

Die Stimmen wurden immer höher, redeten immer schneller, bis sie nur noch hektische Flügelschläge auf Glas waren. Als sie den Gipfel ihres Crescendos erreicht hatten, schnitt er ihr die Kehle durch und spürte das Blut fließen. Er hielt sie in den Armen und sang ihr ein blutrünstiges Schlaflied. Während das, was ihr Wesen ausmachte, ihren Körper verließ, bemerkte er aus den Augenwinkeln ein kurzes flackerndes Licht, das sofort wieder erlosch. Er öffnete den Mund und inhalierte ihre Essenz, um sich für die kommende Schlacht zu stärken.

Schließlich richtete er sich wieder auf. Das Mädchen hatte er bereits vergessen. Sein Herz klopfte in einem regelmäßigen Takt. Bevor die Nacht vorüber war, würde er eine weit größere Macht in sich aufnehmen, eine Macht, die es ihm erlaubte, seinen gebrechlichen Körper, der der Willkür von Alterung und Verfall ausgeliefert war, hinter sich zu lassen und seinen Platz zu den Füßen der gefallenen Götter einzunehmen.

Junior starrte nach Süden. Die Schwärze wurde von einer Ansammlung von Sternen am mondlosen Himmel durchbrochen, und er erlaubte sich den Genuss einer Erinnerung, die er sich sorgsam aufgespart hatte. Eine Erinnerung von solcher Kraft, dass ihre unmittelbare und ungefilterte Beschwörung seine Synapsen glatt hätte durchschmoren lassen.

Es war kurz nach Mitternacht am Tag der Toten. Der zehnjährige Junior hatte mit seiner Mama die Grenze überquert und befand sich nun in einer dreckigen Cantina, auf deren Bühne eine dunkelhäutige Frau von einem Esel begattet wurde. Weiße Männer feuerten sie an, hüpften und schwitzten Meskal, Chemie und Lust aus allen Poren.

Er wurde aus der Cantina in die Dunkelheit geführt und auf den Rücken eines halb toten Pferdes geworfen. Sein Gehirn war von irgendetwas, das man in sein Getränk getan hatte, benebelt und benommen. Er erbrach sich über die schorfige, mit Geschwüren bedeckte Flanke des Tiers. Dann beobachtete er, dass sich seine Mama mit der Eleganz einer Dressurreiterin auf ein weiteres Pferd schwang.

Ein Mann auf einem dritten Pferd schnalzte mit der Zunge, und gemeinsam ritten sie durch die stinkende Stadt in die Nacht hinaus. Juniors Eingeweide schlingerten mit den Bewegungen des Tieres unter ihm. Er konnte nicht einschätzen, wie viel Zeit verging, bis sie eine vor einem Hügel zusammengedrängte Ansammlung von Hütten erreichten.

Sie stiegen ab. Eine der Hüttentüren öffnete sich. Flackernder Kerzenschein beleuchtete einen Mann in einem billigen Anzug, der eine Zigarette rauchte. Mama gab dem Mann Geld, und er nahm sie am Arm und führte sie zu einer kleinen Bude aus Wellblech. Zwischen der Tür und dem nackten Erdboden war ein großer Spalt.

Junior bemerkte eine Bewegung in diesem Spalt, hörte das Rasseln von Ketten und das Grunzen und Stöhnen von etwas, das nur teilweise menschlich sein konnte.

Der Mann im Anzug öffnete die Tür, schubste Mama hinein, schloss sie schnell wieder und legte ein Vorhängeschloss vor. Dann weitere Geräusche, seine Mutter schrie gedämpft, dann das rhythmische Krachen von Körpern, die gegen die Wellblechwände stießen.

Junior wollte seiner Mama folgen, doch der Mann packte ihn und trug ihn in eine nach Schweinekot stinkende Hütte, wo eine dicke Frau mit zusammengekniffenen Augen in einem großen Kessel rührte. Fettklumpen schwammen auf dem Gebräu. Trotz aller Anstrengung wurde Junior ohnmächtig.

Als er aufwachte, war Mama bei ihm in der Hütte. Ihr Kleid war zerrissen, die Haare mit Dreck verklebt, sie hatte Kratzer auf dem Gesicht und geschwollene, blaue Lippen. Ihre glasigen Augen starrten auf etwas, das weit über ihren Verstand hinausging.

Immer wieder dämmerte Junior weg, und jedes Mal, wenn er aufwachte, sah er seine Mutter reglos mit dem Rücken zur Wand dasitzen. Sie hatte nach wie vor diesen verwirrten Blick. Ihre Zunge glitt nervös über die Zähne.

Bei Morgengrauen ritten sie zu der unter einer Rauchdecke aus Holzfeuern liegenden Stadt zurück. Sie stiegen ins Auto, fuhren nach Norden über die Grenze und nahmen sich ein Motelzimmer, wo seine Mutter eine sehr lange Zeit mit ihren Salben und Cremes und dem Fön im Badezimmer verbrachte. Als sie wieder auftauchte, lächelte sie und war perfekt frisiert.

Das Leben ging mehr oder weniger weiter wie zuvor. Sie zogen durch das Landesinnere und töteten zum Vergnügen. Doch seine Mutter hatte sich verändert. Zum einen körperlich: Ihr Bauch schwoll an, sodass sie nur watschelnd gehen konnte und ihren Rücken mit der Hand stützen musste. Wenn sie sich in einen Stuhl setzte, streckte sie die Füße wie eine Ente von sich.

Sie lachte gekünstelt. »Deine Mama ist guter Hoffnung, Junior. *Guter* Hoffnung.«

Auch ihre Stimmung war nicht mehr dieselbe. Alle Fröhlichkeit war verschwunden, und immer öfter wurde sie von ihren Anfällen heimgesucht, wie sie es nannte. Dann schlief sie oder übergab sich den ganzen Tag, und Junior musste Eis holen, um ihr mit einem feuchten Lappen die Stirn zu kühlen.

Sie hob ihren Pullover. Aus dem aufgeblähten Bauch darunter ragte der Nabel wie ein ausgestreckter Finger hervor. Ihre marmorierte Haut war mit einem Wirrwarr aus hauchdünnen dunklen Linien überzogen, die an Brandflecken erinnerten. Junior musste ihr den Bauch waschen, und nur unter Aufbietung all seiner Kräfte konnte er einen Schrei unterdrücken, als er spürte, wie etwas unter der Haut wütend strampelte und zappelte.

Eines Nachts fuhren sie zu einer Farm in einem weit entfernten Tal. Eine alte, offenbar stumme Frau verbrachte Stunden damit, sich um seine schreiende, vor Schmerzen windende Mama zu kümmern. Endlich presste sie einen Haufen Blut und Fleisch heraus, der durch einen Schlauch mit dem klaffenden Loch zwischen ihren Beinen verbunden war.

Die Frau vernähte Mamas Wunde und wusch sie. Dann fuhren sie mit einem Baby davon, das wie jedes andere Baby aussah. Es weinte nie, verlangte nie nach ihrer Aufmerksamkeit, und doch schien sich alles nur um das kleine Bündel zu drehen, das von seiner Korbwiege auf der Rückbank aus jeden einzelnen Moment ihres Lebens bestimmte. Mama wurde vor Juniors Augen zunehmend verwirrter und ungepflegter. Sie wusch sich nicht mehr und verbrachte ihre Tage damit, billigen Wein zu trinken. Bald stank sie sogar.

Bis endlich der Tag kam, an dem Mama gleich hinter einem Grenzdorf anhielt, das Baby in einen Pappkarton legte und Junior befahl, die Schachtel am Straßenrand abzustellen. Ein Sandsturm zog in der Wüste auf. Sie fuhren in die braune Wand hinein, und Junior sah, wie die Schachtel und alles, was damit zu tun hatte, in den wirbelnden Staubwolken verschwanden.

Das Baby wurde nie wieder erwähnt, und er hatte seine Mama zurück. Zumindest bis zu ihrem Unfall.

Jahre später – Junior hatte sich bereits Tincups Gemeinde angeschlossen – erkannte er plötzlich die Straße wieder, neben der er die Schachtel abgestellt hatte. Als er später in der Stadt beim Einkaufen war, bemerkte er ein blondes Mädchen, das gerade den Walmart verließ. Junior spürte die Anwesenheit seiner Mutter mit solcher Intensität, dass er ihren Duft – eine Mischung aus Zimt, Chanel N° 5 und Burleytabak – riechen und ihr Lachen – ein Klimpern wie von einem Windspiel – hören konnte.

Junior verfolgte das Mädchen, ein vielleicht zehn- oder elfjähriges Kind mit hängenden Schultern, das mit Einkaufstüten bepackt auf den Ausgang zusteuerte. Als sie sich umdrehte, erkannte er die Züge seiner Mutter in ihrem Gesicht. Die genetische Verwandtschaft war so deutlich, dass ihm Sehnsucht und Trauer den Atem raubten.

»Skye! Skye!«

Der Uniformierte musste ein weiteres Mal rufen, um das Mädchen aus seinen Tagträumen zu reißen. Junior beobachtete, wie sie mit ihm und einer hochschwangeren Frau, die einen kleinen Jungen an der Hand hielt, in einen Kombi stieg und davonfuhr.

Skye.

Jetzt stand er in der Wüste und schnupperte die Nachtluft wie ein wildes Tier. Das bevorstehende Wiedersehen machte ihn ganz nervös.

Das Wiedersehen mit seiner Schwester.

53

Timmy lag gefesselt im Dunklen. Die böse Frau hatte die Schnüre so fest zugezogen, dass sie in sein Fleisch schnitten. Seine Hände und Füße waren völlig taub.

»Wie ein Rollbraten«, sagte er laut. Die Worte hallten dröhnend von den Metallwänden wider.

Seine eigene Stimme, mit der er eigentlich nur die Stille der tiefen Schwärze vertreiben wollte, machte ihm eine solche Angst, dass er sich fast in die Hose gemacht hätte.

Er hatte keine Ahnung, wo er sich befand. Die Wände waren trocken, und trotzdem roch es überall nach Benzin, wie dort, wo Daddy immer hinfuhr, um den Jeep aufzutanken. Daher vermutete er, dass er in einer alten Tankstelle mitten im Nirgendwo war. Keiner würde ihn finden, und er musste mutterseelenallein hier sterben.

Blanke Angst ergriff sein Herz, Panik packte seinen Körper. Er kämpfte gegen die Seile an, die gegen seine wunde Haut scheuerten, bis er irgendwann schluchzend aufgab. Rotz lief ihm von der Nase in den Mund.

Plötzlich sah er Skye so deutlich vor sich, als würde sie vor ihm stehen. Sie redete sehr leise, wie sie es immer tat, wenn sie ihm eine Gutenachtgeschichte vorlas.

»Du musst jetzt ein großer Junge sein, Timmy«, sagte sie. »Sei tapfer. Wir kommen, dein Daddy und ich. Wir werden dich retten.«

Ihre Stimme beruhigte ihn. Sein Herz schlug langsamer. Jetzt hatte er weniger Angst und zappelte auch nicht mehr herum.

Der Strahl einer Taschenlampe durchschnitt die Finsternis und richtete sich dann auf ihn. Er hörte die Stimme des Mannes, der ihm noch mehr Angst machte als die Frau, die wie Skye aussah.

»Hey, kleiner Mann, wie geht's uns denn?«

Die Stimme, die diese netten Worte sprach, war tief und rau und gemein. Der Mann warf etwas, das gegen Timmys Kopf prallte und scheppernd auf den Metallboden fiel.

Timmy schmeckte Blut im Mund. Alles verschwamm vor seinen Augen, und dann war plötzlich der Mann vor ihm und gab ihm eine Ohrfeige.

»Aufgewacht, Sonnenschein, aufgewacht.«

Der Lichtkegel schwenkte von Timmy auf einen großen Metallkasten. Ein Benzinkanister. Das wusste er, weil Daddy immer einen hinten am Jeep festband, wenn sie einen Campingausflug machten.

Der Mann schraubte den Deckel ab, nahm den Kanister beim Henkel und schüttete Benzin über Timmy, sodass sein Gesicht und sein Körper und seine Klamotten klatschnass wurden. Dann ging der Mann zur Leiter, wobei er eine Benzinspur hinter sich herzog.

Der Mann warf den leeren Kanister beiseite und stieg die Leiter hinauf. Er bewegte sich so komisch ruckartig wie die Marionetten in den alten Kindersendungen im Fernsehen. Mit einem Grunzen kletterte er die Leiter hinauf und nahm die Taschenlampe mit. Timmy saß wieder allein im Dunkel.

Da fing die Horrorshow an. Tote Menschen kamen aus der Finsternis auf ihn zu. Tote Frauen und Männer und auch Kinder, alle verletzt und blutig. Sie schrien grässlich, als der Marionettenmann zwischen ihnen herumlief und auf sie einstach und sie verbrannte und aufaß. Er grinste Timmy mit roten Zähnen an.

Irgendwann gelang es Timmy, die Horrorshow hinfort zu schreien. Jetzt, wo er benzingetränkt in der Finsternis lag, kapierte er, dass er sich Skye nur eingebildet hatte. Sie und sein Daddy würden ihn nicht retten. Das hatte er sich nur ausgedacht, wie die Geschichten, die er Miss Marples in der Schule erzählte.

Niemand würde ihn retten.

Weil niemand wusste, dass er hier war. Nur die böse Frau und der Marionettenmann.

Da war es auch ganz egal, ob er weinte oder sich in die Hose machte, weil ihn ja niemand mehr wiedersehen würde.

Niemals.

54

Gene fuhr durch die Nacht. Er hatte nicht die leiseste Ahnung, worum es sich bei der massigen Kreatur handelte, die im Heck des Streifenwagens kauerte. Sie roch wie ein wildes Tier und warf sich hinter dem Gitter hin und her, wobei sie tatsächlich hechelte.

Sollte sie zum Angriff übergehen, würde das dünne Drahtgitter sie nicht aufhalten. Eine reine, animalische Furcht überkam ihn, eine primitive Angst, die kurzzeitig sogar die Sorge um seinen Sohn verdrängte. Nur mit Mühe konnte er sich zum Weiterfahren zwingen. Er umklammerte das Lenkrad so fest, als könnte nur das ihn davon abhalten, auf die Bremse zu treten und vor dem schattenhaften Wesen, das er im Rückspiegel beobachtete, in die Wüste zu fliehen.

Wie konnte man es töten? Mit einer Silberkugel? Einem Pfahl durchs Herz? Gene war kurz vor einem hysterischen Anfall, als er sich an die vielen Horrorfilme seiner Teenagerjahre zu erinnern versuchte. Während Werwölfe und Vampire auf der Leinwand des Autokinos ihr Unwesen trieben, hatte er unbeholfen mit den Mädchen herumgefummelt. Das Kino war schon lange geschlossen. Die zerrissene Leinwand ragte wie ein primitives Götzenbild aus der Wüste, angebetet von langen Reihen einsamer Lautsprechersäulen.

Vorhin im Verhörzimmer war Skye lange genug Skye

geblieben, um ihm erzählen zu können, dass sich Timmy in einem leeren Benzintank der alten Tankstelle in der Nähe des Milky-Way-Motels befand. Bevor die Verwandlung sie verstummen ließ, hatte sie so inbrünstig und aufrichtig geklungen, dass er weder die Wahrheit ihrer Worte anzweifelte noch gefragt hatte, woher sie das überhaupt wusste.

Lange hatte er in das Gesicht gestarrt, das mit jeder Sekunde Skye weniger ähnlich sah, bis er sich irgendwann hatte abwenden müssen. Sonst hätte er die Nerven verloren, Skye im Sheriffbüro schmoren lassen und die Sache in die eigene Hand genommen. Nur – er brauchte sie. Er brauchte ihre Stärke.

Aus diesem Grund war er aus dem Verhörraum und durch das verlassene Büro gestürmt – verlassen bis auf die halb blinde Darlene, die mit dem Rücken zu ihm vor ihrem Tisch saß und die Suche nach Timmy per Funk koordinierte.

Gene schloss die Tür zur Garage auf und ging in den Verhörraum zurück. Schiere Muskelkraft hatte der Kreatur bei ihrer Verwandlung die Kleidung vom Körper gerissen, sodass sie nun splitternackt vor ihm stand. Wieder hätte Gene fast der Mut verlassen. Erst als er an Timmys Gesicht auf dem Display des Handys dachte, war er in der Lage, das Ding, das einmal seine Schwester gewesen war, zur Hintertür zu locken. Die Kreatur folgte ihm, wobei ihre Klauen über das Linoleum kratzten und sich ihre Nackenhaare aufstellten wie grässliche Fühler.

Nachdem er sich vergewissert hatte, dass niemand in der Garage war, öffnete er die Hintertür des Streifenwagens. Geschmeidig glitt die dunkle Gestalt in das Auto und zog sogar den Kopf ein, als er den Motor anließ und auf die Hauptstraße bog.

Jetzt, während der flackernde Neonstern immer näher kam, griff Gene nach dem Funkgerät und erzählte Darlene, er hätte durch einen Anruf erfahren, dass Timmy auf einer verlassenen Ranch nördlich der Stadt festgehalten würde. Er befahl ihr, alle Deputys sofort dorthin zu beordern.

Er wollte seine Männer so weit wie möglich von dem blutigen Grauen fernhalten, das ihm bevorstand.

Sie kauerte im Dunklen und roch Gene durch die Maschen des Gitterkäfigs. Seltsamerweise erregte sie der Duft seines Fleisches und Blutes nicht im Geringsten. Ihre Konzentration galt einzig einem unaufhörlichen Strom von Erinnerungen, der auf sie eindrang, dieser gewaltigen Datenmenge, die unmöglich aus ihrem Unterbewusstsein stammen konnte. Dafür waren die Erinnerungen zu alt, reichten zu weit zurück – bis weit vor die Zeit, in der die Menschheit in ihrem einfältigen Versuch, das Böse zu verstehen, das törichte, dumme Märchen von Gott und den gefallenen Engeln erfunden hatte.

Die Erinnerungen reichten bis zu der Quelle, aus der das wahre Böse getrunken hatte. Dann verlor sich die Spur, war zu alt, zu undeutlich, zu schwer zu verfolgen. Die Straße, auf der sie reisten, war für ihre Augen unsichtbar – nicht jedoch für ihre anderen Sinne, die erneut den Sandsturm und die Schachtel und den Jungen namens Gene und sich selbst als kleines rosafarbenes Baby heraufbeschworen.

Eine weitere Erinnerung traf sie wie ein heftiger Schlag in die Leber. Jetzt war sie nicht mehr im Streifenwagen, sondern befand sich an einem dunklen, übel riechenden Ort und beobachtete zwei brünstige Körper bei der Paarung. Der Ursprung dessen, was sie einst werden sollte, lag in einer Kreatur, die mit jener Quelle verbunden war – einer Kreatur, die aus ihrem Schlamm gekrochen war – und ihren Samen in eine Frau ergoss.

Eine sengende Flamme, die zugleich den Moment ihrer Zeugung und eine Vision der Zukunft beinhaltete, durchfuhr sie wie ein Kundalini-Rausch vom Ansatz ihrer Wirbelsäule hinauf bis zum Gehirn und schleuderte sie ins Hier und Jetzt zurück. Endlich hatte sie eine ungefähre Ahnung davon, was sie war und wer sie erwartete.

55

Es gab keinen Schlachtplan, keine langsame Annäherung mit ausgeschalteten Autoscheinwerfern, kein vorsichtiges Anpirschen von der Rückseite der Tankstelle aus. Der Streifenwagen brauste ohne Sirene oder Blaulicht auf den Vorplatz. Die Scheinwerfer spiegelten sich in der Benzinspur, die von der offen stehenden Falltür zu dem hinter einer der defekten Zapfsäulen lauernden Junior führte.

Der hielt das Zippo in der einen und Dellas Pistole in der anderen Hand. Gene Martindale stieg aus dem Auto und hob die Arme, als wollte er sich ergeben. Einen Augenblick befürchtete Junior schon, er wäre allein gekommen, bis er eine Bewegung auf der Rückbank des Streifenwagens bemerkte. Seine Hoden und sein Schließmuskel zogen sich vor Vorfreude zusammen.

Jetzt war ihm alles klar. Warum er und seine Gefährtin, deren Name ihm längst entfallen war, die Frau und das ungeborene Kind gerade dieses Gesetzeshüters getötet hatten. Warum er jahrelang untätig in einer leeren, einsamen Vorhölle hatte schmoren müssen.

Er hatte gewartet. Gewartet, bis das Ding, das in dem Mädchen schlummerte, erwachte.

Und so war es nun geschehen.

»Cotton, ich will nur meinen Jungen«, sagte dieser John Wayne für Arme. »Lass ihn frei und nimm mich dafür.«

»Wirf die Waffe weg«, sagte Junior. Der Deputy gehorchte. Die Pistole schlitterte gegen eine der alten Zapfsäulen.

Junior – der die Kunst des Schießens von seiner Mutter gelernt hatte – zielte und traf Martindale direkt unterhalb des Knies ins Bein. Der Mann ging zu Boden, die Schlagader blieb allerdings unversehrt. Schließlich musste er weiterleben, um den Tod seines Sohnes und der Kreatur im Streifenwagen ansehen zu können.

Skye, die im Auto eingesperrt war, spürte ihren Bruder hinter der rostigen Zapfsäule, roch ihn, roch den Gestank des Todes, der an ihm haftete und den kein Lösungsmittel, keine Säure wegwaschen konnte. Roch die Verderbtheit seiner Seele.

Der Gestank, die fast schon intime Nähe und die Gewissheit, dass sie bald Fleisch von ihrem Fleisch kosten würde, ließ eine Begierde von bisher ungekannter Stärke in ihr aufsteigen. Ihre Sehnen und Knochen wuchsen, um der Woge aus schierer Kraft, die sie überrollte, standhalten zu können. Die massigen Schultern stießen gegen das Dach des Streifenwagens, ihre Haut drückte gegen den Maschendraht des Käfigs.

Ihre lodernden Augen hatten sich bereits an die Dunkelheit gewöhnt, als sich die Autotür öffnete und die Innenbeleuchtung aufflammte. Gene stieg aus. Sie wollte ihm noch etwas zurufen, ihn zurückhalten, doch ihre Stimme war nur mehr Erinnerung. Aus ihrer Kehle drang nichts als ein tiefes Knurren.

Vergebens tastete sie nach dem Türgriff. Schließlich konzentrierte sie sich auf ihre Körperkraft und warf sich gegen die Wagentür. Das Metall kreischte, beulte sich nach außen, der Wagen schaukelte, doch die Tür blieb verschlossen.

Nach dem Schuss, der Gene zu Boden gehen ließ, wagte sie einen neuen Versuch, bei dem sie die Tür glatt aus den Angeln riss. Das verbogene Metall landete nicht weit von der Stelle, an der Gene lag und sich sein Bein hielt.

»Hol Timmy«, sagte Gene. Sie bemerkte Schmerz in seiner Stimme und auch Angst, als er kurz zu ihr aufsah und sich schnell wieder abwandte.

Ein Schatten huschte an der Zapfsäule vorbei, und plötzlich stand ihr Bruder vor ihr. Die flatternden Seelen der unzähligen Toten umhüllten ihn wie einen dämonischen Mantel aus Licht. Sie ging auf ihn zu, bereit, ihn zu töten und zu verschlingen. Dieser Drang war unmöglich zu kontrollieren. Die Speichelfäden, die von ihren Lippen troffen, schwangen wie das Pendel eines Metronoms hin und her.

Dann jedoch löste sein Geruch eine weitere Sturzflut von Erinnerungen aus. Bevor er starb, würde er ihr von ihrer Mutter erzählen.

Und ihrem Vater.

Das Ding kam auf Junior zu. Ein Ding, das ihn gleichzeitig erschreckte und mit Freude erfüllte. Als es durch den Lichtkegel des Scheinwerfers huschte, erkannte er seine Mutter in dem genetischen Code, dem diese Kreatur entwachsen war. Und nicht nur seine Mutter, auch etwas viel Dunkleres: jenes Wesen, das er auf seine primitive menschliche Art angebetet hatte, seinen unbekannten und unergründlichen Herrn und Meister. Die Majestät dieser Kreatur schlug ihn in ihren Bann, sodass er sowohl Benzin als auch Feuerzeug völlig vergaß.

Beim Näherkommen erblickte sie Junior Cottons Gesicht im Scheinwerferlicht, erkannte seine Ähnlichkeit mit der jungen Frau, die sie einst gewesen war. Ihr Bruder starrte sie an, streckte die Hand aus und berührte ihre Wange. Seine Finger auf ihrer Haut weckten eine so allumfassende Sehnsucht, dass jeder Gedanke an seine Vernichtung wie weggeblasen schien. Sie legte die Handfläche auf sein Herz, und in diesem Augenblick war sie wieder ein kleines Kind, sicher und geborgen in den Armen seiner Mutter.

Gene versuchte aufzustehen, doch das verwundete Bein knickte unter ihm weg. Er griff durch das Fenster des Streifenwagens, umklammerte das Lenkrad und zog sich auf den Fahrersitz, von wo aus er die Remington unter dem Armaturenbrett erreichen konnte. Er riss sie aus der Halterung und fiel auf den Boden zurück. Mühsam kroch er über den Asphalt, bis er freies Schussfeld hatte, und richtete den Lauf auf Junior Cotton, der reglos neben dem Ding stand, das einst Skye gewesen war.

Er spannte den Hahn, nahm Junior Cottons Kopf ins Visier und sah schlagartig Marybeth, ihr totes Baby und den weinenden Timmy vor sich. Sein Finger krümmte sich um den Abzug. In letzter Sekunde kam er wieder zur Besinnung und senkte die Waffe, bis sie auf die Beine des Mannes gerichtet war. Er würde ihn verwunden und ihn dazu zwingen, ihm zu sagen, wo Timmy war.

Und dann würde er ihn zur Hölle schicken.

Wie er so dastand und die Kreatur berührte, sah Junior das Gesicht seiner Mutter vor sich, genau wie damals, wenn sie nach ihren Beutezügen immer nebeneinander im Bett gelegen hatten. Ihr warmer Atem hüllte ihn ein, ihre Fingerspitzen lagen auf seinem Herzen, das in wahnsinniger Liebe für sie schlug. Plötzlich kam Junior ein verführerischer Gedanke. Er würde seine Schwester nicht töten – er würde sie mitnehmen.

Nach Süden, über die Grenze. Dorthin, wo alles seinen Anfang genommen hatte.

Gerade wollte er ihr diesen Vorschlag unterbreiten, als das Klicken, mit dem der Hahn einer Schrotflinte gespannt wurde, den Zauber brach. Er hob die Pistole und feuerte in Richtung des Geräusches.

Eine Kugel durchschlug die Glasscheibe hinter ihm. Noch während Gene den Abzug der Remington betätigte, wusste er, dass der Schuss sein Ziel verfehlen würde. Junior Cotton ging hinter einer Zapfsäule in Deckung. Eine Flamme loderte auf und entzündete ein Höllenfeuer, das über den Asphalt in den leeren Benzintank raste. Timmys Schreie hallten von den Metallwänden wider.

Junior Cotton warf das brennende Feuerzeug auf das Benzin. Beim Anblick der Flammen wurde sie kurzzeitig von einer uralten Furcht gepackt und schreckte zurück. Skye – denn jetzt war sie wieder Skye, erhielt schlagartig die Kontrolle zurück – vergaß Junior, rannte in die Flammen und sprang direkt in den brennenden Metallzylinder. Die metallischen Echos von Timmys Rufen durchschnitten das Brausen der hungrigen Flammen.

Sobald Timmy das dumpfe Dröhnen des Automotors hörte, fing er an zu schreien und gegen die Eisenwände zu treten. Er wusste, wie sich Schüsse anhörten – schließlich war er oft mit seinem Daddy auf der Jagd nach Antilopen und Hasen gewesen –, und sobald der Knall ertönte, wurde er still.

Dann ein Krachen, wie bei einem Autounfall, dann wieder Stille. Er holte gerade Luft, um noch mal loszuschreien, als weitere Schüsse ertönten und alles ganz hell wurde. Feuer kam durch das Loch und kroch über den Boden auf ihn zu.

Verzweifelt rief er nach seinem Vater, versuchte, den Flammen auszuweichen, und strampelte mit den Beinen. Doch es half nichts – das Feuer erfasste ihn, das Benzin in seiner Kleidung entzündete sich mit einem ohrenbetäubenden Zischen, und dann war da eine Hitze, wie er sie noch nie gespürt hatte. Er versuchte, sich auf dem Boden herumzurollen und die Flammen zu ersticken, kam jedoch nicht gegen seine Fesseln an.

Irgendetwas sprang durch die Falltür und rannte durch die Flammen auf ihn zu. Es war so groß, dass es den Kopf einziehen musste. Als es ihn packte, wurde die Furcht vor dem Feuer von einer noch größeren Angst verdrängt – jetzt sah er nämlich Tierzähne und zusammengekniffene Augen und Klauen.

Das Ding nahm ihn fest in die Arme, erstickte so die Flammen auf seinem Körper und drückte ihn vom Feuer weg und gegen die Wand des Tanks. Unter dem Gestank von Moder und brennendem Haar und verkohltem Fleisch roch er noch etwas anderes.

Er roch Skye.

Gene beobachtete, wie die Kreatur in das Inferno sprang und von den Flammen verschlungen wurde. Er ließ die Schrotflinte fallen, kletterte in den Wagen zurück, griff nach dem Funkgerät und betete, dass er noch Empfang hatte.

Zischend und knackend meldete sich Darlenes Stimme. Sofort forderte er Verstärkung an. Als sie »Verstanden« sagte, ließ er sich wieder aus dem Wagen fallen. Obwohl ihm durch den Blutverlust die Sinne zu schwinden drohten, kroch er auf die Falltür zu, aus der Flammen in die Dunkelheit schlugen.

Ein Auto preschte hinter der Tankstelle hervor. Zuerst dachte Gene, Junior Cotton wollte ihn über den Haufen fahren, doch der Chevrolet hielt neben ihm an. Cotton grinste, hob den Finger zu einem kurzen Gruß und brauste mit Vollgas in Richtung Grenze davon.

Gene kroch weiter. »Timmy! Timmy!«, rief er.

Bis auf das Dröhnen und Zischen des Feuers war nichts zu hören. Er schleppte sich weiter, bis ihn seine Kräfte verließen. Sein Kopf fiel auf den rissigen Asphalt, und bevor ihm schwarz vor Augen wurde, sah er die Flammen, die aus der Falltür loderten, und die Funken, die wie Glühwürmchen vor dem Nachthimmel tanzten.

56

Als Gene wieder zu sich kam, roch er den unverwechselbaren Krankenhausduft, eine Mischung aus Desinfektionsmittel, Medikamenten und ungenießbarem Klinikfraß. Er lag auf dem Rücken. An seinem Arm hing ein Tropf. Sein linkes Bein war vom Knie abwärts eingegipst. Gelbe Zehen lugten aus dem blendend weißen Panzer.

Er zerrte an den Vorhängen, die sein Bett umgaben, sodass die Ringe auf den Metallstangen klapperten. Endlich fand er eine Lücke und riss sie weit auf. Das Bett stand neben einer Tür, die auf einen grauweiß gefliesten Flur führte.

»Hey!«, rief er. »Hey!«

Ein übergewichtiger Sergeant in der Uniform eines Großstadtpolizisten erschien in der Tür. In der einen Hand hielt er seine Dienstwaffe, in der anderen einen halb gegessenen Hotdog. Als er begriff, dass Gene nicht in unmittelbarer Gefahr war, wedelte er beschwichtigend mit dem Hotdog. »Immer mit der Ruhe, Partner. Die Schwester kommt gleich.«

»Wo ist mein Junge?«, fragte Gene.

Bevor der Cop antworten konnte, raschelte der Vorhang auf der anderen Seite des Bettes. Eine kleine Gestalt duckte sich darunter hindurch – es war Timmy, der in einem kunterbunt gestreiften Schlafanzug steckte. »Daddy?«, fragte er.

Gene starrte in das Gesicht seines Sohnes, dachte schon, dass er durch die Medikamente an Halluzinationen litt, denn der Junge schien (bis auf einige kahle Stellen auf seinem Kopf, wo seine Haare verbrannt waren, eine fehlende Augenbraue und einen Verband um den linken Ellbogen) völlig unversehrt.

Gene umklammerte ihn mit seinem freien Arm und hob ihn aufs Bett. »Ist alles in Ordnung, Timmy?«

»Na klar, Sir«, sagte der Junge. »Alles prima. Bist du endlich aufgewacht?«

»Ja. Ja, bin ich. Wo sind wir.«

»Im Krankenhaus. In der Stadt.«

»Wie lange habe ich geschlafen?«

»Seit gestern Nacht. Wir sind mit dem Hubschrauber geflogen«, sagte Timmy und bekam bei der Erinnerung leuchtende Augen. »Er ist auf einem großen Kreuz mitten auf dem Dach gelandet.«

Gene umarmte seinen Jungen, wobei sich der Tropf aus seinem Arm löste. Die Krankenschwester, die die Vorhänge zurückzog, schnalzte missbilligend mit der Zunge. Sie hatte Mühe, ihn ruhig zu halten, während sie ein Heftpflaster über die blutende Wunde klebte. Gene ließ Timmy los, woraufhin dieser auf das Bett nebenan hüpfte. Hier hatte er geschlafen, verkündete er, gleich neben seinem Daddy.

»Wurde gestern Nacht außer uns noch jemand eingeliefert?«, fragte Gene die Schwester.

Ihre Miene verdüsterte sich. »Da fragen Sie am besten den Arzt«, sagte sie, als sie den Raum verließ.

Gegen seinen Willen musste sich Gene in einen Rollstuhl setzen. Der kaugummikauende Pfleger, der ihn aus dem großen Aufzug schob, hatte Knasttattoos auf den Armen und schmutzig blondes Haar. Auf dem Flur, über dessen Fliesen die Gummireifen des Rollstuhls quietschten, war es um einiges ruhiger als auf seiner Station. Auch die Schwestern sahen ernster drein – es gehörte zu ihrem Alltag, den Sterbenden noch einen letzten Sprung von der Schippe zu ermöglichen.

Der dicke Cop folgte ihnen. Ein weiterer Beamter in Uniform saß auf einem Stuhl vor einem Krankenzimmer und las ein Klatschmagazin. Sobald er seinen Vorgesetzten erblickte, stand er auf und rollte das Magazin zusammen.

Ein Arzt in weißem Kittel mit Stethoskop um den Hals verließ mit einem Klemmbrett in der Hand das Krankenzimmer.

»Sie sind der Bruder?«, fragte er. Vor Müdigkeit hatte er violette Tränensäcke unter den Augen.

»Gene Martindale.«

»Dr. Strauss.« Der Arzt warf einen Blick auf das Klemmbrett, dann wandte er sich dem Pfleger zu. »Vielen Dank. Wenn Sie kurz warten könnten?« Der Mann nickte und trabte davon. »Willst du eine Cola, Kleiner?«, fragte der Arzt Timmy, kramte in seinen Taschen nach Kleingeld und deutete auf einen Getränkeautomaten in einem Wartezimmer, in dem der Pfleger bereits Platz genommen hatte und mit Engelsgeduld ins Nichts starrte.

Timmy sah seinen Vater an. Als dieser nickte, trottete er davon.

»Darf ich davon ausgehen, dass Sie als Gesetzeshüter mit Brandopfern vertraut sind?«, fragte der Arzt.

»Jedenfalls hab ich genug ausgebrannte Autos gesehen.«

»Nun, bei ihrer Einlieferung waren über neunzig Prozent der Haut ihrer Schwester verbrannt, darunter ein nicht unbeträchtlicher Teil Verbrennungen vierten Grades. Was bedeutet, dass nicht nur die Haut, sondern auch das subkutane Gewebe sowie die darunterliegenden Muskeln und Knochen beeinträchtigt waren. Die meisten Menschen wären wohl direkt am Unfallort gestorben. Nur wenige mit solchen Verletzungen schaffen es überhaupt bis hierher. Überlebt hat so etwas noch niemand.«

»Aber sie schon?«

»In der Tat. Wir werden sie noch heute in die Spezialabteilung des Memorial Hospital verlegen. Am meisten verwundert mich allerdings die Tatsache, dass ihre Haut bereits innerhalb von sechzehn Stunden nachwächst und sich die Schädigungen des Gewebes, der Nerven, Muskeln und Knochen allmählich zurückbilden. Als würde sie sich aus eigener Kraft heilen.«

»Also wird sie wieder gesund?«

»Nicht nur das – bald werden alle sichtbaren Hinweise auf den Unfall komplett verschwunden sein.« Er sah Gene tief in die Augen. »Sind Sie ein gläubiger Mann, Chief Deputy?«

»Nein«, sagte Gene, der Timmy dabei beobachtete, wie er mit einer Coladose in der Hand auf ihn zukam. Seine Pantoffeln schlurften über die Fliesen.

»Ich auch nicht. Das hier hätte mich aber fast zum Glauben finden lassen. Man könnte durchaus von einem Wunder sprechen.«

»Dürfen wir sie sehen?«, fragte Gene.

»Ja.«

Der Arzt wollte soeben die Tür zum Krankenzimmer öffnen, als ein leises *Ping* ertönte. Ein Mann in einem verknitterten Anzug verließ in einer Nikotinwolke den Aufzug.

»Chief Deputy, ich bin Detective Winslow. Wir sollten dringend über gestern Nacht reden.«

»Glauben Sie immer noch, dass Junior Cotton nach Norden will?«

Der Detective sah aus, als hätte irgendetwas seine Notdurft in seinem Mund verrichtet. »Nicht mehr. Wir haben seine Spur verloren.«

»Er ist längst über die Grenze.«

»Wäre möglich.«

»Das ist sogar ziemlich wahrscheinlich.«

»Trotzdem brauche ich Ihren Bericht über die Vorfälle von letzter Nacht.«

»Den sollen Sie haben. Vorher will ich aber noch nach meiner Schwester sehen.« Gene sah zum Arzt auf. »Darf ich?«

Der Arzt schob Gene in den Raum, wartete auf Timmy und schlug Winslow die Tür vor der Nase zu. Der suchte in seinen Taschen nach einer Zigarette. Als ihm wieder einfiel, wo er sich befand, ließ er die Hände sinken.

Eine weiche Hand auf ihrer eigenen weckte Skye aus einem Fiebertraum von Blut und Flammen. Sie öffnete die Augen und sah Timmy neben dem Bett stehen und Gene dahinter in einem Rollstuhl sitzen.

Timmy beugte sich vor, um sie zu umarmen, doch Gene streckte die Hand aus und hielt ihn zurück.

»Skye hat Schmerzen, Timmy.«

Sie wusste genau, dass das nicht der Grund war, weshalb er Timmy die Umarmung nicht erlaubte. In Genes Augen lagen Wachsamkeit und eine Spur Furcht.

»Keine Angst, Gene.«

Gene ließ den Jungen trotzdem nicht von seiner Seite. »Timmy, hol Skye doch auch eine Cola, ja? Frag den netten Mann im Anzug, ob er etwas Kleingeld für dich hat.«

»Klar«, sagte Timmy und ging aus dem Zimmer.

»Geht's ihm gut?«

»Ihm geht's prima. Ich hab mit dem Arzt gesprochen. Er sagt, dass du schnell wieder gesund werden wirst.«

»Was ist mit Junior Cotton?«

»Entkommen.«

Sie nickte und betrachtete ihren Arm, der auf dem Bettlaken ruhte. Ein Tropf führte in ihre Vene. Eine Klemme an ihrem Finger war mit einem Überwachungsmonitor verbunden. Unter der verbrannten Haut war bereits das frische rosa Gewebe zu erkennen. Der Andere heilte sie, hielt sie am Leben.

»Wie sehe ich aus?«, fragte sie.

»Wie ein Grillunfall.«

»Nein, ich meine ... bin ich ich? Oder ...«

Er nickte. »Du bist du.«

»Im Augenblick zumindest.«

»Ja, im Augenblick.« Er schob den Rollstuhl näher an das Bett und legte seine Hand neben die ihre aufs Kissen, da er es nicht über sich brachte, sie zu berühren. »Danke.«

Sie schüttelte den Kopf. »Ich liebe Timmy, Gene.«

»Das weiß ich. Du hast ihm das Leben gerettet. Was aber nicht heißt, dass ich den Rest einfach so vergessen kann. Obwohl ich das Ganze nicht im Ansatz verstehe.«

»Ich auch nicht.«

»Das macht es nicht besser.«

»Nein.«

Eine Minute lang schwiegen sie und lauschten dem Brummen der Maschinen. »Vor der Tür steht ein Detective«, sagte Gene. »Er wird uns verhören.«

»Was wirst du ihm sagen?«

»Dass Junior Cotton Timmy entführt hat und du ihm das Leben gerettet hast.«

»Sonst nichts?«

Gene schüttelte den Kopf. »Sonst kann ich mich an nichts erinnern.«

»Dann lügst du schon wieder, Gene.«

Er zuckte mit den Achseln. »Sobald ich auf den Beinen bin, werde ich mit Timmy den Staat verlassen. Wir müssen irgendwo anders hin, wo er vergessen kann. Ganz neu anfangen.«

Sie nickte, traute sich aber nichts zu erwidern. Die Tür ging auf, und Timmy kam mit einer Cola herein.

»Stell sie aufs Bettkästchen und sag Skye Lebwohl, Timmy.«

Der Junge stellte die Dose ab und stellte sich neben Skye, sodass sie direkt in seine blauen Augen sehen konnte.

»Lebwohl, Timmy.«

»Lebwohl.«

Skye nahm seine Hand und küsste sie. Dann musste sie sich abwenden und die beige Wand anstarren.

»Pass auf dich auf, Skye«, sagte Gene. Er packte die Rollstuhlräder und fuhr mit Timmy im Schlepptau davon.

Unter Quietschen und Knarren verließen sie den Raum. Sobald Skye allein war, überkam sie ein Schmerz, der noch schlimmer war als die Höllenqualen, die sie durchgestanden hatte, als sich der Andere zurückgezogen und man sie aus dem Tank geholt und per Hubschrauber in die Klinik geflogen hatte. Die kühle Nachtluft auf der verbrannten Haut war die reinste Folter gewesen.

Eine lange Zeit später öffnete Skye die Augen wieder und blickte aus dem Fenster. Die Gebäude und Äcker dahinter lagen unter einem sanften Smogschleier. Trotzdem konnte sie durch den Nebel hindurch bis zum Hügelland jenseits der Grenze sehen.

Irgendwo in diesen Hügeln wartete Junior Cotton auf sie.

Genauso wie das Geheimnis ihrer Herkunft.

Skye musste geduldig abwarten, bis ihre Wunden verheilt waren. Und sobald ihr Körper genug Kraft hatte, um den Anderen zu beherbergen, würde sie nach Süden ziehen.

ENDE